柒

文珍——著

北京时代华文书局

# 目录

| | | |
|---|---|---|
| I | 夜车 | 001 |
| II | 牧者 | 037 |
| III | 肺鱼 | 073 |
| IV | 你还只是一个年轻人 | 103 |
| V | 暗红色的云藏在黑暗里 | 137 |
| VI | 风后面是风 | 205 |
| VII | 开端与终结 | 247 |
| | 后记 | 341 |

夜车

1

　　老宋出院后知道大局已定，表示希望我和他一起到远方去。我没怎么犹豫就答应了。他要求我们坐火车去，我也没嘲笑他是不是打算怀旧。手忙脚乱收拾了包裹，买好票的当天夜里我们就上了车。

　　坐夜车总有一种驶过陌生人睡梦的感触，因为窗外一闪而过遥远的黄光，像他人的平静生活偶尔倒影在我们早已破碎的波心。趁熄灯前我俩洗漱上床，在卧铺上像两尾分头搁进冰箱的直挺挺的鱼，听着车厢驶过铁轨的轰隆声，闭眼不看窗帘外那些稍纵即逝的幻影。

　　但是我们的手穿过护栏拉在一起。

这是开往加格达奇的K497，绿皮车。还没到春运期间，破旧的车厢没什么人，车外温度大概零下十五度左右，什么地方的接缝正在悄悄地漏风，和衣盖着被褥还是觉得冷。有时薄窗帘被风吹动，远处的山岭轮廓突兀地逼近，像个张着大口的巨兽。我觉得恐惧，拉着老宋的手使了一点儿劲，突然发现他在黑暗里看我，眼睛闪着光。

他轻声对我说，要不要下床，到车厢连接抽一支烟。

我本来懒得动弹，想了一会，说，好。

连接处有个大爷已经在那里抽烟了。花白头发，看年纪叫大爷也不完全合适，因为我们也是三十出头的人了。但我也不知道该叫他什么。他无比漠然地看我们一眼，继续守着弹烟灰的地方。这边的窗没窗帘，外面黑黢黢的。

我俩也点上了烟，开始抽。一时间三个人喷云吐雾，整个连接处白烟缭绕，厕所里有人突然咳嗽了几声，是个女的。老宋又看我一眼，眼睛很亮。我知道他在想什么。以前一起看过一个国外的黄碟，就是在火车的厕所里。但是这里不行，这里太脏了。而且到处都是人。中国什么都缺，就不缺人，对于那位准大爷来说，我们俩才是突兀的存在，只能希望不大地等我们趁早离开，还他一个人的清静。厕所传来动静巨大的冲水声，就好像什么巨大的力量把整个洗手间瞬间吸了下去，很快就要轮到外面了。

又过了一会，一个大姐头发蓬乱地从里面夺门而逃。我认出她来了，她就是熄灯前老坐在我们车厢门口桌前的那个四十多岁的女人，带了个八九岁的男孩子出门，一路上都无聊地望窗外，偶尔低头看看手机，和那个男孩说一两句指令性的话。喝点水。吃个苹果。坐着，别乱动。语气很生硬。

我悄悄和老宋说，这妇女会不会是个人贩子。

他说不会吧，这孩子都这么大了。虽然比一般村里孩子白净点儿，但还是不如城里小孩洋气，看这女的的眼神也不怯。

现在这个疑似人贩子出来了。她已经认不出我俩就是一直坐在下铺不耐烦地等她从桌前走开的人了。厕所的窗户拉开一半，一开门，一股裹挟着暧昧臭气的强冷空气扑面而来，我打了个哆嗦。就这样的厕所还亲热？疯了。

斜觑老宋一眼，他也明白了。掐掉烟，两人沉默地相跟着回了笼罩在脚丫子味和方便面味里的铺位。我先爬进黑暗里，摸了一下包，还在枕头上。背后传来窸窸窣窣的动静，他也上去了。

这次我俩没有手拉手。他轻声说，睡吧。

我把味道复杂的被单拉低一点，不让它靠近我的嘴：睡。

## 2

第二天早上起来阳光分外灿烂。躺在铺位上没拉窗帘我就断定车厢外一定是下雪了，世界才会这么刺眼，充满了毫无必要的明亮和热暖。有人在连接处大叫：没水了没水了！我看了老宋那边一眼，他正蜷成一团躺着，背对着我。我猛然间怀疑他已经死了，轻轻捅了他好几下，心都凉了，他才睡眼惺忪地回过头：到站了？

我长长呼出一口气：没，就是看你醒没醒。

还有两个小时才到站。夜里途经的那些陌生的乡村和城镇都被远远抛诸身后，好像从未在太阳下存在过，要么就变成了曾经确凿虚度的过去。那个妇女没坐在桌前，大概半夜已经带着孩子下车了。我没脱衣服，一整夜和衣而眠，经过一整晚的暖气发酵，早晨起来车厢里人味特别足，袜子里的脚和背脊都在这闷恹空气里流汗，眼睁睁看着铁皮盒子正在零下二十五度的冰天雪地里蜿蜒而前，却丝毫无法解车厢里的燃眉之急。我想下车在月台上凉快一下，想抓一把雪呼地盖在自己烫热的面颊上。但下一站遥遥无期，窗户也锁死了无论如何打不开，很绝望。

老宋，外面下雪了。

他没理我，起来后一直在窗前兴致勃勃地翻一本地图册：你看看这段。加格达奇区位于黑龙江省西北部、大兴安岭山脉的东南坡，在内蒙古自治区鄂伦春自治旗境内。地理坐标为东经123°45′至124°26′；北纬50°09′至50°35′。南、西面和鄂伦春自治旗毗邻，北面与松岭区接壤。总面积1587平方公里。

我跟着念出声。挺正常一简介啊，怎么？

还没发现问题？

什么问题？

你再仔细念一遍：加格达奇区位于黑龙江省西北部、大兴安岭山脉的东南坡，在内蒙古自治区鄂伦春自治旗境内。

啊这地儿到底归黑龙江还是归内蒙古？我总算明白过来。

这是个非常古怪的城市，从理论上来说基本是块巨大的飞地，明明在内蒙境内，行政上又隶属于黑龙江，是东北大兴安岭地区的首府。

老宋洋洋自得，继续念书：

大兴安岭是至今东北地区唯一的"地区"，首府加格达奇作为地区公署驻地，人口12万多，具备了地级市的规模，但很难撤地设市。究其原因，主要是因为大兴安岭地跨两省区，所辖的加格达奇和松岭二区理应划入黑龙江，但实际上却划属内蒙古。这无形中形成了一种"双管"的棘手格局……由于加格达奇区和松岭区在地理上属于鄂伦春自治旗，为此黑龙江省政府每年都必须支付一定的费用给内蒙古自治区政府……基于各种原因，呼伦贝尔市和鄂伦春自治旗纷纷要求内蒙古自治区政府收回加格达奇和松岭两地，加格达奇和松岭当地政府、人大、政协数年来也多次向上级提出要求，但鉴于两地归属同时涉及林区和国家林业局利益，成为短时间内无法得到解决的历史遗留问题……

真复杂。我舔了舔嘴唇。你口渴吗？

老宋陡然从对中国国家地理的新奇大发现中回过神来，虚弱地转过身子，指着嗓子眼说：确实渴。直冒烟儿。

带上车的两瓶矿泉水早喝完了。上大学时每次坐火车还知道带个保温杯接水，现在早不记得了。不过带了也没用。刚才在床上就听见下面喊没水了没水了。如果没有冷水，那也就等于没有热水，这么多人干渴难耐，总有人会想法儿接热水放凉了洗手洗脸或者喝掉，一滴不剩。

等列车员推着餐车过来，再买两瓶矿泉水。我担忧地看着老宋皲裂黑紫的嘴唇，他的脸色比昨天上车前更差了。

为了忘却这脸色的威胁，我想立刻和他躺在同一个被窝里，大开着窗户，让中国北方的新鲜空气大量不要钱地涌入，而我们像两只灰熊一样安全快乐地在被窝里滚来滚去。

轰隆隆的声音由远而近。餐车终于推过来了。

# 3

在加格达奇站下车是下午三点半。月台上特别冷。我一下车先是觉得凉快，刚长吁一口气，厚羽绒服随即被寒意穿透，整个人瞬间变成一个冻僵的铁锚，举步维艰。老宋穿着鼓鼓囊囊的防寒服，倒显得胖了不少。

都说加格达奇是块飞地，可这块飞地占地一千五百多平方公里，十二万人在上面讨生活。他看起来是不冷，下车后还在滔滔不绝：也不知道这里的人和别人介绍时算自个儿是东北人还是内蒙人。

我打断他的畅想：你就这么爱来这三不管的地儿？

也许就因为这儿三不管，像我一样。他兴致很好地高声背诵起那首我们课文里都学过的诗来：有的人活着，却已经死了……有的人死了，却还活着。

去，去去。少来啊。我说。

而且这儿还管着大兴安岭。那么大的森林哪儿都不管，只归这里管。他伸手往虚空信手一指：穿过大兴安岭一路向北，就是漠河了。我们国家最北的地方，有极光。

他之前从来没说过想去漠河。可是我猜他如果可以，也巴不得去看看。

这个火车站很老，月台那边正好停着一辆开往牡丹江的K7108。老宋正滔滔不绝地说着，突然出神地看了一眼K7108。

你又想改去牡丹江了？我说，就因为南拳妈妈那首歌？那还是我们大学时听过的歌吧，也十多年没听过了。

月台上提着包拖着箱子的旅客面无表情地人来人往，就像世界末日的最后一天。说时迟那时快，老宋低头突然开始小声哼：谁在门外唱那首牡丹江，我聆听感伤你声音悠扬，风铃摇晃清脆响，江边的小村庄午睡般安祥……

这个部分的副歌是女声。他憋细了嗓子，很入戏。过一会又自己切换回粗一点的男声：到不了的都叫做远方，啊，回不去的名字叫家乡。

我不理他，随他自嗨。老宋得病后从一个理工科宅男变成了一个旅游迷逗逼，这转变太大了，让我挺不适应的。他好像这一刻才重新发现这个世界的诸多令人留恋之处。也好像在这一刻才突然重新发现了我。

仍然是为了怀旧，老宋特意在网上订了个苏式老房子改造的家庭宾馆。三点半到站，折腾半天住进去以后才发现情调有余暖气不足。从火车上带下来的那点儿燥热早在冷空气里消弭散尽，好在洗澡水够热，我几乎被烫掉一层皮地飞快冲了一个澡，裹着浴巾奔出来一下钻进冰窖样的被窝里，差点儿喊出声。老宋匆匆擦了几把身也过来了，从浴室到被窝才半分钟路，进被窝时浑身的水珠已经冰凉。

这地儿太他妈冷了，到底有暖气吗？实在不行，得换房啊。都冻死人了怎么住啊？我他妈本来就快死了。

老宋的伪京腔愤怒地、色厉内荏地一连串往外蹦，声音发着颤，搂住同样冷得发抖的我。他从上学开始就在北京打拼，十多年了，一个浙江人，现在一开口就是儿话音。我想起他刚下火车时唱的南拳妈妈：到不了的就是远方，回不去的就是家乡。莫名其妙就掉了泪。

他看我哭就害了怕，摸索着，战栗着试图用吻堵住我的眼泪。欲望像冻在冰坨里的动物，渐渐焐化了露出轮廓，旋即冒出热气，开成一锅热腾腾的好汤。暖气也渐渐热起来。大概是宾馆现烧的。之前没住人就关掉，省钱。

饱暖思淫欲。我俩趁势好好地来了一回，事后在床上放松地摊开四肢，心满意足地。

老宋说，以前没发现什么都不干，和你耗在一起这么快活。我们一直不吵架该有多好。还有好多地儿没带你去看呢。漠河，牡丹江，伊斯坦布尔，喀什，柬埔寨，琅勃拉邦。以前太傻了，真的。老以为还有一辈子，慢慢耗。

我头枕着他胳膊，聚精会神地研究天花板上的圆钮到底是灯还是别的什么。我从来都搞不清楚那到底是什么，但每个酒店天花板上都有，简直是标配。

但是老宋一抒完情，立刻阴郁起来：你其实压根没原谅我，就是觉得我快完蛋了，可怜我，让着我，是不是？

我们说好了的，出来不说这个。我蓦地背过身子，不再枕他的手。

有好长一阵子，我其实挺恨你的。他不理我，自顾自往下说。恨你不在意我，恨你老威胁我说要离开，恨你宁愿和朋友发短信，聊天，吃饭，看电影，就是不早点回家。为了气你我什么事都干得出来，可真干了又特别空虚。有时也害怕，觉得对不起你。那阵子跑业务酒喝太多肝疼，就老咒自己：活着没劲，他妈的要死了就好了。我死了，你一定该后悔没好好对我了。很可笑吧，我想法很简单，就是希望你悔断肝肠。结果灵验了才知道，最悔的他妈是我自己。

我不说话。我还在气他刚才说快死了的话。他使劲扳我身子，把我的脸对准他的脸，说：我说的是真的。真的。

哭腔已经有了，眼泪却很慢地涌出来，两者配合有点脱节。男人痛哭的脸原来真的有一点滑稽可笑。我硬起心肠说：我有什么可后悔的？犯错误的又不是我。我一直好好地待在原地又没走。

他沉默着，手慢慢伸过来，想继续让我枕着。我梗着脖子，不动。

他反倒高兴起来：你真生气了。

我说：神经病。

别一下子对我太好。别因为我要死了，才对我好。

我咬着牙说，你就是贱，不习惯人对你好。

我以为这么说他该生气了。说完过一会看老宋，居然在沉思。

他说：你说人是不是都爱犯贱？是不是其实都不知道怎么对对方好？

4

加格达奇市区不大，说是兴安岭地区的首府，可到处都破破烂烂，凋敝衰败。一般城市入夜以后总会显得光鲜些，但是这儿路灯一开，照得黄光里的街道高低起伏，狭窄泥泞，更像七八十年代的城市了。听说之前下了好几场雪，今晚还得下。我们在附近的小馆子里随便吃了点卤肉面条，老宋说明天正好可以看雪景，可我想总共才十二万人分散在这一千多平方公里土地上，白茫茫一大片几小处黑点，听上去不免凄惶。

我有点儿后悔陪老宋来这么荒凉的地方。显然对他身体没有好处，那么冷，雪地又潮。但他却一直挺高兴，说这儿发展不好很正常。以前林业管理的旧体制废除了，七十年代内蒙古又外扩了一次，收回了好多原本划给黑龙江的地方，包括加格达奇。现在黑龙江不能完全管自己属地里的城市，内蒙又嚷着要收回，结果哪个省都不愿意给这地区投资，生怕回头发展好了，没准就归别人了。

还是有个归属好，别两头落空。他边走回宾馆边说：没名分到头来也没着落。

我假装没听懂这弦外之音。人都不喜欢名正言顺的，觉得闷。

最后就知道了，得有人管着，有人送。

我知道你就图这个。

也不是。他说，也不全是。

第二天上午在市区里才逛了小半圈我俩就重新回到了僵硬的琥珀昆虫状态。右手插在他羽绒服左兜里，就像上大学那会子刚谈恋爱一样。但是这会儿他的手也像个冰坨子。一碰两人都打哆嗦。

这个城市名字和归属地都离奇，陈升和左小祖咒还在歌里唱过，但实际上却是最乏味不过的一个县级市，地图册里都说了，四五十年了，一直没法撤县设地，没法改变归属性，上面住着的那十二万人，也一直没法明确告诉别人自己到底是东北的，还是内蒙的。其实这也挺酷。我想。没说出口。

问了宾馆前台半天，只有一种东西堪称本地特色小吃：麻酱拌面。在市中心找了个人还比较多的馆子要了两碗，也觉得风味不过如此，酱料太稠面又吸得太快，搅拌不开。老宋挑了几筷子就不肯再吃了，仿佛每一口咽下去都特别困难似的。走前医生和我说过，这种情况很正常，要提前做好心理准备，尽量吃有营养的流食，牛奶每天都不能断，最好喝鸡汤，人参粥。但一则出来熬煮不方便，二则他也不乐意喝稀的，老想吃烤腰子，大棒骨，羊肉串。真要了又吃不下，只能摆在那儿看看，看它们从冒着袅袅热气一点点变凉。

这里也有杨国福麻辣烫，无名缘米粉，真正开遍大江南北。这让加格达奇更像一个平淡无奇的北方城市了，刚走过的街道转过脸就忘了两旁的专卖店名字，最好的牌子也不过就是贵人鸟，以纯，真维斯，劲霸男装。全中国的县城都长得一模一样，连专卖店的女售货员也像是从一个模子里倒出来的，亮色长款羽绒服，黑裤子，站在店面百无聊赖地往外瞅，外面来去匆匆神情黯淡的本地人，绝不往专卖店里多看一眼，生怕被饥不择食的热情店员拉进去。刚过午，烧烤店的生意还没上来，两个大姐靠着门口嗑了一地瓜子壳，用纯正的大碴子味儿话大声聊家常，间或逗隔壁店家跑来跑去穿得圆滚滚的小孩。一排门面房的尽头还藏了个白天基本没生意的小发廊，门口挂的可旋转三色灯箱，也是举国发廊同此形制。偶尔棉布门帘子刺啦一声，走出来一个穿得过于厚实和性感毫无干系的女孩，眯着眼一脸惬意地晒太阳。

他们都在笑着，大人和孩子。他们看上去都像是会在没有温度的阳光里永远活下去一样。长大，老去，买菜，做饭，谈恋爱，逛街，生小孩，有人死了就参加追悼会，回来继续该吃吃，该喝喝。我心里发紧，突然觉得一切好不公平。

老宋平静地说，我这么渺小的人死了，地球照样转。你也一样，要好好活下去，就得想方设法把我忘掉。

我吃了一惊地看他。他怎么知道我在想什么？

他拉着我的手的关节凸起，很瘦。大拇哥轻轻地摩挲着我的手背，一下一下。我垂下眼，不再看那些路人，想说点什么，终究没说出口。

你又不高兴了。老宋呵呵地笑起来。这样不好，讳疾忌医。情况就是这么个情况，该是怎样就是怎样。我对你虽然不够好，有一点还是好的——什么都不瞒你。

我终于说：你就没想过这样对我挺残酷的。不管告诉我什么，都不担心我承不承受得起。

他说，我知道你。其他人我也许不了解，但我至少知道你。你理解力好，承受得起。只要是真实的。你就是不喜欢别人自作聪明骗你。

不知道为什么，这句"我知道你"突然听湿了我的眼眶。

说点别的好不好？我几乎是求他。咱们说点儿高兴的，别老想着这档子事。

其实也没什么放心不下的了。就是陪你溜达溜达，再四处看看。说实话，有时候等得都有点儿不耐烦了。老吃药化疗也挺磨人的，又疼得受不了。有时候还想，做人这么累，上班下班，结婚离婚，怀孕生子，小孩上学，父母养老。本来都是逃不掉的事，我居然中途就当了逃兵，不用一直活到老了。你比较惨，你还得继续熬着。

再给你最后一次机会。我倏地抽出手：你再说这种鬼话最后一次，我就走，立刻，马上。别以为我做不出来！

他笑起来，容忍地看着我，像看一个闹别扭的小孩。我不喜欢他这样看我。这样让我觉得他好像已经是个鬼魂，慈爱地看着还要在人世继续跌爬滚打煎熬数十年的我，而自己已即将超脱了。

路过一个农贸市场，老宋突然馋起来，决定买一斤桔子，金灿灿的，提在手上。得意非凡地举着看。说在阳光下颜色真好，像列宾的画。

我们回去在床上吃桔子吧。

他刻意压低了声音。风流倜傥装不像，就显得有点儿猥琐。但我喜欢这股子蠢劲儿。

还没吃晚饭呢。我故意说。

老宋说：馋不死你。做一回，少一回。

这句话听起来特别耳熟。最早在一起的几年，不停地闹分手。年轻时都特别能作，一不高兴了就威胁他今生缘尽，相忘江湖。他费尽九牛二虎之力把我哄回来，每次和好时都咬牙切齿地说：这么桀骜，谁知道将来你是谁的女人呢。做一回，少一回。

起初几十次他真的数，后来渐渐数乱了，就不数了。架还是吵，只是频率渐渐降低了。这都多少年了。总得超过八年抗战了吧。

我俩约好谁都不提他病的事，我一般不犯，但他老犯。真没想过一个癌症病人会有这么强烈的欲望，也许因为肝离前列腺比较远，不大影响功能。看了诊断书以后我也不太管了，来者不拒。也许我也想着：做一回，少一回。

其实什么都不做，就是搂着这个熟悉的日渐松弛的肉身也挺好。我假装没看到他日渐灰败的脸色，和化疗后大把大把掉在枕头上的头发。除了专门的多吉美索拉非尼片之外，随身还带了些止疼药，只要他一说肝疼就给他吃，饮鸩止渴。老宋爱吃桔子，如果不肯吃药，我就出去给他买桔子，一个桔子送一次药。其实我尝过那药一口，也不怎么苦。他可能就是想撒个娇。那么就惯着他吧——一直也没有这样过。以前一直都是对抗、性、关系。

家里人不太知道这些事。没敢和公公婆婆说实情，只说是良性的，可以控制。否则绝不会让他出院，早哭天抢地奔过来了。哪怕在医院等死呢，也要化疗个一二十次折腾得不像人形毫无尊严了再死。我也没和我爸妈说。其实也帮不了什么忙，平白地让他们担心，犯不上。

　　这终于变成我俩的秘密，一个天大的，又小得像儿戏的秘密。有时候我觉得我也挺没心没肺的。但是我们遇到的那个医生说，他这病拖的时间太久了，治与不治都差不多了。可我们才刚分居半年多。他一直以为肝疼是被我气的，也没自己去医院看看。后来体检的时候才发现有问题，已经来不及了。

　　我有时候甚至希望他就这样死在床上。然后我一个人镇静而哀痛地走出去，叫医生，报警。但是这想象最终也没实现。每次事后他都顽强地挺起身子来，甚至有力气下床去拿纸巾收拾残局。

　　会不会其实搞错了，其实你压根没得病。我说。千年王八万年龟，你还能活亿万年，我都化成灰了，你还在这世上炯炯有神。

　　老宋说，别骂人啊。你才千年王八呢。确诊了好几次，真没治了。没病前我哪这么流氓。


　　那个房间的暖气后来特别特别足，又开始像那个火车车厢，干燥闷热得让人发狂。我想尽办法打开了锈死的窗，几朵雪花顺着风斜斜地飘进来，落在皮肤上像一个个冰凉的吻。天色越来越暗，我们吻了又吻。不知道从哪里飞进来一只跌跌撞撞的飞蛾——多半是楼道里飞进来的，不太可能是从户外进来的——我要把它赶出窗外，老宋拦住我说，别，外面零下二十度。

我说，可我最怕蛾子，会掉粉。

会掉粉那也是一条命。放出去它就死定了。

老宋确诊后特别地多愁善感。他都这么说了，我就不说话了。我们衣服齐整地并排靠在床头，看那只蛾子孤独地在屋子里盘旋，想象中翅膀上看不见的粉扑簌簌地一直往下落，落得我浑身发痒，百般不宁，只好设法转移注意力，问老宋：就它一只怎么繁衍后代？就算熬到来年春天也是孤家寡人。

可能有过伴，死了。

实在忍不住，我说：死了也干净。活着的那个更寂寞。归根结底也是要死的。

人活着是不大有意思。他茫然地盯着那只蛾子。你知道吗，我现在特别庆幸和你没要小孩。

以前不是这样。要不上孩子，老宋永远只怪我一个。也拿婆婆的话压我，旁敲侧击告诉我家里人都急得翻墙上树，怀疑我不爱他，偷偷吃口服避孕药。光为这也吵过不少次。后来看病的时候我顺便也让他去查了一下男科，这么多年的沉冤终于得雪：精子活力不足。想想也是，一个病人。

现在万事皆休，终于只剩下我和他两个人，在一个没人知道的飞地，一个无人下榻的小宾馆，没有小孩，没有第三者，没有过去，没有未来，只剩下一只孤零零的蛾子盘旋往复。我很少想到永恒，但这一刻，我的确希望时间可以停止。

他打破了这沉寂。到时候……你别太难过。

我说，你管我呢。

那些影视文学作品不是都说么，人要死了，就得表现得糟一点，那样真死了，活着的人就不会太难受。可是我又不甘心。我还是愿意你多少念我一点好。别太难过，也别完全不难过。别总想我，也别真忘了有这么一个人来过。活过。和你闹过，也好过。我是不是太自私了？我是不是不应该拉着你陪我到处跑，和你说这些莫名其妙的话？

我有点儿警觉：你回头可别犯傻，偷偷跑到我找不到你的地方去死。你别逼我把满世界都翻过来。

老宋说：开什么玩笑。我还想能多看你一眼，是一眼。

说实话我也不喜欢他这么深情款款。为了制止他继续说，我俩就又来了一次，这次我其实没什么欲望。也许他也没有。只是觉得理应如此，否则无法确认对方和自己的肉身存在。但是他的声音明显不对劲了，好几次呼哧呼哧喘息着停下，歇一会再接着来。我说，还行吗。他咬着牙，说，还行。

疲倦漫长的等待中我睁开眼，看见窗外的天渐渐黑了。最后几朵雪花在路灯的黄光里飘进来，轻柔地打了个旋儿就消失了。这一夜就像是和人世间永诀，我好像也已经死了很久了，但是死人们还在徒劳无功地做爱。无休无止。

## 5

我们原本说好一直走到大兴安岭深处的雪乡去。最好能摘到几朵野生雪莲，再抓只野鸡，炖了给老宋补补身体。自从在报纸上看到大兴安岭最后一个伐木人也行将转业、无数间小木屋废弃在冰天雪地里的新闻，他就魔怔了，老说想去森林，挖松茸，抓野兔，自己烧篝火，住小木屋，当野人。也许能从此跳出三界轮回，长生不老。

所以我们才会在这么冷的天气跑出来。我和家里人说是出差，和单位上是说请年假回家。他压根没告诉他家里人生病的事，但把病情诊断书给部门小领导看了，回来笑着对我说：你肯定猜都猜不到，他看我的眼神就好像已经参加了我的追悼会。

老宋对生死如此洒脱是我意想不到的。这说明我自以为很了解他，其实对他了解还是不够。知道那件事之后我们冷战了半年多，病情初现征兆乃至于迅速恶化也差不多是这半年的事。老宋说这是报应，是因为对不起我，立马就现世报。他笑着说，死在你手里也算值吧。谁让我们一开始老赌咒发誓呢。

真的，大学时压根没遇到什么事，就老爱赌生咒死。刚谈恋爱时我就喜欢问他，如果我死了你怎么办？他起初说，你死了我当然就只能跑到教学楼顶上一跃而下。过几年又问，说，最多大哭一场，守两年后再找一个，告诉她自己有多喜欢前面那位，你永垂不朽。再后来，再问，就说，烦不烦啊，老说这个。

为最鸡毛蒜皮的小事也大喊大叫。摔过东西。离家出走。我是一结婚就觉得从此完蛋了，永远陷落到婚姻的泥沼里去不能自拔了，恐惧庸常恐惧得浑身发抖。苟日新，日日新，又日新。对他要求特别特别高，也特别特别容易失望。也是为了气他，让他难受，故意说一些有的没的，又老嚷着要出国读书。其实也就是在地铁里背背托福做样子。哪来那么大的劲头，突破万难跑到别人的国当二等公民？除非是遇到天大的，过不了的坎儿。和平时代，又哪来那么多天塌地陷的事？

但也真就是遇到了过不了的坎儿。还不是老宋生病，是老宋出轨。

我还记得那一年事特别多。开头还挺好的，继续一起开车上下班——我俩单位就隔五站地铁，不算远——节假日还时不时琢磨着团购点什么好吃的改善生活。但还是老吵架。那是结婚的第四年，谈恋爱后的第七年。所以也算某种意义上的七年之痒。他从某一天开始指责我的缺点就是脾气太硬，要强，又不懂服软。我说奇了怪了，你以前也不是这么一个直男癌患者，什么时候好饭好菜养得你这么大男子主义了？

出去遛弯的时候他拉着我的手也发谬论。真奇怪，拉着你的手，就像拉着自己的。

我刚开始以为他是说熟悉亲切，后来才知道是说没感觉。

以前是我老挑他，那一年他特别挑我，各种看不上，习惯，爱好，甚至见识脾气。我真生气了也不哄，打开车门跑下去了，他就自顾自开走。包还留在车上，口袋里就买菜剩的五块零钱，打不起车，只能流着眼泪一路转三趟公交车回家。当时就以为恐怕真得离婚了，但又死活想不通，都提过，但每次总有个人不接招。就这么一直耗着。每天早上醒来想到的第一件事，就是他这么对我，凭什么？恨得咬牙切齿，说实话咒他早死也不是没有。

有时候偶尔两个人都在家，兴致来了做一桌子菜，他也不好好吃，没说几句又呛呛上了，我拉开门请他出去，当他面把没动过的饭菜全扣地上。他就真出去了，我也不打电话。最滑稽的一次，是两个人先后离家出走，结果在市图书馆外狭路相逢。他看见我有点喜悦，说，我准备还完书就到外地去，让你今晚独守空房，悔恨万分这样对我。我说，奇了怪了，你为什么不后悔这么对我？

就这么别别扭扭冷战了一年。过春节时他家里人都看出来他对我不像从前，言不听计不从，甚至于处处针锋相对。忍着过完年我对他说，要不就离了吧。他说，为什么？

我说，这样耗下去，我们对自己的评价越来越低，对彼此的不满越来越多，对未来越来越灰心失望，何必呢。趁没有孩子早点儿离，也算是放彼此一条生路。

摊牌那天正好是情人节。他在灯下注视我良久，我穿的正好是谈恋爱时他给我买的一件睡衣，上面有两只小熊亲亲热热地闻着花，拉着手。老宋表情多少也有点触动。又过了一会儿他说，我怀疑你在外面有人。

我说，神经病。

我去年偷看了你的日记。他像是下了决心，"咻"地甩出一张王牌。

我一震。日记里是有那么个人，可那基本上是个文学形象。我没当成作家，但爱好了文学那么多年，一直还保留了点小资情调，婚姻生活多么平淡，就想象了有那么一个初恋男友对我恋恋不忘。其实我早忘了他，也就是写日记时作为意淫对象发泄发泄对现实生活的不满。

你那么深情款款地怀念他……往事，时间，地点，氛围，都那么真切。我才知道你其实不爱我，一点也不。老宋伤心地说。

所以我也在外边找了个人，我觉得她是真喜欢我。我也……挺喜欢她。

后来的事就都不用说了。那个情人节的夜晚基本上就被这一句话给彻底毁了。我日记里那个人是文学形象，这么多年从没联系过。老宋这个"她"可是个实实在在的活人，工作客户，隔几礼拜总有机会见一面。我抢过他手机，发现就在当晚他们还偷偷摸摸发了几条短信，就是那种，故意不直说但留有无限暧昧余地的短信。我看完顺手就把手机从窗户扔出去了。十二楼。还在正月里，正好有人在窗外放烟花，手机掉下去的时候，一大朵烟花轰然升起，配得正好，挺壮观的。

我咬他，踢他，扇他耳光，歇斯底里地尖叫。他架住我，被打急了也回击我，但是手不重。我没想到自己会哭那么惨，那一刻真觉得天塌地陷。跑下去把他手机捡回来，拼命翻他手机里那个人的电话号码，未遂，那个支离破碎的手机被一把夺去，我没有老宋力气大。我质问他：你怎么不继续给她发信息？情人节啊，你发啊，发啊。你怎么不继续发？发一整夜？

老宋简单地说，你疯了。但是不知道为什么，我看到他眼中面露喜色。也许他才是真疯了。

闹了一整夜之后他第二天还得继续去上班。我一边收拾东西一边哭，哭得蹲在厕所的地上直不起身，照镜子的时候发现眼睛红得像兔子。冷战后他一直嫌我心思不在家务上，这次我把家里收拾得特别井井有条，拖地、洗衣服、换床单、刷马桶，目的大概也只是让他回来以后悔断肝肠。不知道为什么，这段关系里我们都发了疯一样想要对方后悔，谈恋爱、结婚全为了这么个目的，为此目的可以不择一切手段，这个目的就是一切结果。

等痛哭流涕地把马桶刷得像刚出厂，我收拾好东西，也就是换洗的几身衣服，几本书，洗漱用品，出了门。和单位请了假，把手机的芯片取出来扔在包里，买了张新卡换上，坐火车到天津，又从塘沽坐船去了蓬莱半岛。渡海的时候我望着茫茫水面流泪，想好了一靠岸找个没人的礁岸就跳下去。

结果上岸我饿了。听说那里的海鲜特别特别好吃。我找了个小馆子，继续流着眼泪一个人自斟自饮，喝了两大瓶青岛生啤，又干掉一大堆海鲜：笔筒鱼、生蚝、海兔子。总共才二百块钱不到。喝醉了摇摇晃晃回到旅馆，一觉醒来觉得好像没那么想死了。为了个渣男，凭什么？但仍然一直躺着流眼泪，无论如何想不明白这七年到底发生了什么，两个人的关系会不可救药至此。

那顿海鲜是我的最后一顿晚餐，此后我在旅馆里整整待了一礼拜没出门。除了偶尔下去吃顿免费早餐之外，一直睡，睡醒以后就哭，哭累了打开电视看一会新闻又睡。七天之后我终于腻歪了这种悲痛的仪式感，悠然决定涅槃重生，再战江湖。换回以前的芯卡，准备回去上班，和这个该死的渣男离婚，迅速回到旧日的秩序。把芯片装上的那一刻收到无数条未读短信。一条条看过去，大部分都是广告信息，也有工作上的事。老宋也发了几十条，无非就是你在哪，快回来，回来以后再说。诸如此类。没说我错了。没说我爱你。

我一条都没回复。

离岛那天再渡海，我异常平静地望着灰蓝色的茫茫海面。这次没有死，将来大概也就不会想死了。我人生的某个分身大概已经死在了岛上，但是新的又开始重生。生生死死，周而复始。不那么恨，也不再相信爱情。或者说，不再相信自己曾以为的爱情。

回北京后我在单位附近租了个小房子。老宋偶尔给我打电话，我不接，他也就算了。过几天再给我打一个，有时候神经质起来，一连打两三个，也都统统不理。他也打我办公室的电话，听出来是他声音，就挂断。

后来也发过短信给我，说对不起。知道自己无法被宽恕，但是希望能够再见一面，好好谈谈。

我删掉信息，从来不回。又过几日，给他寄去了离婚协议书。他那边终于消停了。

消停了八个多月，十月份的时候，我终于可以不吃安眠药安稳入睡、也不会在噩梦中泪流满面地醒来，突然收到了老宋的一条新信息：我马上就要死了。希望死前能再见一面。

还是以前赌生咒死的那一套。我不禁鄙夷地想。

但是过了两天他突然在下班后出现在我单位门口。一看他脸色我就吓了一跳：瘦得像个鬼，而且是个脸色蜡黄的鬼。我好歹也瘦了一些，但他看上去掉的斤两显然更多。如果比拼冷战受折磨程度，那么他这次又赢了。

他站在门口看着我，目不转睛地，像很多年没有见过似的，需要仔细辨认清楚到底是不是眼前这个人。他手里拿着一张纸，远远冲我扬了扬。神情仿佛还有点得意。

我浑身颤抖，走过去，保持尊严地接过那张我以为是离婚协议书的纸：签好了？低头看完以后却笑了：老宋你从哪个医院搞来这么张鬼东西。为了吓我你也真是蛮拼的。

他不答，说，你瘦多了。

不是因为心疼他，只是因为他心疼我，我的眼泪立刻猝不及防地流出来。但表情还是笑着的。抬头看他，泪眼中只见他嘴唇不停哆嗦。

大哥你的戏未免也太足了，不参加奥斯卡角逐影帝实在是可惜了。我说，我服了，你赢了，成不？

他不说话，继续呆呆地看着我，脸色特别难看。

我脸上还依然保持着一个僵硬的笑，但是渐渐笑不动了，变成了哆嗦。哆嗦剧烈得让自己都害怕起来，两个膝盖互相碰撞，像筛糠。拿着那张纸的手也开始抑制不住地抖。我俩一起在十月底深秋的黄昏里比赛发抖，就好像两个害了帕金森病的病人，面对面地站着犯病，说不出话。

那瞬间知道我在想什么吗。我后来对老宋说：生离死别这种事，还真是不能乱赌咒。

## 6

从加格达奇到伊尔施，才到大兴安岭边缘，还没正式进阿尔山森林公园，没想到老宋就彻底不行了。肝疼得特别厉害，最严重的时候手脚发紫，满床打滚，真的就像书里描写得那样，"脸色蜡黄，豆大的汗珠直往外冒"，一点没错。更谈不上再亲热。腹部浮肿起来，不能碰，一碰就淤紫一大片。有一晚他昏过去了几十分钟，醒来以后吐了点血，不多，紫红色，应该是上消化道出血。他说没胃口，但一直腹泻不止，也不知道到底有什么可拉的，都好多天没正经吃饭了。

连夜把他送去当地医院。医生像看见一个鬼：病情这么严重还在外面乱跑？真想死在外头？又骂我：这女的是你家属还是你仇人？她怎么也不管管？

我对医生说，我知道，我们过两天就回北京住院去，也不去大兴安岭了。

医生对我翻了个白眼，大概是从来没见过说话这么不着调的家属。他走后病房就剩下我和老宋两个人。老宋躺在枕头上，对我说，还没带你去看那小木屋呢。只能等下辈子了。

我哭得一时说不出话。他就自顾自地说：以前的时候一起做心理测验，每次选理想中的房子，我都选小木屋，你都选海景别墅。那时候我就想，看来这辈子我们过不到头了，终极目标都不一样。怪不得吵架后你拎上包就去了蓬莱岛。你走那几天，我其实查到了你船票的信息。果然是蓬莱，和我想的一点没错。就知道你什么时候都不会亏待自己。吃海鲜了吧肯定？是不是还喝酒了？

我破涕为笑：吃了。吃了快二百，可撑了。

我以为你再也不会回来了，那时候我才知道我有多……那什么你。妈的，和别人怎么什么乱七八糟的都说得出口。

我当时是想吃完海鲜跳海来着。我说。你不知道那里的虾爬子多好吃。你也不知道你当时有多王八蛋。

他吃力地想伸手捂住我的嘴，不让我说下去，但够不着，只能在昏暗的光线里徒劳地伸出一只瘦骨嶙峋的手。我拿嘴凑过去，让他捂住。他慢慢别过脸，我猜他大概也流泪了。

大学时我们总是坐火车去旅行，也总是上车吵架、下车吵架、在外地吵架。当然要好的时候稍微更多一些。那时经常攒了半天钱，才能买得起两张去程卧铺，返程只能硬座。到现在我还能想起硬座的灯从来不关，惨白的光照得所有人形象灰败不堪，就像此时老宋的脸色。因为担心扒手，我和老宋两个人只能一个人睡，另一个人撑着看行李。有一次他睡着了，靠在我肩膀上流了口水。我掏出纸巾替他擦掉，看他睡着以后松弛下来的眉眼，鼻子，嘴，一样样看过去，突然想，这个人大概就是这辈子最亲的人了。

等他醒来以后我取笑他，他说：你以为你没流过！上次你趴我腿上睡着，我半个裆都湿了，不知道的人还以为我尿裤子了呢。

那次我们嘻嘻哈哈了很久。那一路都没有吵架。所以一直记得，特别好。

在老宋的坚持下，我们回京依然买了火车票。还是那同一趟车的返程，K498。两个上铺。

这次我提前在超市买了个塑料杯子。但是老宋已经喝不太下去了。临睡前他突然说想喝芬达。他一直就喜欢橘子口味的东西。不管是真橘子，还是橘子汽水。

我突然问他，你想过没有，这么多人，这么年轻，为什么偏偏是你？——为什么偏偏是我？我做错了什么？

老宋说，可能是干销售干久了，老得陪客户喝酒。也可能是被你气的。

我说，你到现在还赖我。

是啊，不该赖你。他想想又说。说到底还是我做错了，我对不起你。我一直都特别后悔。

我说，我也有错，我……

他递给我一张纸巾，低头喝芬达。小口小口啜饮，一小瓶喝了好久，很珍惜的样子。我就再也、再也说不下去了。

回去仍然是夜车。仍然不停有一闪而过的光。有时候是黄光，有的时候是白光。还有些时候是绿光，像微暗的磷火。黑暗世界里有很多未知的东西让我害怕，也许老宋也害怕，我不知道怎么才能够让他不怕，除了紧紧地拉着他的手。

也不知道那只飞蛾后来死了没有。老宋和我一起凝视着窗外，突然说。

# 7

老宋追悼会的那天非常忙乱。也许是启动了某种保护遗忘机制：很多事情后来都记不太清了。只记得那天早上我睡得特别特别沉，几乎醒不过来，是被我妈推醒的。那段时间她老一步不离地陪着我，我去厕所她都恨不得跟着，就好像我也变成了一个病人。我想穿橙色，她不同意。她早就给我准备好了一件黑色的衣服。我顺从地穿上了。还顺手化了淡妆。她在旁边看着，没说什么。

追悼会上遇到了一些共同认识的朋友，见我无不面露悲伤之色，然而也许都太年轻了尚未习惯这种场合，我听到最多的话是你瘦了好多，千万节哀啊。可我其实压根没瘦。那段时间我一有压力就偷偷吃巧克力，一开始是牛奶巧克力，后来怕卡路里含量太高，才换成黑巧，吃了总归有十几斤。老宋到最后也有点想吃，我问过医生，医生面露难色，不置可否。我终于也就没同意。事后想起还挺后悔的。

不知道为什么，无数该后悔的事情都忘记了。最后只记得这一件。

他父母也都来了。他的小学同学，初中同学，高中同学，大学同学，同事，朋友，甚至和他处得也还不错的我的闺密，几乎他人生每个重要阶段都有那么一两个代表不辞万难地来了。还有专程从外地赶来的。突然有个男人跑到我面前声音沉痛抑扬顿挫地自我介绍说：我是宋奇峰的部门领导。奇峰的工作业绩非常出色。失去他是我们公司巨大的损失——弟妹，你千万要节哀啊。

这就是老宋说刚看见诊断通知书就跟已经参加追悼会似的那位吧。弟妹这个词他一定仔细斟酌了很久。我第一反应就是想跟老宋说，你领导说话怎么这么搞啊哈哈。但一回头，只见他的黑白照片端端正正地摆在那里。

这句话永远没办法和他说了。

当天早上我本来没想哭。也都是闲来无事看过一点《庄子》的人，真箕踞鼓盆而歌也不至于，就是不太愿意当众表演呼天抢地。最夸张激烈的戏码好像都已经在谈恋爱吵架时预演完了，真正式上场，人早成了空壳。再过几十年反正也都是要死的。这些年，我大概会比任何人都更深地记住这个照片里的人——也许只除了他父母。至少还可以替他照顾他们。我公公婆婆最后也没怪我陪他出去，我就想，不愧是老宋的父母。

最后的三个月所有人都在场，每日忙乱不堪。亲友，医生，护士，探望者。我和老宋单独相处的时间反而不多了。那时候就想，幸好最后一起出去过这么一次。病房光景也和现在情形差不多。无数认识的不认识的人，反复压低声音说出老宋的名字，就像无数只飞蛾同时涌入室内，扑簌簌地一直掉粉。满地都是粉末，碎片，往事尸体。和任何人都不相干的，我自己和老宋互相毁灭的前半生。

突然间我发现自己一直在走神。又想起早上居然还化了妆。茫然地再看了人群一眼，才明白自己是想找一个素未谋面的人。但不认识的女宾那么多，我并不能确定哪个是"她"。在他父亲致辞时我几乎已经锁定一个卷发高挑的目标了，但是等致辞结束我快步走过去，那个陌生姑娘却特别真诚而关切地看着我，自我介绍说，我是老宋上一个公司的同事，黄某某。嫂子，你可千万节哀啊。我就又糊涂起来，被她柔软的手紧紧抓住。能确认的，是她身上的香水味我肯定没闻到过。

也许我唯一可以问的人只有老宋了。但是。

这样我就在追悼会上默然流了第二次泪。这次流泪的时间比上次更久，久到只能找一个角落待着，默默看着眼前所有的人，声音，动作，和走来走去的黑色的人影幢幢，都渐渐变成一些透明的薄雾飘散开去。一切都并不足够真实，而只有那张黑白照片遥远永恒地在那里微笑着。

我泪眼朦胧地对那照片笑道，笨蛋，我今天本来想穿橙色的。我是这么想的，你那么爱吃橘子，我想要你眼睛最后是甜的。

老宋走了很久以后，我有时候还能清楚地看到那个从没去过的林间的小木屋。阳光灿烂，但天上飘飘洒洒地下着雪，天特别蓝。老宋笑嘻嘻地从小木屋后面铺满雪的小路上走过来，手上提着一个什么，有时候是只雪鸡，有时候是个兔子。他在梦里终于长生不老。有时候我也会梦见一个女孩一闪而过，戴着墨镜，看不清楚面孔。关于她到底存不存在、在哪里，老宋最爱谁，如果他不死我到底会不会原谅他等等问题，我们所有人都再也无法知道答案了。也许最后一个问题连我自己也不那么清楚。但是事已至此，爱啊不爱啊赢啊输啊什么的也没那么重要了。就像加格达奇。人世间有些事情往往就是如此。

牧者

"我好奇的事情就在于人在何等情况之下动心起念。"

——题记

他和她年纪相差不过七年。但七年时间,已经足够一个禀赋优异的学生硕博连读,顺利留校当助教、讲师,再好一点就像他,一路直升副教授,并且不耽误恋爱、结婚、买房、生子,在人生的各个领域按部就班,攻城略地。她认识他后好像一直在拼了命逾越这看不见摸不着的七年。但也只是好像。

第一次见面是在二教104的阶梯教室里,她上研后的第一堂课,就是他的文学史。没人告诉她他的课有什么特别,她也是看舍友都报了,随大流。从哲学系转来中文,虽然考研分高得惊人，但是毕竟没正经上过什么专业课。

只是没想到选这个孙平的课的人这么多。九月初的北京午后热得让人呼吸困难，上课前的阶梯教室满坑满谷，黑压压一片人头像不断起伏涌动的海浪，窗外蝉鸣维持在一个低音频上聒噪不休，让人有随时站起来发疯逃出教室的冲动。她向来仪式感强烈，特为新学期第一堂课穿了一件崭新的湖蓝色T恤，图案是亮橙色的透明翅膀小仙子，是这一季ebase的迪士尼限量版。配一条军绿色热裤，两条笔直白皙的长腿懒洋洋地伸出去，制造某种日本漫画美少女效果。上课铃响起的那一刻，旁边的一个明显超过三十岁的大叔扭头艳羡地打量她暑假新做的栗色长卷发——上午刚洗过，蓬松随意地搭在肩头——他问：韩国留学生？

古怪愚蠢的问题。来自这个学校第一个对她感兴趣的陌生人。看样子是旁听者，因为听课姿态太郑重其事，面前刻意摊开印有该大学抬头的信纸。

从小到大她早习惯了这种注视。因为太热有点倦，她对那人不甚礼貌地做了个"嘘"，对自己的疑似留学生身份不置可否。

孙老师来了。年轻，貌不惊人。但刚刚平静的海面风云再起，三分之二的学生在底下骚动起来。她敏锐地捕捉到这动静，睡意顷刻去了大半。手机百度一下个人资料很方便。她发现孙竟是她在书店见过没翻开的几本学术畅销书的作者，更是本系明星教师。就在教室她现场打开了一篇他流传最广的文章，一边浏览一边心下暗惊。她很少有机会同时见识一个人的肉身实相及其思想。文字当然是好的，甚至有某种持酒击节的魏晋风度，引经据典的同时不乏幽默；但眼前的真人，却是一个面容相当疲乏的普通青年。在讲台上大部分时候低着头翻书，声音讷讷不可以闻，逼得人非常专注才能抓住他在说什么，如同一个人过度沉浸在自己世界里，每次走上讲台都自成结界，唯有最热切的眼光和最灵敏的耳朵才能攻入这思想的堡垒。

她这才明白为什么读本科时所有人都抢占后排，唯独这门课，一开始前六排就坐满了摊开笔记簿的人。她一开始还以为是研究生普遍自觉，原来只是自己经验不足，坐在后面就约等于逃课，因为根本什么都听不清。她几乎是昏昏欲睡在最后一排混完了两节课，旁边那个旁听大叔一直试图搭讪，没几个字能成功滑进耳内。她意识到这九十分钟将付诸东流，不耐烦地在笔记本上乱写乱画：春困秋乏夏打盹。旁边画一只瞌睡的简笔猫代表自己。间或听到讲台上传来的几个字，又促狭地写：一个蚊子哼哼哼。

孙平。连名字都平淡。会写文章不代表会上课。一切都如此名不副实。

复习考研了那么久，几乎一入校她就感到了某种理想轰然破灭的失望，但那时只有二十一岁的她已经知道：命运本来就没有答应过人什么，一切道路都是自己选的。

第二堂课是一周后。她坐在宿舍里犹豫许久，最终心念一动抄起书包，迟了八九分钟才赶到104。这次人比上次更多，但她幸运地发现第一排有一个被人占的空位。她刚出现在门口望向那空位，那个占座者就看见了她，犹豫片刻，招手示意她过去。

我等的人应该不会来了，她坐下后那人解释说。但话音刚落门口就出现了一张气喘吁吁的男生的脸，额上热汗直淌下来。他一脸疑惑地寻觅着那个已不属于自己的座位，占位者只好尴尬地冲之一笑，摆摆手，他这才明白过来，似笑非笑地转身离去。

四周爆发出一阵低微的笑声。不用听都猜得到：到底是美女啊。美女就沾光，占便宜，吃得开。她假装没听见那些窸窸窣窣的动静，目不斜视地看往前方。

因是第一排，她由此终于可以清楚看到孙平的脸。清瘦的大孩子的脸，表情严肃。每一句话都缓慢谨慎，逻辑无懈可击，对学生的提问反应又极其迅敏。才刚上完半节课她就明白了孙何以得民心：他有能力对自己说的每一个字负责。说出来的每一个字串起来都是好文章，用词考究漂亮，起承转合熨帖。她已经失望了整整一个礼拜，却在第二次听他的课时感到了迟来的惊喜。

下课后她脑子如水龙头扫过，耳边却依然听得到那悦耳的低声，像魔咒。这是天生适合布道的人。一堂课下来，百分之八十得闻福音的人都变成俯首帖耳的子民，切慕溪水的小鹿。在大多数年轻老师哗众取宠、老学者同样"与时俱进"的今日，能遇到真正的传道授业者，好比一个小小的奇迹。

她下单买了他所有的书，三天后送到，剩下四天手不释卷看完一多半，第三次课在几乎焦灼的等待中到来。

她这次提早了半个小时去占位，第一排中央，在讲台斜下方，一抬头就可以看见他微扬起的下巴，看上去没比台下的他们大多少，脸上却有一道不知来自何处的光，将他和大多数他者区分开来。她越盯着那脸，越感到一种不能够理喻的迷惑。是到后来她才终于明白，那体会就像提前置身于某种爱中：

他对他所讲授的，她对她所听到的。

这次课后她终于把他所有的书读完。年轻老师大都课业重，一个星期总要上八节课以上，她几乎可以想象他课后反锁在书房笔耕不辍的姿态，否则不至于刚毕业几年，已出了四本专著。这就是她想象中沉静内敛的学者之风。这就是她向往的清明理性的生活。这也是她遇到的，第一个也是唯一一个让她无限好奇的灵魂。她尤其喜欢他在一本诗歌论著中穿插的诗，应该是自己写的吧，只言片语，却展示了和上课时不尽一致的私人温度：原来他也爱林下美人，黑可可和芝士蛋糕，深夜也会失眠、做噩梦，也曾困惑颓唐。

她先是被他的博学与准确打动；继而被他的诚恳。她从小习惯了被追求，天资又好，因此难免比大多数人更容易骄傲，独来独往惯了。这时她假想他是一个濒临灭绝的年长同类，只是更富有生存智慧。两只猛犸，或者两头长江白鳍豚。这样想过以后，她看他就更觉得亲切。

常有人课后去问问题。她留在位置上不走，悄悄抬头观察他耐心作答，因为上课太久教室缺氧，他课后脸上总泛起奇异的红晕，就好像面对热情的学生害了羞。她静静看着，不觉脸颊也烫热起来，像和他一起发烧。何以至此？她甚至从来没和他说过话。

深秋慢慢地迫近了。

终究吃了本科不是中文的亏，她追赶得相当吃力。女生扎堆逛街，她晚晚自习恶补。课上布置的参考书目太多，去图书馆借了一摞又一摞，到期没看完只好续借加上新的，借不到的只能买，看不完就囫囵吞枣。她最深刻的感觉却是后怕。差一点就因为无端的傲慢与偏见而放弃孙平的课——倘若第二次没有碰巧坐在第一排。后怕之余，才发现大多数老师的课勉力听完，都有可取之处，只是仍然没有一个人及得上他给她的惊艳。"谦谦君子，温润如玉"是熟语，但熟语往往最贴人心。第二节课她就在笔记本上次的"哼哼韵"旁写下了这八个字，表示彻底改观。

她那学期文学史得了惊人的97分，其实未尝没有投其所好的成分：论文写的就是孙平每次上课时反复必提的几个作家。别人即便留意到，也未必真能看完所有指定书目。她猜到分不会低，只是没想到那么高。即使是不那么重要的学期论文这分数也相当罕见，尤其出自一向以严格著称的孙平。

她知道成绩后忍不住微笑良久，像面对面得到了直接表扬。论文基本从他援引的理论出发，但相当巧妙地转换了视角，不无锋芒地提出了个人看法，等于在论文里和他做了一次渔樵问答。她当然知道孙平的沉静表面下有令人吃惊的热烈，但第一次领教仍觉受宠若惊。

更受宠若惊的却在后面。寒假还没开始她突然接到了一个陌生的座机来电。接通却听到熟悉的声音。是他。

徐冰同学吗？我是孙平。你这学期交的论文相当出色，提出的观点对我也有启发。但一些阐述其实还可以再细化拓展。你有空的话，来一趟我办公室，文科楼209。

她甚至都没想起来叫他老师，乱中只问：什么时候可以？

今天下午就行。下午两点以后过来。

上了一学期课，她没和他说过一句话。她甚至都不太确定他是否注意过自己，虽然一直坐在他眼皮底下，但世人皆是灯下黑。一点五十分她就到了文科楼，一直挨到两点整才敢上去敲门。

他很快打开门，像打开冰箱陡然放出一股强冷空气。他的房间竟然比过道温度更低。

她发现正对门的一扇窗玻璃全碎了，可以直接看见窗外发黄的草坪，掉光了叶子的元宝枫，穿着笨重的几个学生正匆匆地抄草坪近道过去。一切都很像一幕文艺电影的开头，她想。呆站在门口。

从他审慎的眼神看不出来是否对她有印象：你就是徐冰？请进。

她猛回过神：孙老师好。一边悄悄打了个寒噤。他敏感道：我这个屋子的窗户坏了，是学生踢球不小心踢坏的，坏了两礼拜了。

一直也没叫人来修？

忘了。他抱歉地笑，就好像是给她造成了麻烦而不是给自己：反正有暖气，玻璃坏了就坏了吧——我是南方人，喜欢房子透气。

知道，孙老师是江西婺源人。她说。

你怎么知道？你哪儿人？他明显吃了一惊。她心想这将不会是她唯一让他吃惊的地方。她早就对他所有公开资料了若指掌。

我老家在福建。来这边读书也觉得暖气太干，受不了。这样敞着窗蛮好的。

他唔了一声，似乎是不知道说什么好。也许是很少和学生这么私下接触，他显得比她更拘谨。飞快打量了一下她，一点笑容都没有：你冬天怎么穿这么少？

她那天衣服确是穿少了——黑色大衣里只穿了一件驼色毛呢

连衣裙配长裤袜以示郑重，走进来不久就打了个喷嚏。他皱着眉头说：我去打点开水。你等我一下。

他去水房打开水的时候她趁机打了两个喷嚏，又从桌上偷偷抽了张纸巾，翻开他最近在看的一本齐泽克又飞快按原样放回去。他回来时完全没发现：没想到你年纪小，文笔却老辣。我教书这么多年，第一次遇到论文写得这么出色的——说句托大的话，很像当年的我。

那么他欣赏她也是一种自恋了。她抑制不住地靠在沙发上笑起来，手里紧紧握着那张团起来的纸。

他却没笑，低头在茶几上泡茶：铁观音，没事吧？

没事。我是福建人。从小就喝茶。

哦。并没有接一句：福建哪里。

她渐渐感到找话题的吃力。但他身子往后一仰，打开话匣子开始说起修改论文的思路来。

那天聊到后来也就不觉得冷了。午后的阳光一点点移到房间，虽然有风，但总归带来一点似有还无的暖。她并拢膝盖坐在沙发上，微微向办公桌前的他倾过身，听得非常认真。就像上过的无数节课一样，听得从耳根子慢慢往面颊烧去，热度一直保持，脸都烧红了，唯独鼻尖是冷的，像睡着的小狗。

你自己有什么看法？孙平高谈阔论罢，才发现她一直点头，很少回答。

她迟疑道，我在想您的话。有些地方……不太同意您的意见。

咦，那你倒说说看。他像吃了一惊，好奇地看着她，眼睛里似有笑意。

她受了激，终于下定决心辩解。说着思路打开，竟然滔滔不绝。他用眼神鼓励她说下去。她慷慨陈词半日，最后总结道：所以这一点上没办法再展开论述，说再多也不过重复他人窠臼。我倒觉得提出新问题更重要。人云亦云下结论是容易的，关键是视角够不够独特，有没有意义。

两个小时以来他第一次神情舒展地微笑起来。又低头看了看表。

她立刻察觉了，也掏出手机：孙老师是不是还约了人？快五点了。耽误您这么久，真不好意思。

不，我是怕你在这屋子感冒。茶都凉了。如果你晚上没事的话，请你吃个便饭？

在咖啡馆他给她拉开了椅子，又让她先点菜。学校咖啡馆照例提供淡而无味的咖啡，和不必抱期待的简餐。她苦思良久终于要了最安全的肉酱意大利面，他想都不想就对侍应说：和她一样。

在咖啡馆里面对面坐下，两个人的距离又更近一点。她彻底放松下来，和他聊起最近看的电影，两个人看法和趣味竟然惊人地一致。她一高兴便说得停不下来。他被她的聪明刻薄逗笑几次,说:徐冰,你其实也可以去搞电影评论,至少该换个导师。贵导师思路偏传统马哲,性情又一味温良恭俭让,并不适合你。

她一定是得意得忘了形:要换,就换您。

他迟疑片刻,看着她笑笑。

不到一个礼拜她把文章改好发给了他。这次他没再提什么修改意见,只很快地回了邮件:结构甚佳。照这思路研究下去,将抵达不可限量之境。祝一切顺利。

她在电脑跟前,再次有头晕目眩的知遇感。不是没请教过别的老师,最多只注意到她年轻讨喜,很少有人真正提及她的刻苦与才华。才华这件事,自己完全没有发言权,就和美貌一样,必须建立在他人认同上,否则毫无意义。二十二年了,她从来没这么被肯定过——凡事都是物以稀为贵。

感激之余她想起他每天在那个窗户破了的办公室里埋头写作,不由得设想他感冒了,病得很重,她陪他去校医院看病。从小父母离婚,她判给父亲,一般的家常菜都会做。那一刻她相信他太太绝对没有自己那样怜惜他。是的他是有妻子的,可是他提到只轻描淡写地说:真想学术道路上走得长远,就别像他结婚那么早,去美国读个博士出口再转内销,回来会混得开一点,不至于一说到福柯德里达就被当成土鳖高攀,再受学生欢迎也没用,评上副教授也很难转正。——这番话并没有什么隐晦的调情意味，纯是就事论事。其实他当年也不是没机会拿奖学金出去，说到底还是自己嫌浪费时间，又太迂回。他太太也在北京，听说是个律师，工作很忙。

那两天其实还有另一个老师请她吃饭。另一门得高分的课，系里张老师的。见面也在同一间校内咖啡馆。两相比较她就觉察出差别来。张老师在系里是著名的谈笑风生，尤其习惯戏谑地先把女生界定为女人，坐下来就声如洪钟地笑道：徐小姐，我的研究生小蔡说你每天用的香水都不一样，老时髦了！

张老师是上海人，而他学生小蔡是隔壁宿舍的，和她并不相熟。她那天喷的的确是写论文压力太大新买的巴宝莉。她有点尴尬地看着他，不知怎么接话。

张老师正色道：开个小玩笑侬勿要当真。又调回普通话频道：说真的，徐冰你功课好，下学期愿不愿意帮我一个小忙？我给本科生开了通选课，但可能有小半个学期不在北京。——所以想麻烦你当我的助教，不知有没有这个荣幸？

她始料未及，第一反应就是拒绝：老师，下学期我可能要选好几门课凑学分，还要准备托福，小蔡不出国，应该比我更合适一点？

你功课比她好。张老师哈哈地笑起来。你才研一，多锻炼锻炼就好了。

她说：真的不行。我当众说话会腿发抖——

张老师说：是吗？那和我说话怎么不抖？

一边说一边轻拍了一下她膝盖。他们是面对面坐在沙发上，中间只隔一张很小的茶几，电光火石之间，速度快得就像没发生过。但她仍然如同应激实验里的青蛙般反应剧烈，震惊得说不出话。他浑然不觉哈哈大笑：徐冰，给我当助教是有好处的，可以免修两个学分，而且每月还有五百块钱。而且将来你要真想读博，留校，这个助教经历对你只有加分。毕竟也算实习老师了嘛！

刚才那一拍的余震还没有结束。他望着她笑得非常坦荡，耐心地等待着。不知道过了多久她才停止发抖，时间已过了几万光年。她垂下眼睛，避而不看对面的笑脸，坚定地说：张老师，真的对不起。

没事。那我就找小蔡。我觉得你比她悟性高，可惜太害羞了一点！

在这个话题之前，那天其实也聊得十分愉快。张老师说话风趣，尤其擅长讲系里老师的经典段子，辅以手势表情，视周围走来走去的人群如无物。中间有一两次她不禁担忧地想，也许会被同学看到传闲话的。对此她并不感到任何征服者的荣光。

而她拒绝之后，很快他就扬手叫来了侍应。

饭后张老师坚持送她回宿舍,就像最寻常的男生送女生。他比孙平高而且胖,孙平大概也有一米七五以上,但太瘦,不显个儿。她努力和张老师保持一点距离。过很久才发现,心底一直沉沉地在想另一个人。人和人不一样。老师和老师风格也千差万别。她冬天裙子最多,此时穿赫色保暖厚袜的长腿套在棕色麂皮长靴里沉得像灌了铅。

上次孙平并不曾送她,出了咖啡馆之后便匆匆作别。但她还是设法和他同行了一小段,闯米诺斯迷宫一样轻巧地穿行在校道上横七竖八的自行车间,又一指远处:孙老师,每次这样晴朗的冬夜,就想一直走到颐和园去,看看昆明湖结冰了没有。

她记得他问,结冰了又怎样?声音漫不经心。结界正在形成。

就可以顺着冰面一直走到南湖岛上去——可惜现在已经闭园了。

假如我再年轻五岁,应该能陪你翻墙进去。他当时想了想,才认真地说。但能不能只在一边看着你?万一你掉下去,总得有个人拉你上来。

时隔这么久,那一朵迟开的喜悦才在她心底轻轻炸开。她平时很少说这样没意义的话。但关键是这样的傻话孙平肯应和。


张老师还没走到宿舍门口就在树下和她握手作别。握手比正常时间略长几秒,足够她感知一双肉掌的绵软肥厚。男身女手?她正昏乱地想,他走了几步又猛回头。寒假还是考虑一下给我当助教的事。他露齿一笑，压低声音。周围上完晚自习的学生在寒冷的冬夜苍穹下潮水般涌回宿舍。没人注意到这是一个男老师，在送一个女学生。

她天真无邪地像完全没有听见。笑道，张老师，再会。

那晚她睡着仍一直梦见孙平独自待在那个冷风嗖嗖的房间里。醒来后她发现是自己踢了被子，第二天就得了重伤风。大概见孙平那天就已经有点着凉了。她惆怅地想：孙平会知道她是为了和他不停说话才一直撑着说不冷的吗？

恋爱就像感冒。她先病倒，事后才觉得不像好兆头。

没多久就放了假。据说孙平一改完期末试卷就和太太孩子回了婺源老家过年。她回福建前一天，去学校废园里折了一枝满是骨朵的腊梅，从二楼露台顺着狭窄管道小心翼翼侧身贴墙走过去，再从窗破处敏捷地翻进他办公室——她从小跟着父亲被当成小子养，摸高爬低是常事。先找到一个空瓶盛满水插上梅花，又用他办公室座机给学校工程处打电话，自称是他的助教，告诉工程处文科楼209的窗子坏了，得在放假前找人修好。

腊梅可以插很久。这样他开学回来，可以闻到满屋子梅香，又不会再被寒风吹得感冒。

她记得他的生日是在寒假。想办法在系办公室查到了他的身份证号码，知道确切日子，再发信息给他说要快递本书。他告诉了地址。她在网上订了一个抹茶蜜豆芝士蛋糕和书一起寄过去，那天在咖啡馆里问到的，他的最爱。蛋糕不便宜，用掉了她一篇文章的三分之一稿费。——她听从他的建议，已经开始给报纸写短书评了，起初是他帮她投稿，后来就是人家不断约稿。这也算是某种意义上的羊毛出在羊身上。

　　他接到蛋糕当即回了信息：这是我收到最大的生日惊喜！她笑着，还没想好怎么回，过了五分钟他补发一条：蛋糕很好吃，我太太和孩子都很喜欢。也祝你寒假开心！

　　她想了很久，回了一句：君子既喜，我心亦夷。

　　他没有再回。

　　也许是从接到蛋糕的那一刻开始；也许从这句有歧义的回复开始。她不能够分辨他到底是在哪个时间节点就突然感到了不安；但开学两个月，他并没有再找她。她只是接连不断接到报刊的约稿，都说是认识孙平的编辑，本来请他写个什么稿子，结果他推荐了她。如此而已。

　　春天终于缓慢而明确地来了。她完成的约稿每次都抄送给孙平，他却从来不回邮件。她一直假想他会细读，稿子写得越来越像情书，一个年轻热烈的求学者隐藏在看似理性的字里行间。如此坚持了半年，她终于灰了心，开始自我怀疑起来：孙平显然并不足够重视她，至少也没有重视到认为需要回邮件的地步，更遑论因之影响家庭：事业成功的太太，外加一个满地玩耍的孩童，大到已经可以消化芝士蛋糕了。

迎春花开过之后，就是玉兰。文科楼前面就有一棵，从他的房间望出去，应该正好可以看到那满树一日日饱满欲绽的骨朵。她每天经过那草坪都要抬头看一眼那树，窗户是早已修好了，却时常敞着。但是他既然一个冬天窗户坏掉都可以不修，那么她也有足够理由相信即便开窗，人也未必在里面。他对那枝腊梅又是什么反应呢？会猜到是她送的吗？

第二学期她没选孙平的课。也没选张老师的。偶尔去系里遇到后者，还是隔老远就朗声大笑：徐冰你怎么不选我的课了？还在担心被我抓壮丁哪？

她导师有一次突然问她和孙平很熟吗。她想起曾经和孙开玩笑说过要换导师，避嫌道：也就是选过他一学期课。

导师点点头，没说什么。


她终于再次得以坐在他办公室往窗外看时，大半个春天差不多都快过去了。还是她忍不住给他发的信息，说想向他借一本图书馆里借不到孔网也没有的旧书。亲临其境才发现玉兰花并不像她想象中那样正好遮住窗，一两枝斜斜飞过窗边，凄艳非常。事实上，树离窗户还很远，最多远远看得到两三朵将谢发黄的花，像几只鸽子随时准备振翅离开这视线的牢笼。

人生若只如初见。这次见面他俩都变得比第一次更拘谨陌生。他先问她最近在忙什么，她说在准备其他课的学年论文。他说他最近也忙着改期中论文。对坐十分钟，两个人几乎没说上话。他一直站在书架前帮她找那本书。最终也没有找到。

她尴尬莫名。搭讪着说：孙老师，您上次建议我写点论文之外的东西，保持文字的敏感度。我写了一首诗，您看看。

他应一声，便从书架那边走过来。诗风明显受他影响，然而她不确定他是否看得出来，更没想到他看时会悄然立在她身后，她手一抖差点捏不住手机，他一惊之下便扶住她拿手机的手背。她浑身一僵，他立刻放开。

那一刻从她心底浮起的感情不是任何别的，竟然是惋惜。孙竟然和张一样。这种关系太确定也太没想象空间了。两个聪明有趣的好人，饮食男女之外还有千百种交流模式，为什么一定要掉到最无聊的一种里去？

她的身体一排拒，孙平便知趣站直了身体。看完诗，他默默无语回到座位上坐下。中间依然隔着茶几，她继续维持礼貌微笑着。

又聊一刻钟，她起身告辞，他没有挽留。走在校道上她猜想他大概会从窗户里凝视自己远去的背影，不免走得心事重重。结果还是归结为肉身的诱惑，这诱惑将永远大于思想和感情。但是她没办法不替他们的关系感到可惜，是悬崖勒马之后的惊惧，也是谜底揭开的无趣。如果他再进一步，那将如何？如果真转到他门下，日后如何相处？

还是后怕。人心何其复杂，她看不透。但她同样无法解释自己每次上课或者私下见他都要盛装前往。

是夜眠浅，惊起乱梦无数。她由此知道不但权力是春药，才华也是。

但如果在他眼里她仍然只不过是个年轻好看的女人。那么相貌的因素依然胜过才华。唯独这一点她无法甘心。

之后她便不再抄送邮件。研一下学期，甚至半真半假接受了一个大马生的追求。也是上学期在孙平专业课上认识的，追法很老土也很有效，只有一个套路，每节课想方设法坐在她后面，快下课了轻敲一敲她椅背，向她借她手里正在看的书。并不真看，书还回来时必然夹一封信，一笔一划的繁体字，字迹有点笨拙，竖行从右往左写。一米八六高高大大的一个男孩子，皮肤黝黑，笑起来露出一口堪做广告的白牙，眼神是中国学生中少见的单纯。信里说"我一直不明白我穿越整个太平洋来到这个到处饭菜都很辣、冬天风很大、每个城市都有雾霾的国家是为什么。现在明白了。原来这里有你"。告诉她祖籍广东，又告诉她这是他的初恋。"见到你之前我还一直以为我是GAY，只是没有遇到愿意掰弯我的男仔。"也并不乏幽默感。马来西亚再是弹丸之地也有三千万人口,她抵御不了一举战胜八百万马来妹的巨大虚荣,终于答应他去五道口喝酒。

大马生叫张士明。张士明二十二岁,天蝎座,吻起来她相信他真的是初恋,因为实在笨拙得教人费解。跟着她傻乎乎地在偌大的北京城里走来走去,看到什么都说"哇真系好劲!""It's crazy! Unbelieveable!"他除了英文,最流利的是广东话,因为祖籍广东台山。他还认真教过她说粤语的一二三四五六七,她总学不会那个"七"的摩擦音,两个人在他的留学生宿舍里看粤语残片笑得前俯后仰。

因为他一口广普,她总爱叫他广东仔,虽然知道其实不是。她问他:喂广东仔,你到底钟意我咩啊?

张士明说:你不知道,大马哪有你这样皮肤白又不化妆的女生。大部分就知道买买买,学英文,玩脸书(Facebook),满大街逛街吃冰,爱好运动的就去仙本那玩深潜,要么就储钱去澳洲学跳伞——

深潜?

就是深海潜水啦。她们浪漫的嫌我老土,上进的嫌我感性,太fashion的女生我也吃不消,大马鬼佬又多,去欧美又容易,好多朋友都觉得我选择来中国发展好奇怪。可是其实大陆女孩子最会照顾人,又喜欢读书,不会太物质,对我来说刚刚好。

她感激他不是简单地说"因为你长得够美",而是说了一车有的没的理由。虽然她知道多半还是因为她不难看。

大陆女生都那么好,干嘛找我?

因为你读书够叻——叻你懂吧?就是成绩好。张士明做了个夸张的表情。从小到大,我见过上课最认真的女仔就是你,简直有仪式感!你们大陆不是有一句话很流行吗:明明可以靠脸吃饭的,结果偏偏要靠勤奋,哗,别人怎么看我不管,反正这一点迷死我。

他大概是指她总在课上不停地记笔记。但是他不知道有些时候她也只不过是在写"人似秋鸿来有信,事如春梦了无痕"。

她带他去草场地、798、美术馆,看完画展,就逛王府井大街。她也带他去吃这边的BUFFET,从西餐吃到日料,他一折合成马币就咂舌摇头,说中国物价太高。她笑他小农意识怪不得没女生缘,他很认真地问什么是小农意识?她很费劲地解释清楚了,他说:不是啊,吉隆坡吃米其林餐厅也就这个价啊!有机会带你去吃槟城的娘惹菜,巴生港的肉骨茶,马来西亚别的没什么好的,就是美食如云!

她听得直咽口水,又真真假假地问他几时带她回去。整个研二上学期,就在这种风花雪月的气氛里飞快过去。因为终于有人陪她虚度时光,她期末去豆瓣书单回顾自己一学期看过的书,竟然比研一少了一大半,立刻痛感昨是而今非,深怪张士明拖她后腿。研二下学期一开学，她发现孙平又开了一堂选修课，叫"新时期文学的思想脉络梳理"，虽然是常规课程，但她知道他一定会有他的洞见。迟疑片刻，还是选了。

张士明没选，说孙平的课超过他中文程度太多，听不懂。她其实也暗地里希望他不要选。

这次她没再坐在第一排，而是躲在三排的最角落。但是孙平上到第二次课就发现了她，正上着课，脸上陡然露出喜悦神情，隔着许多人定睛看她一眼，几乎不让人察觉地点点头。她坐在下面也不禁笑得沧海桑田，课就有点听不进去。下课后发现纸上又重新写满"孙平孙平孙平"。像魔咒恢复。

隔一段时间，孙平说换小教室上讨论课。第一次讨论就指名让她当众发言，她不免紧张得语无伦次。孙平仍旧鼓励地看她，她后来终于镇定下来，发言渐入佳境。讨论课坚持下去的学生不多，到了第八次课后人数已经只剩下一多半，孙平一次课上突然即兴宣布，为了感谢大家一直坚持到现在，诚意邀请大家一起去他家喝咖啡，反正教工宿舍离学校也不远。大家自然欢呼，立刻就有男生自告奋勇分头去订廿一客的蛋糕和去超市买啤酒。

她走出教室就给张士明打了电话：抱歉今天不能和你吃饭了。

张士明在那边懊丧道：不是说好晚上去看电影的吗？

她说：对不起。真的对不起。

孙平的家比她想象中要更合乎她的趣味。也许因为太太不进书房，书房尤其有一种清教徒的气息。四面都是书墙，绝没有挂婚纱照的余地。原色的木地板一尘不染，茶几上放着的书正好是她某一次讨论课上提到过的，莫里亚克的《苔蕾丝·德斯盖鲁》。孙平说过自己其实不大爱看小说，不知道这是不是巧合。

他招呼大家喝咖啡，"现磨的illy豆"。学生们一阵尖叫，说老师果然好品味。他反身坐在工作椅上，一群人或坐椅子或坐蒲团，也有好几个人一起挤在单人沙发上的。有女生仿佛轻车熟路地去泡茶。她在人群中被推来搡去到处碍事，渐渐局促起来，觉得离他比课上更遥远，完全插不进话，又嫉妒原来有这么多人簇拥他，明目张胆地爱戴他，莫名其妙就有了受冷落的负气感。刚拿出手机准备发短信给张士明说一会影院见，孙平突然在人群中说：徐冰。

她隔着人群远远地，奇怪地看他。

徐冰，你在我左边书架上拿一本书，马泰·卡林内斯库的《现代性的五副面孔》。上次你说想看的，图书馆又借不到。我也是前段时间才找到。

他竟然还记得她一年前想找的那本书，几乎恍如隔世。她应了一声。在书架上翻了半天没找到，却无意间瞥到隔得很远的另一面玻璃柜里好好地搁着一枝枯枝。她过一会假装无意地踅过去，才发现是一枝枯了的腊梅,细小的赭色骨朵还在,没有全开。她浑身一震,如遭雷击。这就是她去年翻窗送进去的那枝吗?

那天怎么离开孙平家的她记不真切了。大概是留下来和大家一起做饭吃,几个女生抢着洗了碗。她没抢赢,只能坐在书房一角低头看书。却怎么也看不进去,眼前影影绰绰总有人走动,欢声笑语一下子都变得极遥远。她发现自己一直在走神。张士明晚上问她要不要过来接她,她倒是反应很快地说了不。

三个礼拜后她和张士明正式分手。理由是张士明将来一定会回吉隆坡,她又不愿意跟去。矛盾既无法调和,那么趁大家都还没太当真的时候分开,长痛不如短痛。其实这所谓不可调和刚在一起就知道了,只是爆发的时间点不好解释。分手那天张士明问她:是不是因为孙平?

她悚然一惊。这个大马男孩子并没她以为的那么不了解她,是她以前一直轻视了他,把他当大玩伴。但是这种事原本就说不得,讲不清。一切也已经来不及了。那么,就这样吧。

研二学期结束,一个去哈佛的交换名额像块大馅饼莫名其妙砸到了她头上。她的确随大流申请过,但压根没想过自己真能申上。导师告诉喜讯的时候,她不免惊大于喜。导师只说让她好好准备,还是另一个年轻女老师说漏嘴:你不知道?是孙老师在系里竭力为你争取的。为这孙老师还自动放弃了和张老师竞争系里今年唯一一个副教授转正名额,只要他也肯支持你去。本来张老师那个学生小蔡也报了名的。又贴心地交代这事她和谁都别说,最好烂在肚子里。

她点头应承,心事重重地回到宿舍,正好看见小蔡在她宿舍和人聊天,想回避已经来不及了,只能硬着头皮打了个招呼。

小蔡像没看见她,从她身边目不斜视地过去。刚刚和她聊天的舍友等她走远了方笑道:听说你和孙平很熟?

没,就是上过他的课。

另一个舍友没头没脑道:小蔡刚才哭了一场。——也不知道是说给谁听的。接着又说:徐冰你可以去美国买香水了,那边多便宜啊。

她坐在床沿上,默默放下床帘。如果没法在哈佛留下来,回国多半还得在一个宿舍住,没有撕破脸的必要。她们只是觉得不公平,换位思考她完全可以理解。孙平的确毫无理由这么兴师动众地帮她,甚至为之付出私人代价——如果她不曾为之付出代价,那么总得有个人付出。系里三百个学生,多少一等奖学金得主虎视眈眈的大好机会,被她一个二等奖学金易如拾芥捡了个漏。连张士明知道了都专门打电话来恭喜:怪不得你以后不和我去大马,原来是有更好去处。

她说,我也是最近才知道。

他不等她说完：听说此事孙平居功至伟。这事得亏他不是你导师，如果是，还真不一定能帮成。我打听过，比你绩点高的竞争者就有三四个。但是你要当心，师生恋在大马是很严重的，不知中国的学校怎样——

她轻轻挂断电话。

也许就是要替她争取这个机会，孙平才没有让她转投自己门下。如此，也算深谋远虑。此刻她最懊悔的不是别的，就是那次自己的反应过分剧烈。他那边若是无心之失，那她就是以小人之心度君子之腹。他或者就是为了让她内疚，才不惜如此兴师动众。但这又何必。

两行泪不知何时冰凉地流下来。她轻而易举得到想要的一切。但不快乐。

六月底放假之前，她一直在想要不要当面道一次谢。想了很久，始终下不了决心。总觉得再见面只会更加尴尬，又害怕自己太主动显得轻浮。他越不避嫌疑，她越被迫矜持——但是她知道自己这样，大概很不识好歹。

行李收拾停当，回厦门前的一天，她终于决定去他办公室。手机短信拟了几次草稿，始终很难措辞。他和她那么像，那么敏感又多心，虚文客套是最伤害彼此关系的蠢行。还不如当面锣对面鼓——到底要她怎么谢？非要报这知遇之恩，真上一次床也不是不可以。此念一出，她被自己吓了一跳。怎么最后还是回到身体政治学上面去。她一向最鄙夷女生靠这个混饭吃，到头想不到自己也一样。

可能也只因为是孙平。

孙平、孙平、孙平。

也许只是因为他什么都不图。她才渴望什么都不理，不管不顾发一次疯。他能给她的一切她唯有拒绝，才能撇清自己没有利用之意；但她拒绝不了。他就是要她欠他。也许。

那天下午她就是这样怀着一肚子委屈直接去敲的209的门。这一次来，和前年冬天那次站在门外的天真喜悦完全不一样了。门里没人，打电话关机。短信没回。她本来以为他还在学校里，因为昨天下午还听人说他在给本科生监考。

她早在心里打了无数次腹稿。官方说辞：谢谢你，孙老师。认识你，是我读研究生期间最大的福气。之后如果要在美国正式申请学位，还请多多关照。——其实也不是要再请他帮忙，怎么说都显得生分，不高级。或者一见面什么都不说，四目相投，一切尽在不言中。她不是故意误会他的——真相是她一直单恋他。这一刻她绝望地想：她爱他已经整整两年了。但没人知道。包括她自己。

通往二楼露台的大门也锁了，听说是有贼从露台进去偷过好几个老师办公室，所以加了锁。这样像上次一样翻窗户进他办公室也不可能了。

她站在办公室门口，心里空空荡荡。他已经走了。不是出差去了外地，就是回家吃饭了。他小孩两年前就可以吃芝士蛋糕，现在估计都上幼儿园了。她下学期直接从厦门坐高铁到深圳，再过境从香港直飞波士顿，万一真的留美成功，此生也许没有再道谢的机会了——其实这人情欠了也就欠了。但她总觉得他们之间不该就此画上句点。太突兀了，就算是脚本再糟糕的戏，好像也理应有一场更正式的落幕。

过了好一阵信息才回来：在外校开会。徐冰有什么事？

她改了又改，终于发出去：我明天就要走了，想当面和孙老师道声谢。

他这次回得很快：我在外校开会，一会回学校给你送行。你等我。

这话说得不对，暧昧。

她想起当时和张士明在一起为什么没有结果了。那么开朗明快的一个人，却无论如何无法驱逐掉心头一个瘦高的黑影。他几乎是无处不在：课上，梦里，思绪深处，和张士明接吻时。她偶尔想起系里的另一对教师夫妻，也是各自离婚才在一起，最后不也是众人口中的良伴？不管此前历经多少狼狈，只要智识趣味相当，日后不离不弃，总有机会成为江湖佳话。他至少足够欣赏她，把她当成学术上最可倚重的后辈。真和他在一起，将来的路会更顺还是更坎坷？她不知道。但是至少两个人可以像萨特和波伏娃。再不济，也是黄萱之于陈寅恪。

这一刻她放任自己胡思乱想。是真的迷恋神仙眷侣的前景，还是只参不透当下？

突然想起还没回话：我就在您办公室门口。等您。

夏天白昼漫长，六点多天光还大亮。学生都放了假，学校老师也走得差不多了，系办公大楼空空荡荡。她一个人在走廊里走来走去，听自己的脚步声如困兽得得答答，再矫情点就是迷途羔羊。空前困顿，又缓缓生长出明知荒唐的期冀。

七点已过。走廊尽头的窗户落日熔金，楼道里渐渐黑了。她走到楼梯拐弯处，在楼梯上坐下来，眼看窗外天色一点点沉下去，光影莫测间，心事变了又变，一会儿一个主意反复不定，她无数次想，再等不到他就走吧。

但她终究没走。

差不多一小时之后，走廊灯应声而亮。

仿佛自身携带大光明而来，又似乎舞台上被追光灯追逐的罗密欧，孙平孤伶伶站在那里，穿着开会的正装衬衣，脸颊微微发红，额头晶晶有汗，远远看去，也就是个刚发育好的大男生，说不出的可怜可笑。

他同时也看到了她。没有动。

六月闷热的楼道不知从何吹来一阵冰凉的晚风，像是从十八层地狱浩浩荡荡直接吹上来的。但是谁说撒旦不能收获快乐？说不清是谁先暗示了谁。也许是他先张开手，类似一种催眠术；她便梦游一般走过去。也有可能是她径直走进他怀里。如果可以，她还想劈面走进他的灵魂深处，打开胸腔，把一切看清楚。

他没有推开她。并没有。但拥抱得非常之轻，面对面地屏住呼吸，继而发觉她满脸是泪：徐冰，不要这样。

她咬紧牙关不语。实在也没什么可解释的，这种处境。

他说：有什么事我们进办公室说好不好？

不要。

和她的眼泪一同轰然落下的是这夜晚的大幕。走廊里的声感应灯灭了。黑暗徐徐地笼罩住这一对无法定义的男女。

我不找你，还以为你不会找我。他说，对不起。我不知道你这么难受。——但我也不全为你，主要还是遗憾自己当年没能出去。你很像我，心思不光在拿高分上，是真的有志学术。我见你第一次就知道，你足够聪明，也足够有野心。不要辜负你的才华，哪怕为我。

　　黑暗里她静静面朝她的牧者。连她也不知道是不是真的爱他，还是感激他背后已经给她的一切。下学期她就要去美国了，去哈佛。日后的天高海阔何止她，大概连他都很难完全想象。她此时是在恋恋地守着曾经的偶像和一场旧梦，还是仅仅不甘心自己的无以为报？

　　他又说：后来我就想，你不转到我门下，可能更好一点。系里已经有人在说三道四了，但都不用理会。我自己问心无愧，就坐实偏心也没什么。哪有老师不偏心好学生的？本来你也实在出色。你是男生，我多半也会帮你，只不是这么个帮法。平时还可以一起喝喝酒，聊聊天，甚至带去外地开学术会议。说实话我也遗憾你是女生——而且太好看。

　　一生中第一次，她宁愿自己长得不美。不美就当不成学术花瓶，就没有性贿赂的嫌疑。一切就海晏河清。光风霁月。

　　他说，我是不是说得太多了？但我知道那枝腊梅是你送的。一直留着。

　　是我。

　　她再次无法解释自己的行为，眼泪一滴滴落下来。比起第一次见面聊学术的侃侃而谈，两个聪明人面对面承认彼此之间有性的吸引力更其窘迫。但是她内心有个地方其实很喜悦，模糊的漫溃的，无法解释的狂喜。他为她图谋遭人非议，这当然也是爱之一种——她很坏，其实只要他为她吃尽苦头。但是其实光传闲话两个人都更惨，因为徒有虚名。

他又在说话。他问，你去美国打算怎么办？

良久，她终于能够开口：先在哈佛把交换课程读完，然后看有没有机会申一个短期研究班，如果真的能留下，就读个PHD再回来。

他说，和我猜的一样。怪不得你上学期托福和GRE分数考那么高，交换生根本不需要那么高，足够在国内直接申了。你肯定早有出去的打算，才准备得这么充分。当然能先出去更稳妥，一是递材料方便，二是也能直接找到导师。这是最便当的一条路。万一你读完想回来，直接回本校可能难，可以迂回一点先进Q大。那边系主任是我同门。

一回到这个领域他又重新变得自信起来。仍像在课堂上一样滔滔不绝：哈佛在国内是王某人最有名气，但东方语言文化系还有其他几个教授，申请难度略小……纽大和哥大也不是完全不能考虑……还可以找人写几封推荐信。最好尽早确认感兴趣的方向，不要申了又临时改，很被动。

不知道为什么，一说到正经话题，两个人再靠得那么近就显得很奇怪。她放开他，后退一步，只借走廊尽头窗户的一点微光端详他。他开了一天会，模样在暗处正像初次见面时一样疲惫，声音也悄悄哑了。她伸手轻轻触碰他的面孔，顺着额头、鼻子、嘴、面颊一样样摸下去，一直摸到下巴，恋恋地，停下。

他渐渐不安起来，握住她的手，拿下去。

刚才也是她先过来。老是她主动，这事好像也不太对。她抽回手。

读书时听左小祖咒的歌——我不能安静地坐在你身边……他对她取笑自己的饶舌。那么多女生，独独你让我感到紧张。赶紧送出去，一了百了。总之到了国外好好用功。也替我看看美国，告诉我哈佛到底是怎么回事。

其实他比她还要向往外边得多。自由。学术最前沿。花花世界。一定要证明他看好她没看错，替他完成无限辉煌的可能。她像他本人的替身，类似一种错位的、无稽的父爱。纳索喀斯之恋。

孙平。她不肯再叫他老师：如果走在大街上，别人大概也就当我们是再普通不过的一对，没那么多禁忌，也没那么多闪躲和步步为营，是不是？

别招惹我。他轻声说。我们这类人，太自私了，根本不配谈爱情。也真的没必要。那次吓到你，事后很后悔。我反复想过了，彼此之间什么都没有，更纯粹，也更长久。我还等着你学成归来和我同事。

一股电流从她心底蜿蜒曲折穿过，像大西洋之下绵延几千公里的电缆。走了那么远，考了那么多试，读了那么多书，上了那么多堂课，熬夜写了那么多篇论文，等那么久，才等来了这个词：同类。如此这般的一个人，终于慷慨纳她为同类。而这一点她早在最初就无声认定。猛犸，或白鳍豚。此时此刻却早已不是她想要的结果。她这才陡然意识到模糊算法的精确，师生间巨大的不平等，成年世界利益交换认定的无限复杂。她问：那万一长路漫漫我不小心动心了怎么办？

其实她是想说：我什么都可以不要。不要哈佛。不要前途。但要平等，不欠你。

但她说不出口。外面轰隆隆打起雷来，是雷阵雨。一个闪电从窗外经过，清楚照亮他脸上的茫然，还是课上的旧神气，单纯得可爱。她很想吻他。当然也并没有。


走廊的灯突然又亮了。

伴随光明大作，窗外雷声也热闹非凡，像天堂终于压倒地狱，上帝战胜心魔。舞台上两个人同时被刺得睁不开眼，像烈日之下无法遁形的吸血鬼。

是值班保安站在走廊另一头，插科打诨的丑角快步上场，恭敬地叫：孙老师。

另一张面孔从保安后面闪出来，脚步同样过于轻快，有点滑稽。是张老师。估计要回办公室拿什么东西,保安怕他临走忘了关办公室灯,一路殷勤地先上来恭候。他今年一定可以评上教授了。孙平最后让了他,因为她。

张老师笑声朗朗道:孙老师这么晚还没有走?

她蓦地想起第二次听课时,门口那个被她占座的男生似笑非笑的表情。他们什么都明白,就是不明白一切没那么简单。——可是他们明不明白,也就那么大回事。

但是孙平显然不这么想。

他蓦地转过身,向光明处大步流星地走过去。随便解释点什么,或者保持尊严一个人走掉。她被她的牧者留在身后大片大片雪白刺眼的荒凉里,一个人。一切表面结果也许都不会改变,但是他们和世界的关系在这一明一灭间永远不同了。还有他和她的关系。她口干舌燥想说点儿什么,但同样并没有真的说出口,因为声感应灯就在这时候全熄了。所有人的面孔瞬间隐没在黑暗里,保安,张老师,楼下暗沉沉等着看好戏的全世界。只剩下孙平一个人单调而轻的脚步声,正渐渐远去。

肺鱼

有一段时间,网络疯传非洲撒哈拉沙漠旁的一个村庄,白天平均气温高达42摄氏度,一年中只有秋季短暂降雨。就在这样恶劣的环境中,一条杜兹肺鱼在没有水的环境下坚持了四年,最终等来雨季,赢得新生。……然而,这是一个典型的"从存在案例出发无限脑补和补充所谓'细节'从而生成的带有浓浓《读者》风"的故事,很多描述严重失实,或许有教育意义,但无科学价值。

——果壳问答

他读这段话给她听是在某年的三月间,记不清是哪年,但是应该有微信了。起因是她前阵子突然和他讲起这种鱼的事迹,在某个公众号上看到的。他为此不惜上网搜了半日,目的在于正告她,网络流言虽然未必没有真实的部分,但鸡汤文章为求煽情随意篡改事实对科普工作害多而利少。肺鱼确有此物,是肉鳍鱼亚纲肺鱼总目的统称,其中非洲肺鱼和美洲肺鱼确有依靠休眠度过旱季的习性,但离水时间最长也不可能超过一年。而且还需在外界环境并非完全干涸的情况下才能达到——

  虾还没听完就悄悄打了呵欠,但肉身仍端坐在饭桌对面。在家她总是显得过分疲倦,仿佛应对家里家外事宜已用尽九牛二虎之力;然而其实也不过只是上了一个正常的班回来,做了一顿日常的饭上桌。他假装没看到,坚持不带情绪地读完,并自顾自发表评价。终于说完的那一刻饭桌复归于神圣的静默,只听到虾嘴里发出极其轻微的咀嚼声:半根芹菜配肉丝,一勺剁椒炒鸡蛋;和感知到自己平白说了半日的焦渴——这条问答接近两百个字,足以令人口干舌燥。

  这细碎动静更显出饭厅教人窒息的死寂。

  他不禁想起那句法国人的谚语:彼此沉默的时候,其实正有天使飞过。

  这也是时下饭局冷场流行的说法,可通常没几个人能接得住这太冷的笑话,说罢这句,局面只会更快降至冰点,以终于有人不堪忍受起身兴辞、大家如释重负纷纷作鸟兽散而了局。然而他想,用在此处会不会同样因为过分频繁而失效。如果真的有天使肯时时看顾一对夫妻之间的日常,那么他一定是一刻不停反复展翅掠飞过头顶，在这狭小的八十五平方的空间里朝夕往返。疲于奔命。筋疲力尽。

有没有天使是因为人类的沉默而累死的呢——然而天使本来就无法再死。想象那狼奔豕突可笑场景他嘴角不免抽动。面前的沉默却渐渐笼罩成一种有分量的具象压迫，教他失去再开口饶舌的勇气。

究竟何以至此？

不知何时开始，只要与她一起，沉默便渐渐占据更多的时间，也许任何话题都已熟稔，彼此爱憎也早经熟知，不可触碰的某些雷区一直存在，而未知的禁区更无从逾越。沉默遂变成可自我繁殖的息壤，又如同病毒失控般蔓延不止。不是没试过无话找话，然而他接过新话题总好比溺水者迫不及待抓住救命稻草，过分滔滔不绝，反而只能引发体量更庞大的沉默。好比冬天里好容易烧开的热水，袅袅热气虚假繁荣不了多久，放凉速度之快足以寒心。

他索性也就放弃。

她却也不是完全不为他所动。过了一会，她勉强地说：不知道这种非洲肺鱼能不能吃。

他喜出望外就坡下驴：肺鱼鱼鳔不存水，所以根本不存在人需要挤出鱼肺囊里的水解渴的情况。非洲人捉这种鱼本来就是为了吃。

她说，哦。这样。

他瞪着她，不能相信一番苦心孤诣再次投入深渊，寸骨不留。只好虚张声势再下一城：我就怕你出去说错。这种事，知之为知之，不知为不知，不知的事瞎说八道就丢人了——

主要怕丢你的人。她一直不看他，眼睛瞪向虚空的某个点：但肺鱼这种事，本来也没多重要。我也不会去和别人讲。没想到你这么在意，以后不说了。

他清了清喉咙：根本就不是我纠结。我最近越来越发现简直没法和你沟通，任何小事，任何话题。这样太影响生活质量。

那就别说了。

她蓦地站起身，开始收拾桌上碗筷。两个日式樱花菜碟里的汤氽尽倒在饭碗里摞在一起，剩菜扔进用超市铜版纸海报页叠成的方形垃圾袋：*惊喜大特惠，周末全品种放送。新鲜猪肉、酸奶、火腿肠、奶白菜。高级陶瓷汤煲最低售价29.9。洗衣液卫生巾牙膏买一送一*。再把汤碗置于碟上，两只青花瓷饭碗摞放进汤碗。大小搭配，严丝合缝，只需一次就能巧妙地把所有吃饭家什端走，最上面饭碗里的菜汤甚至没有一点摇晃。

他气血翻涌，定坐在原地一动不动，看她一系列动作一气呵成，甚至有某种熟极而流的美感，像茶道。

而其中的清洁和了无情意却也差相仿佛。

吃完饭他继续瘫靠在沙发上,仿佛间接传染了虾的疲惫。电视遥控器就在茶几边缘,就是没力气伸手。电视一直黑屏,厨房动静却长久不息。先是放水洗碗的哗哗声,再是碗碟一个个被放入碗柜的轻轻碰撞,中间极短暂地安静了一会儿,他猜大概在往擦灶台的抹布上挤洗洁精。这时候他才渐渐明白他是在等她从厨房出来,似乎刚才的话还没有聊完,说透。然而还可以说什么,除了那该死的肺鱼?

也许可以聊聊今天在学校的插曲。那个新招的助教又企图挑衅他的权威。工作过的小孩就是不好指挥,不如自己手把手带出来的毕业生好调教。以及她为什么今天看上去面色不好,是不是在单位遇到了什么事。充盈的怒气渐渐化成一缕说不清道不明的柔情:也不能光是自说自话。也得让她说。

厨房的动静不知何时已止。他又等了一会,还是没有任何声音。按照她的习惯,洗完碗筷放进橱柜,就会用另一块抹布擦拭灶台。最多再坐一壶纯净水泡茶。但今日不欢而散,她不见得就肯给他泡。如果再额外多做一个水果沙拉,单位发的冰糖心苹果和库尔勒香梨都放在阳台,她不可能一直不出厨房。

又等了一会,还是毫无动静。他终于忍不住起身走进厨房,却惊愕地发现她正站在洗碗池前一动不动。听到他过来,她并不回头,却伸手揉了一把眼睛,重新打开水龙头。

洗碗池明明空无一物。碗早洗完了。

他站在厨房门口有点迟疑。你刚刚一直在干嘛?

她仍然不回头。他这才明白过来她刚才可能一直在哭。

怎么了,你?

刚才做饭有个洋葱没用完。刚才收拾的时候不小心压碎了。她闷声说。

他默默退出去,打开电视机。礼拜四有好几个综艺节目可以选。他随便选了一个。当红花旦小鲜肉们在屏幕上挤眉弄眼,插科打诨。他跟着哈哈哈了几声,低头一看手机,又是十分钟过去了。她依旧没出来。终究不放心,又踅进厨房。她依然站在洗碗池面前发呆,这次倒是很快就回过头。脸色看上去很正常,就好像没有发生过任何事。

以后洋葱用不完就直接扔掉吧。他说。刚吓我一跳。

她说,噢。

你是不是觉得我嘴太碎?他还是忍不住:还是话题太无聊?闷到你了?

没有。是我自己状态不好。对不起。

事实上虾状态不好也不是一天两天了。近两年来他经常发现她夜里睡觉时背对着他肩膀轻微耸动。有时她半夜起身上厕所，他还没睡着，闭眼伸手摸去，她那边的枕头多半有点潮润，也说不好到底是汗是泪。但他困极了，往往还没等到她回来就已再次昏睡。她结婚前睡眠就不够好，婚后也常辗转反侧，他熬不过她。她的睡姿同样典型，背对他，双手紧紧环抱住肩胛骨，是心理学上胎儿型睡姿的升级版。据说这样的睡姿表示极度缺乏安全感。他偶尔试着从后面搂紧她，她的反应是更紧地蜷缩，并持续避向床边。因此早上醒来他常发现她贴睡在床的最边缘。
　　这些事情他倒是从来不问。不知从何问起。

　　他娶了她就好像娶了一个问号，一个哑谜，一个每夜躺在身边的不定时炸弹。他疑心她轻微抑郁，但除了不太爱说话——而且很可能只是不爱和他说话——之外她表面上一切如常。脾气温和，情绪稳定，收拾家务也井井有条。不是没有走得近的同事朋友，和父母关系也堪称和睦。而且也并不是完全拒绝交流：比如肺鱼，就是她主动和他说起的。偶尔也聊聊单位里的鸡零狗碎。每当这时他的急切反应往往又过了头，然而他天性是如此热烈的一个人，尤其是在和人意见发生分歧时，一定会是最后总结陈词的一个。
　　其实他就是想说说话。尤其想和她说话。结婚数年，他竟然还如此渴望交流。

也是旷日。因此持久。

他偶尔也强迫自己干点家务,但终究还是粗心惯了,而且她也无可无不可并不硬性摊派,渐渐就能偷懒则偷懒。自问多年来其他也没什么值得指摘之处,下班后按时回家,周末也不太和朋友喝酒——他在这城里相交本就有限——平时还是宅在家里居多。一起去超市菜场电影院也是有的,无事的时候,他坚持从后面抱着她睡也就睡了。她骨肉匀停,正好一把抱个满怀,他有时候设想上帝视角,目光穿透被窝,大概就是一只大虾严丝合缝地搂着一只小虾。他柔情蜜意起来就叫她虾。

然而野外的小虾却也是极其容易受到惊吓闪退回石头缝隙间的物种。那么羞怯和敏感的小动物,拒绝时刻保持活泼愉快的状态。他有时会想起自己幼年从池塘捞起的虾米,总是养着养着就泛白浮起死掉。养鱼也是如此。她的确也像某种水生动物,精巧,好看,体温偏低,说不上是冷血还是娇气。很久都不生病,一旦病便无计可施。他从来都摸不准她心底真实想法,比如刚才流泪这件事。

他只能强迫自己相信真和洋葱有关。

然而他有时候问自己,对她持续关注与好奇,也许正是因为桩桩样样熟知之后,总有一点摸不准,吃不透?并不多,就是那么一点点。因为似乎不影响他人，只和性格有关，她可以不必解释。他就从来不得其门而入。

但这门也许是她故意关上的。也许。

结婚第三年他暑假回了一趟河北看母亲，回来还有半个月无事可做，突然来了兴致说起婚后一直没度蜜月，不如去老挝越南消磨余下的十多天假期。她答应了，也和单位请了年假。据说越南美奈的海鲜有名，兼有壮阔海滩和无边海景，又是旧美军基地。去了以后才发现这座小城的特色就是海岸线长，所谓城市，根本整个就是沿着海边公路修了两排度假别墅和饭店，区别只在于靠近海岸的旅馆偏贵，路另一侧的便宜。她本来提议住在海边听海浪，但最后他们还是选择不靠海的一边住下，折衷方案是每天都去路那边的排挡吃饭。也是他决定的，理由听上去很充足：睡海边可能夜里风浪声太大，本来她睡眠质量就不好。而靠海的大排档人多，海鲜周转快，材质比较新鲜。大事小事，只要他拿定主意，她也就不再坚持，看上去平静地，被他裹挟着往前走。

也是那次在美奈点了龙虾刺身，他才会像小男生一样雀跃地指着案板上肉壳分离的牺牲者：你看！你知道为什么虾血是蓝色？那是因为——

一大滩如靛蓝颜料的液体中，那团莹白仿佛还没完全丧失知觉，微微痉挛了几下。他疑心是自己的幻觉，她却垂下眼：噢。

他这才想起她怕见杀生。和她成家那么久,家里从来没做过一次活鱼,要吃都是去饭馆,而且最好是鱼缸里自然死亡的——她说小乘佛教让居士吃三净肉,自己不杀生之外,还要"不见为己杀、不闻为己杀、不疑为己杀"。他一想起来便取笑:又来了。你又不是居士。

她说:但知道这戒律,心里就难免存了念,一不留神还是忍不住想起。那些素食主义者还说,动物死前分泌的毒素最多。

你就是给自己定的条条框框太多。他笑道。而且不知道从哪里看来那么多乱七八糟的网络谣言。蒙田说过,人总是习惯于给自己自设障碍,你要知道破我执——

她张了张口,没再说话。

嗯?蒙田你总该知道,中文系毕业的。

这些蓝血,让我想起蓝胡子。她轻声道。

暮色四合之下的露天排档看不清表情,只见她转身回到座位。他们交谈时那个越南厨师一直好奇地停止作业,脸上维持一个听不懂的微笑,看她走了以后才继续操刀。

他在一旁呆站着。那人问,Is she your wife?

Ya.

Such a good couple !You are a handsome man ,but your wife is really beautiful! 厨师高高翘起大拇指,一脸看似真诚的笑意。也许他对每一对确认关系的夫妇都如此盛赞,这样才能够卖出更多的龙虾，流出更多的……蓝血。

他看着白色帽沿下一张憨厚的赫脸，惟有苦笑。厨师要是知道他们刚才的对白，不会轻易地下此结论。从龙虾也可以扯到蒙田，他是一个被妻子拒绝对话的stupid husband。他们是一对并不真正合衬的couple。

龙虾被烹调好端上来，她果然只勉强动了一筷子。被煮熟后那些蓝色的血都变成了盆底一滩酱色的汁液，现杀虾肉的鲜甜脆弹被他一个人吃得兴味索然味同嚼蜡。蓝胡子的典故他是懂的，无非说他是一个糟糕恐怖的丈夫。然而婚姻已至皮革之年，还一直停留在三观分歧的初级阶段，这现状也的确让人沮丧。他婚后不止一次地怀疑自己娶错了人。她的冷淡，敏感，神经脆弱，以及让人难以忍受的固执。好在至少还算善良。也正因为此，每次争到最后，退让的都是她。有时候甚至还会和他道歉。起初几年他一直为自己的舌灿莲花口才了得沾沾自喜。后来才发现，只是她懒得争辩。

到底是什么时候开始不爱了的，她，他，或者同时？他在偶尔失眠的夜晚也曾如此不乏惊心地自问。在她背对着他、肩膀轻耸的那些暗夜，他尝试抱紧她，就像两只严丝合缝的对虾，然而却仍旧好像比白天见到的任何路人都更遥远。他拼尽全力仍无法逼近她的内心，说多错多。越说越错。她也许一直都看不起他，而这正是他最受不了的地方。凭什么，她一个三本中文系毕业的小城文员，看不起一个千里迢迢为她来到此地的211重点经管博士？

不是没试过找解决方案。是从第六年开始，他开始借助社交工具和女同行私下打情骂俏。如有机会也绝不排斥让一切可能发生的关系发生。基本都是去外地开学术会议认识的，中国版《2666》，他的秘密生活。女学生则从来不碰，一则怕身败名裂，二也是觉得有代沟，三怕耽误人家大好青春粘上身甩不掉。找来找去，基本都是情况差不多的外校女老师。身份、地位、见识、资历、年龄、职称、婚姻状态，样样势均力敌。到这年纪了，彼此都有顾忌收敛，也有性的刚需。他一直自诩自己是个完美情人，除了没法重婚之外，知情识趣，风度也堪称渐渐养成。而且见好就收，从不指望把关系推进到多么难分难舍的地步。他的高明之处在于一开始就把所有实情和盘托出，——太太不够了解自己当然是永恒的开场白，然而，也一定会尽量坦率地说：自己仍然对妻子怀有责任。并不真的打算离婚。

就像那个越南厨师一眼指出的。他长得不难看。长相谈吐穿衣品味都在平均线以上，年轻，尚不到丧失力比多的年龄，出手也足够稳、准、狠。他一直不缺机会，更不乏技巧。

其实也就是愿赌服输。游戏规则聪明人一目了然，实在难缠的他也绝不招惹。通常来说，开始快慢和结束难易成正比。

开始得快,结束也相对容易。太难追的他自然知难而退。当然不是每个对象都能接受,但她们也可以选择不开始。同一个时间段,有那么一两个远距离维系着也就够了。再多,他也着实应付不过来。

何况还绝不能让虾知道。

很奇怪地,一想到她知道之后的反应,他便隐约觉得某种报复的快意。他并不是没人需求的,她却不知道珍惜。然而他也并不敢把这种报复付诸实现。毕竟情智双高,加上火烛小心,真想要翻船却也不易。

三四年就这样浑浑噩噩过去。让他最挫败的,是她竟似乎从未怀疑过,婚后第六年到第十年,一直维持几乎同样的温度,同样的稳定,同样的,趋近于无性的同居生活。

他有时在宾馆的床上,疲惫地想:其实我只是想找人说说话。性反倒变成次要的事。

多么荒唐。他在外面和那些情人的关系反而显得比婚姻关系还要更趋向于明朗、健康和有序。他在床上和她们闲聊的话,比被他称为虾的她要多得多。虾在他头脑里渐渐简化成存在感降到最低的节肢动物,大部分时间里,都自己待在长满水草的黑暗洞穴里。然而他偶尔注意到她的存在时,却又不是不心虚胆怯的。

也正出于心虚，他越来越主动地没话找话。那些话语却又越来越迅速地被黑洞纳入，被古老的莎草纸吸干，被什么看不见的怪兽吞吃得尸骨无存。他的家务也越做越多，甚至经常给她带回礼物，就在他外遇的短途中，也会带回某件猜她势必钟意的纪念品。她每次都默然收下，并不道谢。

他从来都不知道她到底知道了多少。关于那些时时变化莫测似有若无的轻熟女香水品牌：MISS DIOR，Le Parfum EDP，Chloé Rose。以及只有女性才会采购的小礼物：过于花哨的领带夹，新钱包，一套崭新的内衣裤。

她一直是安静的，却也不是以不变应万变的那种静，更接近于暴雨将至的前夕，气流无声翻涌的静。静得让他没法不觉得恐怖，不去思考。更奇怪的，是他想起她的平静，会感到一阵销魂蚀骨的软弱，心里不是不清楚，无法真正面对别离的恐怕不是他曾半轻蔑半暧昧地称之为虾的她，而是他自己。虾半透明的构造精微复杂如老式钟表。虾是离他最近、关系最合法、却又最不可捉摸的生物。虾脆弱表面之下的弹跳力和防御力惊人。虾有两只看上去似乎无用的大螯。除了龙虾之外的其他虾的血，同样是蓝色。究竟为什么是蓝色呢，那次在美奈没说出来的话，其实是：

虾是甲壳亚门十足目游泳亚目动物，有近2000个品种，大都生活在江湖河海中。……雌虾可产卵1,500至14,000粒。在成体前要经过5个发育期。……虾的血液呈微蓝色。因为其血液中含血蓝蛋白,是一种含铜的呼吸色素,也能与氧结合和分离来运送氧气。

恐怕当时成功地说出来她也不会感兴趣。她只有一次说,你虽然教政府管理,其实真应该去学生物学。你对这兴趣明显比专业大。

有时候他想,也许自己一而再、再而三的饶舌乃至于犯错,不过是为了让她重新在意自己,甚至妒忌,大闹,却不至于真的离婚。但他空自留下无数蛛丝马迹,却从来枉费心机。更遑论每段婚外关系的开始总是比想象中简单,结束却毫无例外地趋于复杂。

也许她也早在外面有人了。只是不说。

他料不到自己的妒忌竟然发作得比他诉求于她的更强烈。强烈到会在她睡着后翻看她的手机,在夜色里映出一脸幽幽蓝光,自己都觉得自己心理变态。也曾在她出差时破解过她的QQ密码,进入她的微信,把所有聊天记录一一看完,阑干拍遍,凭栏处潇潇雨歇。没有。毫无破绽。任何一点草蛇灰线都找不到,如果不是她过分清白,那么一定是聪明绝顶,早就预料到了他势必如此。

那么他喜欢的,到底是她的沉默,还是她的聪明?

最初他对她却是一见钟情。

说来可笑,他们居然结识在南京开往北京的火车上。他去上厕所,偶尔发现同车厢一个女子在看麦尔维尔的《白鲸》:

最终的港口在哪儿,让我们不再远航?
在哪一片穹苍下航行,能使疲惫者永不疲惫?
……真正的地方,从来不在任何地图之上。

是先看到书,再看到人。人是垂首坐在下铺,书封面朝外,齐耳短发如一匹黑缎挂在耳边,琼瑶鼻,菱角嘴,因看得入神用力抿紧唇,偏瘦面颊微现精巧咬肌形状,下铺光线昏暗更显出皮肤细洁。和周遭嘈杂环境格格不入,又好比文艺片镜头的焦点。好几个男乘客走过去都惊鸿一瞥,他则近水楼台,坐在窗边明目张胆端详她,出了神。

她最初也寡言。但是有问有答,谈吐有度。他迅速地被她用词的简洁打动,更震动的,也许是她眼底那种石子沉入深潭的沉静的幽光,看一切都像隔了六朝迢迢烟水。临别时他飞快在笔记本撕下来的一页纸上写下联系方式,想了想又加上一句聂鲁达的诗:我喜欢你是寂静的。

最古典的表达方式也最直接。她低头接过去，没有任何表示。火车还有一分钟到站，他马上就要下车了。行李已经取下，就放在她的下铺前面。他是博士毕业前夕去南通参加同学婚礼。而她就是南通人，工作三年，第一次北上出差。差一点他们就永远不会有机会认识彼此。

她静静把纸条收起，就在那一瞬间，他突然意识到：她不会找他的。虽然她表面并不抗拒。对看似古典的她古典求爱方式却注定无效。

最后三十秒，列车已缓缓驶入月台。他一把紧抓住她的手：告诉我你的电话号码，快。

她受惊吓地看他，黑眼仁又大又亮。大概是没有想到这个一路腼腆的男子竟然也有这样放诞无礼的一面。

他说：快点，来不及了。

他不肯放手，她几乎是在被胁迫下喃喃报出十一个数字。他口头重复一遍，心里又默记一遍，这才抓起行李飞快冲下车。刚下车火车就缓缓开动了，他站在窗外冲她招手。心里却还在默记号码。车开到看不到她的地方他立刻拨过去，通了。

响了五声之后，他再次听见那边她迟疑的声音如天籁般响起。一个号码都没错。

是你吗？是我啊。虽然明知道车已经开远了，他仍然下意识地跟着车尾跑了几步，不免气喘吁吁。

她在那边轻轻地笑起来。过了很久，他依然没办法忘记那轻笑。那么轻俏，愉快，那么让人瞬间充满不可说不可测的希望。

是不顾一切来到了这座博物馆之城之后很久，他才知道她那时正处于和前男友将分未分的阶段，她或许也正急于随便找到一根救命稻草，让她从之前泥沼般的关系中挣脱出来。她的前男友照片他也见过，据说是她的高中同学。而他那个时候对她的感觉百分百是一种逃不掉的命中注定。在刚刚知道此人存在世上不到一天、还不包括睡觉的七八个小时后，就死心塌地认定她是他一生非娶不可的人。下车后神奇地打通电话强化了这信念。他意识到她和他这二十七年所有遇到过的女子——其实他所遇样本也极有限——都不一样，柔美，羞怯，轻盈得像一只小鹿，又敏感如清晨牵牛花上的露水。那时他还差半年就博士毕业，正在找工作的当口——也是天时地利人和——旦夕相思五个月后，他来到南通工作，在此城最好的经管学院当了老师。

她这时候还没彻底分手，然而他的神兵天降加速了这进程。几经努力终于获得了家长认可——主要是男方这边。同时也获得了共同祝福和经济支持。他母亲起初完全不能接受，最终发现无法改变现实之后说服自己的借口是，儿子去小城市也好。南通离上海近，交通便利物产富饶，适合过日子。这时北京房价早已暴涨数倍。依靠博士刚毕业的底薪加上母亲退休工资，猴年马月才能供完一套商品房，真实情况还有，他根本找不到京城教职。真打回河北原籍，又不甘心。

相识一年之后，他们正式在南通结婚。在各自的城都摆了酒大宴宾客，北男南女，银行职员和大学老师，才子佳人，一切都像完美的天作之合。他在婚礼上喝得酩酊大醉，主动告诉每一个宾客他们在火车上的邂逅，所有人都惊叹称羡。她几个闺密甚至还听红了眼眶。而她那时在哪里？她只忙于脱掉全市最贵的婚纱又换成胡静大婚时的小凤仙同款，静静地，眼睛含笑地看他踏着五彩祥云昂首阔步走近她的人生。她的家人。她的朋友。她的城。她自己。

而第一道真实的裂缝来自他半年后从她闺密处得知她曾经为前男友割过腕。一个有妇之夫，她的本科老师。他当时的狂怒让她惊慌，事实上，他的愤怒也许只是出于妒忌：如此人淡如菊的女子竟然也有过疼痛激烈的过往。而且不是为他。第一次永远不可能再为他。

在深夜里他用力摇晃她的肩膀：你们有没有……过？更无耻一点的：他厉害，还是我厉害？

她一开始还咬着嘴唇用力摇头，后来就保持缄默。也许就从那个时候*虾*开始越来越习惯于退回洞穴中。不可解不可说的过往迷思横亘彼此之间，他则越来越娴熟地扮演一个吃醋丈夫的形象。他甚至偷偷尾随过她上班，疑心她中午和前男友约会。直到头一年过去，波澜终于渐归平静。心情好的时候，他甚至自嘲自己当时不可理喻的疯狂。

他的话越来越密，而她却并未真正从偶然迷途的密林中走出。

他一直怀疑她不够爱他。或者更可怕一点，她从来没有爱过他，只是在小城闹得名誉渐渐不大好了，需要找一个不了解内情的外地戆大结婚。她银行职员的生活圈子原本狭小，工作三年来唯一一次出差，竟然战果昭彰。还有比他这样一个在火车上一见倾心的大好青年更合适的结婚对象吗？更何况的，是这个萍水相逢的男子，竟然真的为她放弃了整个北京城——他从没告诉过她其实是他留不下来——来到了这个以博物馆和河鲜著称的小城。

正因为他看上去牺牲太大，才得到尽情表演失望的权利。

也正因为此，纵使经历如此歇斯底里的大闹，她竟也从来没有表示过离婚意愿。闹得最厉害那两年，逢年过节，照常和他回石家庄探亲访友，默默把该准备的一应年节礼物备好。看到他母亲，也都恭恭敬敬叫妈。一起去走亲戚，插不上嘴家长里短，她就默默在一旁看书刷手机。到时间了，一同微笑起身告辞。这样一个毫无破绽的南方淑女。倒是他渐渐变得理亏，即使在自己母亲面前。到底怎样才可以从一团乱麻里找出头绪？到底怎样才可以好好告诉她，其实他并没有牺牲那么大，因此也不必待他那么战战兢兢？

他也怀疑过自己的折腾其实只是因为远离政治文化中心的不甘。又或者，看到另一种被轻易放弃的生活的后悔。那么多同学选择留在北京，比他强的不如他的，最后也都挣扎着活出来了。过了几年，也都好好结了婚买了房。房子也都三倍五倍地升了值。等到退休，每个人大抵都会成为无法变现的千万富翁。而最初恋爱的迷狂过后，他却发现昂藏七尺的自己被货真价实地困在这河海之滨狼山之下，乏人问津。京城那些开不完的学术会议，见不完的名人大师，因为失去而更显得广阔无尽的一切可能性。他听不懂南通话，吃惯啤酒烤串火锅的肠胃也对清淡做法的虾蟹鱼肉无感。他的燕赵悲歌和这南方小城的秀丽格局风水不合。偌大的城他甚至找不到几个可以一起喝酒的朋友。他和她父母的关系也远谈不上融洽无间，听方言如闻天书。即便不住一起，周末相见也仍不免尴尬冷场。家里的天使被随身携带到了她的娘家——继续在天花板下无头苍蝇一样飞来飞去。

渐渐他周末越来越少回去。只借口出差或备课，任由她和她家人一起共享天伦。

发泄的出口最后只剩下一个：唯一的，轻车熟路的，不无快乐然而背德的。

那么问题来了：她为什么不愤怒？除非是不知道。但是怎么能一点都不知道？终归还是不在意。那么如果一点都不在意，又为什么不离婚？再退回最初的假设：事情都已经这么明显了，到底怎么样才能让她知道？

有一次在床上，他和其中一个外地情人说起此事一段因果，苦笑连连。到了后期，他和每个情人的话题都越来越多地关于她。通常这种情形发生的时候，这段关系也就行进到了尾声。每任情人最后都会放弃和他讨论虾，因为发现，无论说什么，他都成竹在胸，早有应对。他说出的一切她们都无法理解。他显然无法回到北京：档案户口都已落定签了死契。更不会离婚：和那样一个古怪的，虾一样沉默的南方小城女人。但是当他谈起北京城热火朝天的旧日生活，西门烤翅，南门老蜀人川菜，成府路的雕刻时光和豆瓣书店——说来说去也不过学校周边那几家旧店，有好些也许都已经拆迁了——总好像在谈论刚刚离开的昨天。

红颜知己们前仆后继，去而复来。习惯性出轨造成的最大后果只是他和虾的关系日趋冷淡。但非常奇怪地，虾竟也从不抱怨。

他晚上从后面搂住她的时候，有时也会生出欲望。但是立刻因为她的拒绝配合油然而生恨意。还有什么，比妻子长年冷淡更好的出轨理由呢？但他又清楚记得，最初如何一步步踬踣至此。

她身体深处的蜜很久之后才干涸。他心底情意亦然。所有的失望和试探。每一条出路都被彼此齐心协力结结实实地堵死。

暗夜里他不止一次对自己说：我毫无办法。我真的毫无办法。

她父母看他们一直不要孩子，一直以为是身体方面的问题而不好明说。他自己的母亲反倒对他的种种韵事比虾更清楚，每次从北方过来小住，总轻易察觉许多端倪。因此变得非常疼惜儿媳，对虾甚至比对自己儿子更好。而虾对婆婆却也真是无可指摘。逢年过节，总是她记得打电话回去。他母亲退休早，工厂退休金不高，她隔一段时间就给婆婆打一笔零花钱。他作为儿子，却是典型的撒手掌柜。他父亲前两年去世，按理说应该把母亲接过来的。然而母亲一口拒绝：除非你们生小人。

然而她不知道那个"小人"如无意外，也许永远不会到来。

这就是他的人生。他的婚姻。样样事都错了；他想。一开始就全错了。下车记对了号码，是一切错误的开始。

他每个情人维持的时间其实都不算太长。相对最久的一任，名叫凡凡，年纪也最轻，也是他唯一一个搭上的硕士生，九零后，和他年纪差不多相差十岁。凡凡其实长得不算标致，只是胜在身材凹凸，研究生面试当天就有好几个男同事私下打趣：总算来了一个风情万种的女学生了，你要当心。

然而头两年竟真的无事。他不是毫无定力的人——何况又不是没有别的机会。

毕业那年凡凡想要留校。好几次来办公室找他出主意，都是四顾无人的黄昏。他不想回家吃饭，就借口在学校改试卷。凡凡每每翩然而至，他便欣然坐而论道。聊论文，聊学术，聊系里八卦，聊她留下的可能性，说得高兴，也一起出去吃过几次便饭。

事情终于发生在一个五月底的傍晚。当着凡凡面，他给虾打电话说他晚上不回去吃了。凡凡站在一旁，一声不吭。

他挂断手机，对她笑笑：杨凡凡你笑什么。他叫学生从来都是连名带姓，以示尊重，当然也是撇清，把自己的攻击性降到最低。

杨凡凡笑道：我刚才听老师你打电话，一直忍不住看你无名指上的婚戒。真好看。说起来，我研一第一次上课就注意到了。

他低头看了看。也就是普通白金，素圈。一直坚持从不取下，欲盖因而弥彰。一低头脸却不可控地烫热起来。窗外风雨声如蓄意配合般陡然大作，两个人都没带伞，一时出不去了。他莫名感到口渴，当即提着水壶大步去水房打水。再回来却发现凡凡已在办公室唯一的沙发上合衣躺下，闭目养神，好像睡着了。

他放下水壶，在沙发边的一张椅子上坐下。那一刻办公室的氛围非常宁静。同样是静，却是他不忍开口破坏的富有情调的。他看着那张过于年轻的还有茸毛的团子脸，心底模糊闪过念头：如果将来生女儿，一定要警告她不能随便乱去男老师的办公室。

男老师不全是圣人。

却没有想过女儿和谁生。也许还是虾?

也只有虾。

外面雨声密起来,或许还夹杂了冰雹。房间里光线越来越暗。他起身准备去关窗,一直闭眼的凡凡却突然伸手拉住他的衣角。他复又颓然跌坐,心底渐渐生出百爪,又觉得哀伤。一切关系开始都是哀伤的,因为势必结束。

老师。你看上去很寂寞。你好像一直找不到合适的人说话。凡凡说:你这样有才的人,根本不应该只待在这样的三流学校。

他张大嘴。眼泪却不自控地落下。

那天晚上他回去得不算太晚,何况还有雨做掩护。他说他一直被雨困在办公室里备课。然而那天晚上虾却似乎第一次有所察觉。长久背对他睡觉,第一次突然在黑暗里转身看定他。夜晚并不完全是漆黑的,何况还不断有闪电打过,短暂照亮两个人脸上深深浅浅的阴影和彼此戒备神气。

虾说,要个孩子吧。都结婚这么久了。

他说:唔。

那些你喜欢的生物学知识,也许可以和孩子说。她突兀地说。

过了一会她又轻声说:对不起。

他蓦地背过身。竭力控制自己肩膀耸动。

这种事一旦开始总是很快，有第一次就有第二次。然而这次仍然和以前任何一次都不太一样，英文里说的，affair。中文翻译作：事务；风流韵事；事情，事件；个人的事，私事。

他想，也许可以就叫做情事。故事很多，而情事并不会太多。

就像他第一次在火车上遇到虾。他自己知道的。

然而虾也同时终于像从长久的冬眠里醒来，开始温柔而固执地不断需求他。他无法拒绝自己的义务。也许潜意识里她同样清楚知道一切。不到最危险的时刻，不会出手。这是动物最基础的本能。

每次他都很怕怀孕。越勉强越出戏，越出戏越恐惧。出轨那么多次，是从这一次才真正意识到自己是精赤条条站在两个立场截然相反的女人之间。终有一天将被发现，被撕裂，被审判。

而每一天都是劫后余生。苟延残喘。

凡凡如前设想般顺利留了校，他的确出力不少，与此同时两人身边的流言蜚语渐渐开始增多，他在学校感到无法可想的压力，也渐渐渴望得到一个解脱。和以前一样的，他开始越来越多地和凡凡聊到另一个人。

天下没有不散的筵席。他心里给自己暗下指令。一个人要像一支军队。诸如此类。非常可笑的心理暗示。万分不愿的杀伐决断。或曰毫无决断。

与别不同的，凡凡居然完全不接他的话茬。本来从一开始到后来，一直牢牢控制局势的都是整整小十岁的她。她来访，她开口，她躺下，她决定一切开始。在这段关系里，他表现得过于束手无策。也正因为此，他对凡凡也比对其他女人要更深刻地迷恋。也许他的本质就是孱弱的，期待被驯养的。不是被凡凡的恣肆。就是被虾的沉默。

五个月过去，一切仍悬而未决。凡凡给他下了最后通牒。她不无嘲讽地说：我可以离开。去别的地方找工作，或者干脆去你心心念念的北京再读个博士。就算读不了北大清华，也一定会去你一直说的那个万圣书店看看。那书店上面有家什么来着，醒客咖啡？我去了，也许就彻底醒了。

但是她的意思其实只是不要再继续维持现状。维持现状太痛苦了因此也太没有必要。

他看着她。莫名其妙地，想起很多年前那个肺鱼的故事。他开口道：你知道吗，非洲有一种鱼，可以在沙漠里一待四年……

凡凡打断他，你说过的。但是你当时告诉我，其实最多只能维持一年。是你妻子说四年。

接下来又说：我和她，其实都不是肺鱼。却被你埋进土里。

对此他唯有报以沉默。

凡凡说：好的，我都明白了。

他继续沉默。并且突然明白沉默原来未必是一种有恃无恐。也不是什么冷暴力。他只是不知道说什么，就和这么多年来，虾始终不知道该对他说什么。

凡凡不再来系里上班的第二天，他一个人陷在办公室沙发里很久，抽了满满一烟灰缸烟。下班后回到家里，没开电视，忘了取报纸，行动无声无息。是夏日热烈大势早去的晚秋，窗外又在淅淅沥沥地下雨。和凡凡开始那天不太一样的雨。又或者，和她生活这么多年来，从来没真正下完过的小城的连绵阴雨。

虾如往常把饭菜端上桌子。叫了几次都没反应，她同样步子很轻地走到他面前。

我刚叫了你五次。她说。

他说，噢。

今天有鱼。我爸爸钓的，下午专门送过来。

他答非所问：我在想肺鱼的事。

什么？

没有什么。

没什么就吃饭吧。她利索地摆好碗筷。饭菜都凉了。

他的眼泪再次毫无预兆地落下。胆怯而缓慢地，他起身搂住了她。很多很多场景从眼前一一掠过。疾驰的火车车厢里面目模糊的见证者们。婚礼当夜穿着小凤仙的她。无数背对他耸动的荒凉暗夜。那半个也许根本不存在的洋葱。总是下雨天。一直下雨天。骄傲的年轻女孩去北京。他从来不曾真正拥有过的另一种富有激情的生活。

但是此刻*虾*是他眼前唯一可以拥抱的人。

*虾*轻轻推开了他。

下了好几天的雨,窗外正好有一轮将满未满的月。刚拉开窗帘,无数银币就大量地慷慨地倾洒在她身上,几乎能听到互相碰撞的声音。那一瞬他看得发呆,心底却洞然冰凉。月亮的光是那么冷硬,那么耀眼那么亮,月光里的她是他法定的妻子,其实完全是个陌生人,如此沉默,却又比任何时候都坦白。凡凡也一样坦白,一样直接。——他的心突然疼痛地痉挛再缩紧。那些身体反复的容纳与推拒。女人总比他更明白如何用行动说话。而他一直自以为知道一切并选择一切,表达一切,却完全是愚蠢的。就在此刻,一千只肺鱼在遥远的北京的月亮地里开口唱起歌来,满嘴泥涂不成声调。这就是我们的生活。肺鱼生活。雨一直下但真正的雨季永不会来。不必再唱了他蹲下身子头痛欲裂。我知道了。我都知道了。不必多说,我一切心知肚明。

你还只是一位年轻人

> 你所要做的只是喝一口水，
> 
> 将我吞下。
> 
> ——辛波斯卡《我是一颗镇定剂》

## 1

结婚第七个年头，苏卷云如是告诉曾经的大学同学暨现任精神科医生李彤：自己和丈夫张为正面临严重的感情危机。

"你们还住在一个屋檐底下？"

"在。还睡一张床。"

"夫妻关系还正常？"

"偶尔亲热。"

"最近有出去旅行过吗？"

"半年前有过一次，泰国清迈。"

"老同学，恕我直言，你这算感情危机，天底下就没有恩爱夫妻了。"

卷云没笑："首要表征就是话题日渐匮乏。除了偶尔指着电视点评几句综艺明星，就是问今天吃什么去哪吃，再就是轻车熟路陷入同一场无休止的辩论——到底要不要小孩，什么时候要？"

"那么，你的态度是什么呢？"李彤尽量温和地问。

"一直都是不。但是张为坚持要。"

"嗯。"李彤用圆珠笔轻轻敲打面前的书桌，力度精微地控制在不至引起案主反感的范围内——此时苏卷云正是他的案主——同时露出职业微笑："我现在还不是很明白你的坚持。但是我会听你说下去。"

"你不明白。"苏卷云在桌子后面瞪大一双杏眼，"兹事体大，事关生死。"

卷云说最初自己不要的原因真的是因为太忙。工作第八个年头，兢兢业业，渐渐成为中层骨干，工作压力越来越大，一旦撒手也不是没有被随时架空的可能。真想挣个长远前程，大抵也就在这最后一搏。早生孩子早解脱也就罢了，但最好的时间既已错过，这节骨眼上一旦怀孕，至少三年时光势必废掉。

比她晚来两年的同事现在也都渐渐成了气候，大家机会均等，谁都在虎视眈眈。

这话说得有理有利有节，尽管显得略微有那么一点儿名利心切。但卷云对李彤辩解道：这也是为了以后真有孩子压力小点，京城大居不易，人往高处走，这很正常。

然而即便这么冠冕的理由丈夫张为也依然不能接受：事是做不完的，升职还不一定，为永远做不完的事和子虚乌有的机会，耽误掉生孩子最关键的几年，一晃就奔四了，将来真落得个断子绝孙，谁管？

卷云提醒李彤注意张为说的是"断子绝孙"：这一刹那她突然就想起方鸿渐的聪明话——世上哪有爱情？都是生殖冲动。

但她也只能理解并接受他的急迫。毕竟是中国男人，两边抱孙心切的家长又从来都只敢对他单方施压。他们进入话题的方式五花八门：又出去旅行了？最近卷云身体怎样？你呢？有没有按时作息？营养保证了吗？……

而终结的方式则殊途同归："你们到底啥时候要孩子？"或者干脆充满希望地问："怀上了吗，她？"

他们口中的那个"她"在一旁听电话都只觉如坐针毡，势如累卵，危机四伏。他与她就像是被驱赶到荒漠的两个旅人，再不逃走已经来不及了，大风沙正在飞快移动过来的路上。

然而无论如何，众人眼中的他们都不是人生赢家。他们逃不掉的。

卷云说:"实在是万万没有想到,恋爱结婚后最大的危机,竟然不是房子,不是婆媳关系,不是男小三女小四;而是一个子虚乌有的小孩!"

2

按照心理咨询的惯例,她对李彤向上追溯自己最早暴露不想要小孩的苗头,还在小学时。

"我从小淘气。我妈老数落我,说将来我有了小孩就知道了,到时候得多后悔这么对她。还说现世报,来得快。听多了,我就说,反正会遭报应的,那干脆不要就好了。她又气得说不出话。"

再大一点她上了初中。起初两年懵懂,第三年开始知道用功。父母要求她保持在年级前十,但她成绩起伏大,偏科厉害,又好强,每次考不好都难受很久。名次经常跌到年级八十名以后,偶尔能进前五十都算运气。父母每次家长会回来都毫不掩饰失望:毕竟是女生。容易分心。

有一次她拿回期中考试的成绩表给母亲看,母亲看之前照例换上一副怒其不争的阴郁面容,全部看完才面露不能置信的喜色。这时候卷云还站立一旁,表情寡淡。

还没等母亲开口表扬,她就说:"妈,我以后真的不想生小孩了。"

"你说什么?"

"做人太辛苦。不想再生出一个人来不开心。"

彼时的卷云是一个古怪沉默的十四岁少女,说完径直走进房间放下书包,锁上门跪在床边开始哭。起初呜呜幽咽,渐渐真正伤心起来,声音越来越大,形同宣泄。母亲先喜后忧,随着她哭声变大担心转为暴怒,用拳头猛击房门:"你以为你考年级第一就可以这么瞎说?你说话太伤人心了!好吃好喝,我们什么地方让你辛苦了!"

苏卷云的哭声渐渐小下去,像水龙头被一圈圈拧紧,流水只剩一丝乃至于彻底断掉。过很久后才开门,阳台天早黑透。日光灯雪亮,父母都沉着脸坐在沙发上看电视,假装没看见她。成绩单还孤零零地扔在桌上,像个孤儿或什么不祥之物。另一侧给她留了饭,几乎是完整的一条煎鱼,油炸表皮冰凉,没人动过。她一个人流着眼泪吃完一面,再用筷子吃力地给鱼翻身,默默吃完另一面。一个小时就在这无声的咀嚼中过去,眼泪流到嘴里去,是咸的。也可能鱼本来就咸。

起因大概是初三整年她都太拼,几乎得了抑郁症。在父母老师几年的紧箍咒下洗脑成功,认定此时再不努力,除职高外最多只能考上一个野鸡高中,这辈子就算完了。然而成绩一点点变好也正是让自己一点点看清楚世界真相的过程。因为每天在教室用功,过往的差生朋友逐日疏远。而随几次课堂小测的成绩出来,以前对她视若无睹的老师们陡然间发现了她,纷纷比赛起和颜悦色来。她偶尔走进教研室交作业,总有几个老师主动过来招呼,又开玩笑问她最近看了什么书。她低头一一作答,后来就尽量避免再去办公室。

然而因为她这次考试的名次奇迹般跃升了近一百名,好几个教过她的老师都在别班传授成功经验,她班主任甚至还拿她当活招牌私下招了十几个课外补习生。她毕业后很久才知道这事。那些老师背地把她废寝忘食的进步功劳全算在自己身上。

"我没有变,他们变了。和我的个人特质毫无关系,他们也并不想真正了解我的兴趣所在。和我成绩似乎有关,其实也无关。他们只是需要一个好学生树为典型。至于那个人是不是我,全无所谓。那时候我才觉得自己上当了。我失去了那么多可以快乐玩耍的时光,只不过为了让一些和我完全不一样的人认为我成功。只不过让一些和这所谓成功毫无关系的人也认为自己成功,并得以躺在功劳簿上。"

李彤皱眉道："你太悲观了。或者说悲观得太早。到现在，你也还只是一个年轻人。人生漫长，不能只看这些阴暗面——事实上，真正糟糕的老师和真正一无是处的父母一样，都是极少数。说到底，他们也不过是些被世俗观点左右的普通人。"

这一点卷云表示承认，又说这悲观主义的倾向一直没改过。也许有一点轻微受迫害妄想症，她。

大学时开始初恋，本科最后一年在酒吧和一大群人过圣诞节，也包括当时的男友。和大家一起笑得前俯后仰时她依旧过分清醒，知道此刻的欢乐难具陈多半只能归功于酒精。酒吧里影影绰绰的烛光人影，她透过透明的高脚杯冷淡地看对面那张熟悉而轻微变形的脸，心底明镜一样清楚自己一点都不爱他。接受他不过因为躲不过去。何况人人都恋爱。她不想显得不正常。

"那时你就应该去看心理医生。"李彤说。
"去学工部找心理辅导老师吗？别逗了。"她笑起来："还记得国际贸易那个章晓筠？她就睡我隔壁。也说有重度抑郁倾向，隔两天就去一次学工部接受辅导。有小半年还凑合，结果临近毕业找不到工作，立刻就跳了楼。说是那天学工部老师不在——也有人说那老师是被她天天去逼烦了,以为躲一两天不会出事。自己本来也是刚毕业不久的大学生,也压根不是学心理学的。"

"不是让你去学工部。是去医院找那种正经挂牌的。"李彤说。

卷云笑道:"像你一样,一小时收费五百?学生哪负担得起?——不是嫌你收费高。只是举例子。"

"没事。你继续。"

但卷云之后的人生道路却比想象中更顺遂。顺风顺水读到博士,又找到能解决户口的大公司留了京——后者比读博难度还大。丈夫工作后才认识,自然早非那个在地铁站外等她的人。但两人工作单位都稳定,月入过万,加上两家各自倾囊而出,在三环内供一套一百来平米的小房子不是难事。两人还有余力不定期旅行,国内景点逛得差不多了就开始横扫东南亚,日本,美国,北欧,俄罗斯。朋友圈里他们是晒恩爱的头号眼中钉,所有热门旅游景点他们都曾一一涉足,并高调展示。

"看上去样样完美。幸福生活所需要的一切都过剩。钱够花,感情也不是没有。除了少一个小孩。但是。"卷云最后总结陈词,表情嗒然若失。

李彤一直注视着她。他知道他也只能如此。必须暂时忘记自身，丝毫不代入情绪，只尽量理性地听，间或反驳两句，不能让自己被案主的情绪和逻辑完全带跑。

一开始他老忘不了她是同学。这样不好。

不客观。

## 3

卷云隔一礼拜过来找他一次，一次耗时约两小时，李彤照常收一千心理咨询费。他知道以卷云的工资来说这算不上负担，硬推也不好意思——这毕竟是他糊口之职。仔细想来，唯一便利，只是熟人间挂号约诊更方便些。但这事实上是违规的，因为心理医生的职业要求就是不接待亲友和熟人，怕有移情作用。

其实也是凑巧。卷云第一次过来挂号时，完全不知道他就在这医院。是进了办公室以后两人都觉得面熟，眼睁睁相觑了半日，还是卷云先认出来："老同学？"

在学校的时候他们同级不同系。苏卷云是管理学院的学霸，而李彤一开始也在管院，后来才设法托人找关系调到了医学院。说起来医学院还是那年才刚和他们大学合并的，这院系间调剂难度据说超过了高考，但他爸爸凭借自己市委副书记的身份，居然手眼通天地做到了。同学背地里不免议论纷纷，但当面都只赞他有魄力，只字不提其父。总而言之，转系这件事，是他们学院当年说大不大，说小不小的一个事件，因史无前例。

他也说不明白自己当时为什么铁了心非要读医学。不料大三还是分到了临床心理学——阴差阳错的，最后还是得和人的思想而非肉身打交道。

求仁得仁又何怨。心想事成或许是另一种人生悲哀，因为得到了也未见得是自己想要的。

他和苏卷云按理说军训应该见过，但竟无甚记忆，可见那时的卷云并不是一个引人注目的女同学。她提醒他当时自己是短发，他翻箱倒柜找出军训合照，终于在第二排最左边找到一张似曾相识的脸。奇怪的是所有人都很严肃，她反倒在人群中露齿而笑。十几年前的午后阳光打在几十张年轻的脸上，陈旧褪色，也依然能够依稀感到当年的青春气息和用之不竭的光热。光从这张照片看，他实在无法得出日后她会得抑郁症的结论。

除了似乎在学校的一等奖学金公示上见过这个名字，李彤本科四年对苏卷云几近一无所知。她的长相不算出众，加之不爱说话，极少参加班级集体活动。大二有次滑冰他们倒是都去了——他因为还住在管院的男生宿舍里，所以原班级有集体活动也不好意思不带他。那是对卷云有印象的唯一一次。她似乎滑得比大多数女生都好，一圈一圈极其认真，但并不肯和任何男生搭档。

现在想来，这显然是一种病态人格。连溜旱冰都自我要求出类拔萃。不肯欠任何人情。孤拐，各色，冷淡。习惯性拒人于千里之外。但居然也恋爱两次，顺顺当当结了婚。他想，卷云毕竟努力尝试过追求正常人生。但在生孩子——这个长链条的薄弱环节上，失了控。

最近他的引导主题是尽量让苏卷云回想恋爱史，回想伴侣最初打动自己的瞬间，梳理到底心结何在。林林总总栏杆拍遍，卷云终于承认大概不是张为的问题，问题全出在她。此事说是大事其实也不是大事。毕竟社会进步，早已有那么多丁克家庭。然而这首先需要和伴侣有一致的人生观，否则观点南辕北辙，各不相让，矛盾难免升级。

但苏卷云越回想越发现做不到。她是那种特殊病人，自我暗示能力强，又有一定理论学习能力，看心理方面的书，很容易对号入座自开诊方。骨子里就固执，说服她非常困难。

总而言之，一个典型病人。李彤已经收了她三千块钱，一起共度六个小时。——有几次，到时间了她还在说，他也就任由她，并不提醒。

然而六个多小时后，苏卷云似乎一无所得。她倾诉完总探询地看他，用看救命稻草的眼神。而他因为一直找不到解决她症结的办法，只得暗叫一声惭愧。真正一了百了的解决方案，大概只有索性生,或者干脆和三观截然不同的伴侣离婚。但这话身为心理医生怎么说得出口?

卷云说矛盾最尖锐的几个月她与丈夫几乎无法交谈,虽然和朋友在一起的照片总是笑得比别的夫妇更开怀。家中时光渐渐变得尴尬。她发现同时失去欲望的不是自己,还有丈夫。

张为一开始说工作太忙,后来便坦承是心理阴影。又怀疑卷云已经不爱自己了:不是说爱一个人,就会愿意替他生个孩子吗?

"你怎么答的?"李彤问。

她只能一再解释不是这样。然而到底怎样,她也同样无法回答。那些无法顺利泅渡过去的暗夜有如大海苍茫,爱欲渐退却成暮色里最微小的一点岛屿,一个风浪袭来,旋即消失在深不见底的黑里。她的内疚感时常在这黑暗中发作,搂紧张为的脖子,用力吻他,然而他在暗中一动不动,仿佛死去。过不多时,轻微的鼾声响起。这才证明他活着。

无论多么烦恼,张为从不失眠。

"他有一次和我说,你知道每年四月的时候我最怕什么?是那些杨树。不是怕那些铺天盖地的飞絮扰人,是想到那些全是种子,可全落在坚硬的水泥地上永远无法生根发芽。一想就难过得要死。那么多基因和希望被茫然地制造出来，又被毫不怜悯地浪费掉。"

"他这么说时，我心都要碎了。想和他商量，要不然干脆就离婚吧。他去找别人生小孩，实在处不好，再回来找我。"卷云说："但我还是舍不得。他也舍不得。"

到了这个阶段，苏卷云开始经常哭泣。治疗室里长年不拉开窗帘，她就在桌子那边的昏暗静默中，无声地低头一直流泪。李彤一般不递纸巾给她。只是轻轻地，把纸巾匣子推得离她近一些。再近一些。递纸巾会是一种打扰，一种提醒她别再哭了的粗暴暗示。他受到的职业培训告诉他，每个人的眼泪都应该顺利流出。无论多么十恶不赦，哭泣是最低权利。

"也许你们本质上，就不是同一类人。"他慢慢地，字斟句酌地说。"你们思考问题的角度完全不一样。彼此又都太固执。"

"不是同一类人，为什么会发生感情？曾经相处的那么多时间无可替代，到哪儿都找不回来，这才是让我最绝望的地方。我和一个完全不能理解自己的人结了婚，还好端端过了这么些年。也许在他那边看来，我也同样不可理喻。本来以为磨合久了，船到桥头自然直。没想到事到临头，谁都不肯屈服。也不光是孩子，还有很多隐藏着的其他分歧。只是这矛盾过于尖锐，足够让其他问题都隐而不显。也足够变成压垮骆驼的最后一根稻草。"

"你已经不需要我分析了。"李彤笑道:"你的理性足够自医了。可是你问过张为没有,到底为什么那么想要小孩?"

"这一点我问过,也想过很多次。张为父亲身体不好,母亲工作辛苦,从小被迫独立,一直渴望有自己的家庭。他渴望当拥有一切寻常幸福的普通人。他说不生孩子就是反人类,反社会。不以繁衍后代为目的的性就是不道德。这话一说出口,我手依然紧紧地搂着他脖子,但是感觉自己就像一条坚硬的、永不发芽的柏油马路。他在这同一条路上来来去去七年,依然毫无指望。是我耽误了他。我不正常。"

她的声音低下来。呼吸开始急促。李彤便知道卷云又哭了。但是这并不代表什么,她无法改变任何事,包括她自己。

"你不必压力这么大。每个人都有自己需要面对承受的问题。"他说:"张为也不是毫无责任的,至少不够体恤伴侣。"

"我没法不内疚——你想想,一个大男人,总是可怜巴巴地说,他这辈子什么都不想要了,就想要一个小孩。但我就是给不了。一想到要生小孩,连生理欲望都没有了。更不知道自己为什么要结婚。"

话题就此陷入停顿。

"你究竟在怕什么？"五分钟后，李彤再次抛出一个问题。

苏卷云一字一句：

"我从没怀孕开始就开始担惊受怕，怕小孩万一是唐氏儿。怕他看上去毫无缺陷，长大才发现是自闭症。怕他性格对人不友善。怕他长得不好，气质不佳，像个坏人。但是我最害怕的，还是他不够快乐。这种事，总是越怕越来。我越在意，他越有可能承受不了这过度关切。我认定自己不会是合格的母亲，也并不觉得张为这样幼稚，能够当好爸爸。与其如此，何必让世界上多一个不幸福的人？"

"话虽如此，我也一直在默默观察身边朋友的情况。有了孩子后，年轻夫妻一般都很难再外出旅行，和朋友的聚会只能放弃。如果请不起月嫂或者保姆，只能请双方父母轮流帮忙，交接时矛盾层出不穷。让我害怕的还有看到许多夫妻因为对孩子的教育问题起争执，感情持续恶化，而我们没生孩子分歧已经这么大了……妈妈和婆婆也会以摧枯拉朽不可挡之势进入二人世界。职业妇女一旦待产，就毋庸置疑地重归母系氏族的监控之下：被期待、被要求、被约束、被教导、被经验，从此加入千万年来无数妇女的旧行列。从小到大，我苏卷云用了多大力气来挣脱一切，怎能因为一个小孩重新落回彀中？

"再者，我所经历过的一切，永远不希望我的孩子再经历一次。我更不希望因为他的存在，自己再次被这个已很糟糕的世界动弹不得地牢牢绑架，从幼儿园，小学，初中高中，到上大学，找工作，找对象，重来一次。每一步都难，每一步都可能和他一起受尽屈辱。而读最好的大学、顺利找到工作嫁了人又如何？你看看我。从小到大，我走的每一步好像都是对的。可是那又怎样？没人比我更厌倦这个看似井然有序按部就班的世界了，也讨厌所有看上去充满希望的东西：奶瓶、纸尿布、学习机、戴博士帽的小屁孩，电视广告上一群人中间欢笑的新生儿。我痛恨这个世界所有命中注定的循环往复、政治正确和不得不。"

李彤听着并轻声重复了一遍最后半句。他敲击桌子的手指不知何时已经停止了。

4

没多久卷云就如愿以偿地升了职。但是迟迟没有告诉张为。她猜他并不会真的为她感到高兴。但他还是很快知道了。他不加掩饰的喜悦却足以让她动容。

自从卷云坚决不要小孩，与张为相敬如宾已经很久了。那也许是个周末。应该是个周末。偏巧两人都没出门,她在电脑桌前加班,他半躺在沙发上看电视。到了傍晚,张为穿着刚熨好的灰色衬衣出去剪头发。等他推门回来,卷云大概刚刚腰酸背痛地完成文档的最后修改。她一直拉着窗帘在台灯下工作,忙得昏天黑地。此时听到开门声,骤然回头看见一个立在门口的影子,看不清面目,只觉得轮廓瘦削,整洁,干净,仍然和最初认识的那人一样。定睛一看,他手里还提着新买回来的菜。邻家的饭菜香气随之穿堂入户。那个影子默默进门,放下菜,弯下身子换拖鞋。

他同样没开灯。

一种久违的柔情从卷云心底悄悄涌出。她眼看着门口那个身影一言不发地走进客厅,站在她面前,迟疑地张开胳膊。多日来的冷战和隔阂带来的寂寞,以及对这个身体的熟悉让她胸口一阵发紧发甜,鸡皮疙瘩与内疚同时悄然升起。加了一天班,腿早坐麻了,她十分费劲地从椅子里挤出来,热烈地回抱了他。他们长时间地接吻,并在黑暗里拥抱了好几分钟才开灯。

吻是平淡而熟悉的。又像吻一个不够熟的陌生人,并不足够动心。

那天张为罕见地说他来做饭。而她那一天负责洗碗。他们都真心实意地为自己平时太忙让彼此吃太多外卖而道歉——三菜一汤在一个小时内香喷喷地端上来，张为笑道，要不要再来点儿红酒？

卷云同意了。这样的气氛，没法儿说不。

酒是1982年的拉菲，是几年前张为一个做生意的朋友送的，但是凭他们有限的葡萄酒鉴赏力一直不能够断定真伪。这年份的拉菲太出名了，就好像所有闻名遐迩的物事一样教人起疑。张为边用红酒起子开木塞边说：送人还担心是假的丢人现眼。不如留给自己受用。

其实卷云也一直这么想，这点他俩倒是不约而同。其实家里还有其他酒，他非要开这瓶，后来再回想，这郑重其事本身也像是蓄谋已久。

那天的饭菜极合口味。清淡，营养，荤素搭配合理，虽然许久不曾下厨，张为依旧超水平发挥地做出了可拍照堪回味的一桌佳肴。她一直自认还算是个好妻子——除了拒绝生孩子之外。此时看来，原来张为更是个好丈夫，也适合当个好父亲。

红酒在酒杯里轻晃，挂壁性良好。这瓶拉菲竟是真的。张为还特意点了两支蜡烛，天晓得他从哪个角落蛰摸出来的。烛影摇曳不定，隔着酒意，卷云凝视面前那张早已被看过无数次的眉眼，突然一阵轻微的战栗不安袭来，新的一层不成形的鸡皮疙瘩慢慢从脊背爬上去。她对自己说，这是感动吗，还是别的？

窗帘没完全拉上。正好是一个春夜的十五，月亮又圆又大地挂在半空，她不合时宜地想起了自己大学时候的日记，"那月亮堂堂地照在地铁站外，有个人在外面等我。这一切太好也太快乐了，必然不能够久长。"

她埋怨自己看书太多也想得太多，过分理性自律，永远无法纵情投入任何日常场景。因此也永远无法设想自己当好一个全心全意的母亲。

张为却一径含笑望着她。他没喝多少，并在她准备给自己倒第二杯的时候，适时制止了她。

少喝点。

看卷云挑起眉毛，他补充一句：好酒慢品，经放。

这句话后来她想，也像早有预设。因为是拉菲，所以可浅尝辄止。小酌怡情，喝多了就会影响情欲，更影响情欲的后果。

她明明还没有喝完酒，他却起身向她，公主抱将她拦腰抱起，大步回到房间。他们大概已有三五个月不曾亲近了，情欲加上酒意，黑暗中他弯腰一件件脱掉她的外衣，裤子，袜子。

起初一切进展都缓慢温柔，有条不紊。只是他的欲望如此之强烈让她意想不到。她一开始的挣扎推拒似乎只助长了他的力道。事发突然，没做任何安全措施，她在半途还没有反应过来，一阵强有力的痉挛突然从她内里荡漾开去，一切就结束了。

一切也就那样发生了。

事后再抱怨已经迟了。张为筋疲力尽地从她身上翻下，仰面摊开四肢，拿过纸巾草草揩抹，就此昏睡过去。而卷云睁眼躺在黑暗里，久久不曾入眠。她细细回想这一晚所有精心安排的情调，所有恰如其分的挑逗，所有含情脉脉的眼神——原来都是假的。都是为了最后这毫无防备的一刻，她努力彻底放松，完全交出自己，失去最后防御。

她一直对自己的安全期、排卵期不太清楚。只能心怀侥幸。

但下一个月的月信并没如期到来。

张为事后的解释是：你升职了。安全了。升了，就可以生了。

## 5

张为在某家大型央企被众人目为前程远大的青年才俊。但和卷云不同，他的工作需要稳定性多于进取心。如无意外，三十五岁以前按部就班升迁不成问题。正因为此，他也加班，也应酬，也出差，但一切都不过分。大部分业余时间，他都选择和卷云一起共度。因此对家庭的模范也便有口皆碑。

这样一个大好青年，唯一心愿只是当父亲却一直实现不了。听起来令人神共愤。

卷云却从那晚上后一直失眠。她想和张为好好聊聊，但他从那天晚上后又恢复了之前的疏离忙碌。月信未来的第五天，她从单位悄悄出去给自己买了试纸：两道红线确凿地躺在尿液浸透的部分，卷云在单位附近的酒店大堂洗手间里长久凝视着它们。

我就要当妈妈了。她异常平静而悲哀地想：在并不完全自主的情况下。

一个小小的生命随1982年的拉菲一起不请自来到她的腹中，此刻还并不知道性别。但那毋庸置疑将是一条崭新的，每天都会越长越大的生命。目前暂时靠汲取她的肉身养料为生，九个月后再呱呱落地，此后余生，她或张为必须也必然对他的终身负责。

她把杯子和试纸倏地扔进垃圾筒，强烈呕吐起来。十五分钟后，她脸色惨白地走出大堂的洗手间。五月份的阳光已经相当刺眼了，她又忍不住算了一下九个月后将是一个料峭微寒的春天：这孩子将是双鱼座，据说和她最合拍的星座之一。

阳光煦暖而不动声色地升温，垂直洒落在她裸露的脖颈、手臂和头顶。她走了很久很久，各处被晒得生疼。下午单位还有个会，离开会还有一个小时。她似乎期望通过在太阳地里暴走最终摆脱这意外之事，只是不能明白自己为何无法像那些书或电视剧里的女人一样，因为受孕自然而然就生出母性来。

首先产生的，只是不算轻微的愤怒与无力感。

对孩子，也对孩子的父亲。更对即将到来的一切变故。

巨大的反胃感再次占据了全部身心。她就在路边猛地弯下腰来。几个大妈经过，见怪不怪地围观：肯定怀上了。一看就知道。肚子还平，刚一个月吧？最多两个月。

她满脸都是剧烈呕吐造成的眼泪和红晕。同时确信无疑自己被长久在身后紧紧追赶的怪物一把攫住了。那东西很多年前她就担心过，此刻感觉到那怪物和那个孩子几乎同时出现在了她的体内，她想用力呕吐出去，然而无法成功。

她恐惧地想，得继续走，不能停。一停，它就真的来了。

它就要和她的孩子一起越长越大了。

## 6

无法入睡的第二周，卷云终于把怀孕的事告诉了张为。一起告知的，还有她对自己可能得了抑郁症的怀疑。

张为好像只听到了前半句，当即喜形于色："老婆你怎么不早点告诉我？我还一直以为这次又没成功。"

她脸色苍白地看着他，轻声说："可这孩子我大概生不了。"

"为什么？"

"你知道我睡眠不好，之前一直陆陆续续在吃安眠药。最近还去看了心理医生——那医生还是我的大学同学——他说安眠药属于会导致胎儿畸的C级药物，如果要怀孕，得提前几周就戒断。但我一直没断。"

"产前抑郁症？"张为猜测着说。他此时还维持着一个尽在掌握的微笑，仿佛对和生育有关的任何都知之甚详："现在得这病可早了点儿。卷云我保证好好照顾你，你千万别再吃药，咱们一定能扛过去。"

"和产前抑郁无关。"卷云吃力地说，"就是纯粹的抑郁症。你不该在这时候让我怀孕的。我最近状态真的不大好。"

"可有都已经有了。"张为笑容终于退下，"你想——"

"还不光是吃了安眠药。我现在还得吃抗抑郁的药。张为，求你了。"

"你确定你是真得了抑郁症，而不是为了不生？"

卷云感到脑门一阵尖锐的刺痛，随即飞快蔓延到颈部，背部。

"是真的。我可以确定。"她耐着性子说。

"为什么偏在这时候得？你到底有多不想生？多不想给我

生？你以前说过，如果意外怀孕就留下来的。"他的声音蓦地大起来，委屈愤怒兼而有之。

她怔怔地看着他，原来罪魁祸首在这儿，就在当年这句缓兵之计上。张为就像一个快要淹死的人，抓住什么是什么。他光记得对他有利的话：不生是为了升职。那么升职了就可以生。不怀是因为没准备好。但是怀了就可以留下来。每句话都是她说过的，但是混在一起就因果混乱，全错了。

"你再想想，好好想想。"张为急赤白脸道。就好像靠好好想想能够解决一切。

他说完这句话就摔门而出。

那天是个周末，离卷云上一次生理期，刚好二十天。按现代的算法，那个孩子已满三周了。她在幻觉里看见它似乎又大了一点，手脚的轮廓渐渐凸显出来，并有力地在她体内蹬了一下腿。它也许还会叹气，为十个月后即将认领自己此刻却还在争吵不休的父母。

卷云那一瞬间对它心生怜悯。同时在幻觉里看见自己走到阳台上，毫不犹豫地跳下去。这是她第一次在高处注视自己失去知觉的身体。会有许多人迅速在楼下围观吧，还有人会说，作孽，一个孕妇！

她知道自己此刻没有死的权力。她也并不真的要死。

现实世界里卷云只是倦怠地摸着肚子，垂下头。摸不准肚子里面是个恶魔，还是个战友。她一直窝在沙发里没动，神情困顿。就那样靠在那里，慢慢地，睡着了。

7

上述一切并不是卷云告诉李彤的。李彤最终想象这一切，却是通过他素未谋面的张为。

张为一开始给李彤打电话情绪就激动异常。也不知道他是从哪里找到的手机号，李彤多番解释无效，遂不再接听，张为才找院方继续申诉。他指控道，首先李彤认识卷云，是他的大学同学。这就违反了规避亲朋的心理医生从业准则。其次，她最后一次来找李彤的时候，其实已经怀孕一个月了。但是李彤明知故犯，对病患的生理变化置若罔闻，依旧开了超过正常人可服用剂量的安眠药和百忧解。他涉嫌谋杀胎儿，更有可能和患者怀有超过正常范围的感情，因此才蓄意破坏病患的家庭关系。

但医院负责解决投诉的负责人是个伶牙俐齿的年轻女医生。她解释说："李彤一定在不知情的情况下，才给患者开了抗抑郁的药。毕竟孕产检和精神科是两个截然不同的科室,也并不在一个医院。"

张为说:"他肯定知道,他怎么能不知道?他是她大学同学——"

女医生说:"可您怎么能证明他一定就知道呢?诊所内严格遵守医疗保密制度,并没有设置任何录音或监控设备。这种事,只要医生不承认,您真没法证明。"

张为说:"我就是知道他知道!他还对我太太暗示过,吃了安眠药就不能生孩子——他百分之百故意的!我严重怀疑他对患者图谋不轨!"

女医生说:"吃过安眠药的确对胎儿不利,会导致早畸。我认为李医生的建议完全合乎职业要求。张先生,请你最好稳定一下情绪。或者,你也可以先过来做一下心理咨询——"

"心理咨询个屁!都是你们破咨询闹的!"张为终于怒吼起来,"你们医院这么推卸责任,我告你们!"

"先生,倘若你没办法找到足够证据,我担保这场官司你打不赢。我奉劝你还是不要浪费钱、也别浪费大家的时间精力了。祝你一切顺利,很抱歉没有帮到您——"

女医生彬彬有礼地说完上述话语,便立即挂断电话。又富有经验地飞快把话筒拿起放在一边——谨防出离愤怒的患者家属一再重拨。她行云流水地做完这一切动作,才回头看一直在旁边满面愁容的李彤:"怎么谢我,你?"

"如果不是亲眼看到,我一定不会相信。快刀乱麻,手起刀落,太牛了。"李彤还在刚才的震惊中:"小可无以为报,只能来生做牛做马,结草衔环——可是,你怎么知道我是被冤枉的?"

"其实我不知道。但至少我能确认一件事。"女医生意味深长地看他一眼:"你绝对不可能爱上女患者。——不过,你到底清不清楚她怀孕了?"

李彤平静地注视着她的眼睛。

"不,我真的不清楚。"

他还清楚记得苏卷云最后一次来就诊的模样。春夏之交的凉爽天气,她看上去却比此前任何一次都更憔悴,穿着裙幅过于宽大的连衣裙,黑眼圈明显,整个人神情异常萎靡。她进来时李彤当时正好去上厕所,再回到办公室时,才发现她已经一声不吭地坐在那儿好一会儿了。

他有点吃惊地说,"你脸色怎么这么差?"

"最近一直都睡不好。"她疲惫地对他笑笑:"李彤,再给我开点唑吡坦,助眠的。还有氯西汀,赛乐特,兰释,郁洛复,博乐欣。什么都行。我可能要出趟远门,你多开一点。"

"你怎么了?要去哪?"

"我好像抑郁了。"她仰起脸，对他非常无辜而亲密地笑了一下。"真的。该来的总会来的。好的，坏的，想要的，不想要的。"

他丝毫不怀疑她的抑郁。事实上，这一切早有征兆。他早就可以确诊，只是一直担心她近期有要孩子的计划，想要先试着说服她解开心结。吃药显然对怀孕不好。而抑郁症一旦开始服药，就很难停下来。

卷云忽地站起身来。苍白着脸匆匆离开了病室，过了差不多十分钟才回来。他没有问她怎么回事。也并不知道自己是在怎样的心境下匆匆写下了处方单。

也许早有预感她不会再来，每种药都开了单次能开的最大剂量。她默默接过药方离开。领完药没再上来。

之后李彤给她打过四五次电话，再也无法接通。又过了四个月，突然接到张为的电话。在那些充满愤激、偏见与指责的电话里，他毫无机会开口询问卷云是否母子平安。张为的表述多数前后矛盾。有时说孩子有三长两短要李彤负全责。有时又让李彤还他儿子。有时候又说，他老婆变成今天这样，都是你们这些该死的心理医生的错。这个世界思想越来越混乱，女人都不想生小孩了，难道让人类灭绝吗？

但他说了那么多，李彤始终不得真相。卷云还在以前的公司里吗，升职了么，孩子到底怎么样了，被打掉了还是留下来，生下来健康吗？

而现实生活中，李彤也有无限多的，需要解决的自己的问题。比如说，他差点因为这次事件失去工作。又比如说，他其实一直都更喜欢同性。而他的太太却在他出柜的同一天宣称自己怀孕，再有六个月就要临盆。他是在高考前夕确认自己的性取向的，当时是和高中同班的男同学。这也许是他最终选择临床心理学的动因。也正因为此，他一直暗自钦佩卷云抗争到底的勇气。

他有时候会没来由地想起自己常对患者说过的话：你还只是一个年轻人。

话虽如此，他觉得自己的前半生早已经毫无起色跌跌撞撞地过去了。步入中年之后，每天都要面对无数突发事件。无数谎言、背叛、精神分裂和不得已。他从来不说，只是因为没有让他诉说的地方。即使付钱。——正因为自己也不过如此，他并不足够信任自己的同行。

再后来他几乎忘记了这档子事：女儿降生，协议离婚，净身出户……各种鸡毛蒜皮清官难断的家务事。直到那年年底，一个全国热议的消息再次让李彤想起卷云。

2015年11月10日，国家卫生计生委副主任王培安在国新办新闻发布会上指出，二孩政策实施需要全国人大修订《人口与计划生育法》和相关的配套措施，然后各地依法组织实施。全国人大修法通过之日，就是这个政策生效之时。

计划生育了半世纪的中国人终于可以生二胎了。无数的人都喜滋滋走在这政府终于慷慨放行的康庄大道上。所有的大中小学同学群里都拿这热门话题开玩笑、转发各式段子，或者进行如何付诸实行的技术讨论：毕竟很多人都早过了生二胎的最佳年龄了。他自己大概每隔两礼拜去探视一次女儿，暗自庆幸这热闹终于与自己毫无关系。

他只是想，放开二胎了，不愿意生孩子的卷云的压力会变得更大吗？

卷云继续杳无音讯。正月里他梦见了她：还是穿着最后一次来找他时的灰色连衣裙，腹部并未明显凸起，脸色依旧苍白。他问她孩子在哪。她说还在肚子里。但可能早死了。

他蓦然惊醒过来，一额冷汗。立刻发送了一条微信。

依旧没有回复。

专门面对抑郁症的医生最应该恐惧的事物，也许就是抑郁症本身。他轻轻地下床,吃了一片用于缓解情绪的赛乐特。明天就是元宵节。深夜两点半,全世界仿佛都沉沉睡去,只剩下他一个人毫无睡意地待在空荡荡的书房。但随即窗外轰然绽放一小朵烟花,接着是第二朵,第三朵。四五六七。每次都以为是最后一朵了,但黑暗的天际又很快亮起来。

是什么人这么晚还和他一样不睡,还在暗中不断放那花火,燃起无尽空虚的希望?新的一年就这样毫无喜气地到来了。每时每刻都还有新的婴儿出生在这个并不完美的世界上,每时每刻也都有新的死亡和新的抑郁发生。他突然想,卷云也许早已离婚或堕胎,张为才会那么愤怒,并把这愤怒转移到医生头上。——但是如果两者都没有呢?

他极想知道结果,又不敢。

而手机就在这时候响了。

起初刚响了一声就停了,像怕惊醒黑暗中憩着的细小蝴蝶。再过了一分钟,心有不甘地又响起来。这次持续了很久,异常坚定的样子。

深夜两点四十五分。这绝非一个手机铃声响起的合理时间。李彤走到茶几边去,号码显示是一个陌生电话。不是前妻。也不是男朋友。当然更不是卷云。他陡然感到一阵无法遏制的惧意,注视着那个持续震动的铁匣子,脑子里飞快闪过无数可能发生的灾难。是新生的女儿病了吗？父母出事了？或者张为换了座机骚扰？……当然还有一种可能。电光火石间，他飞快地算了一下卷云怀孕的日子。如果那个孩子留住了，此时应该差不多来到这个世界上了。

他打了一个很大的寒颤。

迟疑近二十秒，电话铃一直在响。也或许是以前的病患，深夜里想不开，又没别的人可倾诉。以前不是没遇到过这样的事，万一不接电话，患者有可能会在情绪冲动下自杀。李彤深呼吸了一口气，终于按下接听键。那边一片死寂。正待挂断，突然传来了持久的，不辨男女的细细哭声。

不是婴儿的啼哭。他提着的一口气终于松下来，这才发现自己惊出一身冷汗。

"别这样。我们都还只是年轻人。放轻松，世界没那么毫无指望。虽然不那么尽如人意，也别太早看到头。一切都会有转机，相信自己，你可以的。"

心理医生擅长的无数无味安全的职业性安慰挤在喉咙边正待汩汩流出。但李彤最终只轻声对着话筒说：喂。我也只是个病人。

他眼前又看见卷云因为一阵突然爆发出来的干呕，匆匆离开病室的样子。就是那天,最后见到卷云的那个初夏午后。他当时只想帮她解决一切。

暗红色的云藏在黑暗里

1

曾今第一次见到薛伟是在二〇〇九年。这时候距离《世界美术》创刊和"星星"美展举办已有二十九年，离《美术》杂志登出罗中立的《父亲》和陈丹青的《西藏组画》二十七年，离毕加索画展、蒙克画展和赵无极画展同年首次在中国美术馆举办二十五年，离"反资产阶级自由化运动"结束、徐冰版画展作为85新思潮"由批判和颠覆性的姿态转而退出意义问题"转向正好二十年，距尤伦斯夫妇高调拍卖一百零六件中国当代藏品被疑撤出中国市场、报纸上公然宣称中国根本没有当代艺术也还有两年。距离曾今从央美油画系研究生毕业还差区区一年。

这一年可载入中国美术史大事件的或许只有"《收租院》

大型群雕与文献展"在上海美术馆举办。吴冠中和靳尚谊的捐赠作品展先后在中国美术馆开幕。第十一届全国美展顺利召开。但对于曾今本人来说,最重要的事情就是第十二届全国美展将在二〇一四年召开,留给她设法参加各地画展以便取得参加全国美展资格的时间因此有且只有五年。

二〇〇九年刚满二十一岁的曾今比一七八五年将自炮兵学院毕业的拿破仑也正好大五岁。

同样的年轻、才华横溢、野心勃勃。比拿破仑更多一点的是她尚有美貌,出身于全中国最好的油画系,有一个圈内声名显赫且极其赏识她的导师。因此对她来说,北京就是巴黎、阿姆斯特丹和佛朗伦萨,世界正徐徐向她展开最美好也最富有魅力的一面,而这夸示过程似乎永无尽头。而她的同门和导师则是她星系的最中心,一切预支的荣耀和伟大的可能性都围绕这中心徐徐扩散开去。

二十一岁的曾今并不曾、也不觉得必须掩饰属于年轻艺术家的万丈雄心和充沛自信。她的口头禅是:我不是在画展,就是在去画展的路上。

被老胡叫住时她的确正在798的尤伦斯艺术中心,一边抬头看展一边习惯性地在笔记本上勾勒草图。其实也不是非记不可,只不过好学生习惯使然。

曾今？

她诧异地回过头。画展遇到熟人是常事，但是做笔记被人撞见总有点不好意思——不是主人，还好。是另一个比她年长几岁的圈内朋友，策展人老胡，居然也挑今天来看展。明明不是周末，又不是开幕式，主人都没在。

她研一时老胡来旁听她导师的课，半真半假地约过她几次都没出去，彼此倒也不尴尬。他一见她就大呼小叫：不愧是高材生，导师不在身边还这么认真，边看展边做笔记。

曾今微微涨红了脸还不及反击，就听他又回头和身边的年轻人介绍：这是曾今，央美油画系这两年最被看好的美女新秀，刚参加中法青年艺术交流展回来，油画系独一份！又笑吟吟和曾今道：这位是薛伟，毕业的本科院校你可能没听过。不过今年也得过一个台湾的油画奖，奖金新台币四十万。

新台币四十万，差不多人民币九万出头，只不知税前税后。曾今经常买台版画册，飞快默算了一下，不禁刮目相看这来路不明的江湖高手。看上去年纪比她大，但也最多二十五岁，个子不高，瘦，有点紧张地冲她咧嘴一乐：曾老师牛逼，久仰。

大碴子味儿普通话。曾今看他眼神犹疑，确认他此前从没听过自己名字，此外大概是学画者的敏感，她对他的长相印象很深。一张瘦脸被太大的笑撑开，显出某种憨厚，但牙齿不够整齐。即便收了笑抿嘴，仍有两颗虎牙尖露出来。像某种动物，但她一时之间没想起来是什么,只觉得多半食肉。

她笑道:我不牛逼,你参加这台湾比赛牛逼。哪怕全国美展金奖也就是个荣誉,没钱。不过,这比赛作品还不还?

薛伟这次是真笑了:妥,曾老师懂行!一般参赛作品还,得奖作品不还。也就相当于变相购藏。

曾今说:我才研二,你别叫我老师。

但话虽如此,她也并不客气地回叫他一声薛老师。

薛伟笑道:才来北京蹚道儿,人生地不熟,还请曾老师多多指教。说着真的就地打了个千儿。

老胡对曾今笑道:你别看他装孙子装得像,画得还真不错。

薛伟叫屈道:怎么是装?我们小地方出来的野路子,充其量是画匠,一见到曾老师这样真材实料的名校高材生,自动先矮了半截。人才还这么俊,又和善——皇城根儿下就是不一样。我刚才都不敢正眼看,自惭形秽。

曾今皱眉笑道:得,越说越来了。但心想,这人倒挺会说话。知分寸。

老胡见说得入港,胖手一挥:这么着,相请不如偶遇,今天我做东请二位吃个饭?

那天三人是在园区里唯一一家西班牙酒吧吃的海鲜饭,又叫了三扎黑啤。曾今此前从没喝过黑啤,一入口就大叫:这么苦!

你们男的怎么会爱喝这个？两人皆宽容地笑。一开始主要是老胡两边吹嘘。渐渐曾今和薛伟熟络起来，便互相调侃。两个人都年轻，气盛，反应又都极快，对西方经典油画和当代艺术熟悉程度也差相仿佛，正是谈话对手。聊到后来竟真的忘了老胡。直到老胡突然插进一句：薛伟，你那东北往事系列到底让不让我们画廊代售，回头给个明确说法。

曾今这才明白他俩原是借场子谈生意。眼看一晚上没提正事瞎侃大山，老胡终于急了，也是没把她当外人。立刻安静下来。

薛伟微笑：我是不急变现。就想再放放。

老胡说：再放也未必能比现在价高多少，中国当代油画收藏市场一年不如一年，好些老外手里的存货都开始甩。你现在名气还没起来，别嫌我们画廊小，能卖几个是几个。你又没工作，正好贴补家用。

薛伟显然有备而来：没名是没名，一张张画下来也不易。要不这么着，您代卖前先给我签个提成合同。回头价格涨上去了，这边提成自然也跟着涨。

老胡皱眉道：这么多年轻艺术家让我们代卖的也都没签。这个回头真成交了补合同都来得及。画廊在那里又跑不掉。

薛伟又笑：先小人，后君子。熟了更抹不开脸。

老胡欲言又止。当着曾今的面不好再深说，就说，好好好，喝酒！

曾今在一旁听得如坠五里云雾。她认识圈内人虽多，也有几幅作品玩儿似的挂在朋友的小画廊代卖，标价不过几千，却始终没卖出去，没签合同，更没人哭着喊着非要代售。看老胡不像是玩笑，倒对薛伟的画生出几分好奇来。刚才话赶话的，却没聊彼此作品。

好奇心和好胜心一样强正是好学生通病。她沉默一会，问：薛兄你手机上有没有作品照片？也让我学习一下。

老胡接话说，对对，美女高材生也帮我鉴定一下。好几个人都说能卖。我也是外行，怕不识货。

薛伟说：万一卖不掉，就把画还我。所以签合同还是有必要。

老胡道：合同的事你放心。让曾今先看画，别打岔。

油画不比动漫，手机上看不出好赖。薛伟又说。蒙娜丽莎一照也不过就是个明信片。还是看现场好。我的画尺寸都大，不上照。

老胡终于半真半假地急了：到底咋弄？让不让看？

曾今忙说：没事。改天我去现场观摩。薛兄的画在哪儿？还在老家？

薛伟说：大部分已运到宋庄了。现在那租了个房先搁着，反正没出名，不值仨瓜俩枣，不怕农民偷。话虽如此，却流露出几分敝帚自珍来。

便说好大家改天去宋庄专门看薛伟的画。后来被曾今逼得没法，薛伟还是神神秘秘拿出了几张照片。照片上的油画颜色果然失真，但也能看得出不是社会主义现实主义传统画风，虽是东北，却不是常见的漠漠雪原或田野，尽是老工业城市凋敝败落的街景，用色灰黑为主，压抑、沉重，间或有几道耀眼的暖色划过屋顶，像早已发疯的太阳照在废弃厂房上。背景中的人物都是面容变形的男女，显见是受了莫迪里阿尼的影响，一只眼睛大，一只眼睛小，长脸。看得出来素描底子不弱、却偏玩花活。曾今仔细对着手机屏幕放大缩小看了半天，心里却有点说不出来的异样，好是好，但简单说好，却又有点疑惑，是多种似曾相识元素的杂糅。除了人物面部和建筑细节其他都略写，倒不似一般学院派的精细严谨。她想起他说是从当代艺术装置半路出的家，心里便有了基本判断。往好里说是大胆创新，说白了只是不按常规出牌，明知故犯的逾矩。但眼下走这种混搭路数的人几乎没有，这一点也便足够唬外行人。好处当然也显而易见。首先绘画语言足够新异，造型比例也十分精准。曾今便理解了他如何得的台湾大奖。这样的画风对于海峡对岸，更不啻是一个生冷峻峭的大陆奇迹。

老胡不待她看完便急切地问：怎样？倒像她真成了鉴赏家。曾今把手机还给他：调性独特。近三十年国内油画不是现实就是抽象，要么就是用油画颜料画国画，超具象主义堪称凤毛麟角，薛兄基本功又好，光看照片，风格已经非常成熟。撇开艺术性不说，外行人也能第一眼就受到冲击。绝不是那种挂在客厅里的装饰画。老胡你眼光不错。

薛伟听到超具象主义的时候猛地看她一眼。那短暂一瞥里似乎有点感激。他贫了一晚上，这时候却沉静下来，只顾低头夹菜。曾今轻轻接住那眼神，又确实觉得不错，更放开了阐释。她想不到自己原来这么会系统地夸人，多年美术史和美学概论并没有白学。

等她高谈阔论完，老胡笑道：真真上了一课。我也要改口叫你曾老师了。薛大师怎么不说话？被夸得不好意思了？就凭美女这一席话，我也非和薛大师签约不可。

薛伟说：不知道说什么好。喝酒。曾今，敬你。

这时曾今已经改口叫他薛兄。他反而直呼其名。就好像俄语里的"您"悄悄改成了"你"。她是从不喝酒的人，莫名被他的自矜自重打动，满饮了一大杯，立刻被呛得咳嗽起来。

## 2

研二学期结束快放暑假了，曾今突然发现宿舍只剩下自己一个人。舍友出去采风的采风，田野调查的田野调查，当家教的当家教，总之各有各忙。她原本也要去贵州安顺写生，但和几个同门一起被导师留下给他新画展帮忙布展，没走成。

人一少，平时拥挤闹腾的宿舍立刻空旷深邃起来。其他宿舍的人也走得七七八八，楼道不复平日喧闹。曾今心想宿舍倒成了个现成的画室。但终究是暑期犯懒，每天都睡到中午才起。午后阳光从绿树掩映的窗外照进来，光柱里灰尘翻飞，本身也是好画。

她连宅数日，并没画出什么。这天终于打算去草场地那边看荒木经惟的影展散心。刚出地铁，突然收到一条短信：我到你们学校了。你在哪？我是薛伟。

是上次老胡带去看画展的那个人。曾今低头看着手机，皱眉笑起来。这么不凑巧。但她对他印象倒还不错。如果不是已快到草场地了，她不介意带他去学校转转，再去美术馆参观今年的毕业展。

她回：真不好意思，我在外面。

一分钟后短信又来了：还在北京吗？只要在，多远我都去找你。

她隐约觉得这话有点不对，明明并没那么熟。但也许他只是感激她上次在老胡面前慷慨美言。对她一见钟情的男生不是没有，但她总觉得薛伟不像。他的心思好像全在画上。

便发了那摄影展的位置过去，不料这人竟是个路盲。她指点他坐地铁坐到将台站再转车，她出门出得急没充电，刚说完A口出往回右转走到将台路口北站，才发现手机不知何时没了声音。再看早黑了屏。她还没来得及告诉他要坐946，坐五站。

曾今呆站在无遮挡的公交车站牌下，一时不知道如何是好。七月正午的太阳如将开的滚水大量往下倾泻，不光有温度，还有重量和声音。任何人在下面站一会儿都被灼伤。她又忘了打伞。也许薛伟根本找不到路就此失散。但此时她也只能在原地等下去。

待薛伟终于神兵天降，距他第一次给她发那个斩钉截铁的消息已过去了一个小时。他第一眼似乎并没有看到车站已等到绝望的曾今。曾今放下一直举着用来勉强遮挡阳光的包，对他不无怨怼地挥挥手。他眯起眼看清是她，脸上瞬间挂满羞愧。

毕竟年轻，两个人都很快笑了。薛伟说，我以为今天见不到你了。手机一直打不通。后来问了好几个人才知道坐哪班车，一路都在想，你肯定早走了。也许看完摄影展都回去了。草场地太大，肯定找不到人的。

听他这样说，曾今反倒有点不好解释为什么一直在车站等。一个才见过一面的陌生人。显得自己有点太傻了。

薛伟又说，能再见到你真是太好了。你说的那些话对我鼓励很大，我回去一直在想。

面对面的感激让人没法接话。她低下头来笑了。他不知道，她其实也不知道，她是被这话的直接坦率击中了。一个最初想要在世界上安身立命的人极度渴望他人认同的强烈欲望，让她心有戚戚。

两个人很快就一起迷失在无边无际的旧日的工厂残骸里。不知道摄影展藏在哪一棵树下，哪一个房子的二楼。那年还不流行手机GPS定位，草场地格局又和798不同，大量看上去一模一样的红砖厂房之间，并没任何商店酒吧地标。但就在这漫无边际的迷路和兜圈中，两个人倒一直在说话。曾今感到一种前所未有的完全属于"交谈"的愉快。他们本质上似乎是一类人：自视甚高，敏感，仿佛不够合群。但她知道自己孩子气的骄傲一直只不过是一句话找不到另一句话的孤单。她慢慢也和他说起自己这些年的困惑来，以及断续遭遇的创作瓶颈。首先是题材，她学了这么多年，越来越不知道该画什么好，明知道重大题材才容易得奖。她喜欢他的画，大概也有一点原因是他的画并非那么"意义重大"。很自由。

薛伟说，不管什么平台，题材，比赛。必须对自己诚实，充分准确地表达内心感知，才能够画出真正的辽阔和自由。无论如何，一直画下去是最重要的。画好这么难，能让一个人持续画下去的，只有发自内心的热爱。

她怔怔地听着。这些话竟好比从自己心里倒出来的一样恳切。但身边从来没有人和她说这些，所有人都在反复地说造型技巧，透视法则，风格流派，展览比赛，谁谁又参加了双年展，谁谁又踏入千万俱乐部——也许是聪明人都觉得把职业当梦想太肉麻了。既然已经走到了这条大路上，画下去难道不是不言而喻的吗?

　　但她是真喜欢画。也真的越来越觉得某种后继无力的困惑。她还记得中学那些一直持续到深夜的素描练习,若干年坚持不懈的速写训练。用空的那些油画管,沾满一身一手的颜色。生之喜悦的肆意泼溅。在白布上无中生有的无穷快乐。如果不是因为这最初的快乐,她大概无法走到今天。但是别人只会说她"美女画家"——这名头细究起来,却全是贬损。

　　她和薛伟情不自禁说起这些。对这些他却又突然听而不闻,沉浸在不可自拔的冥想中,全没留意她同样是个饱受偏见折磨又充满热情的女生。她更确定他并不喜欢她了。但这不喜欢本身却让她喜欢。

　　薛伟沉默了一会又说,我小学家里境况还好。初中父母都下岗了,就不太行了。但是没办法,我已经在少年宫学了四年素描,三年水彩,正要开始学油画。市里面大大小小的比赛也拿了不少奖,爹妈也不好意思让我就此放下。其他的啥也不会,早早近视了,连打架都老输。没法子,只能一条道走到黑。那时候没想到让人看到自己的画那么难、靠这个糊口更难。但是我是这么想的。只要一直画下去,总有办法让所有人看到我。——我们。

　　曾今注意到他补了一个"我们"。他甚至还没有看到她的画就说了"我们"。感动之余她鬼使神差地问：一会看完展你要不要去我们学校看看我的画?

这次薛伟立刻反应过来。他看她一眼，完全没表情地说，好。但是我不像你那么会表扬人，你得做好心理准备。

曾今对这个新朋友略微熟悉一点后，开始适应他经常性的走神和不笑。一严肃起来，连那两颗虎牙也变得不那么明显。这让他说的话显得异常诚实。她意识到自己一直以来被宠坏了，很少人对她说不好听的话，并立刻为这幸运暗自惭愧起来。是时候需要一个诤友了，她对自己说。友直友谅友多闻，这样才能够真正进步。

他们终于千辛万苦地跋涉到那个摄影展之后，由头到尾只看了十五分钟，她就急不可耐地带他往学校走。回去路上只用了半个小时。

3

很久之后曾今都记得薛伟第一次在她宿舍看到她那些画的神情。她一路上都在做接受批评的心理建设；既然他们画风完全不同。因此他不欣赏她的画也是完全顺理成章、可以想象的。但是她还是忍不住要展示自己最重要的一面给这个新朋友看。

美院宿舍和大多数高校宿舍一样，三十多平方的单间里四张架子床，每个人床下是自己的书架书桌。因为暑假就她一个人，因此难免邋遢一点，一张小书桌上左边是曾今要往脸上涂抹的瓶瓶罐罐，右边是要往油画布上涂抹的管子盘子里的颜料。到她宿舍时间是下午五点左右，薛伟进屋之后首先注意到了窗外的植物。

爬墙虎？这么茂密？

得到曾今点头确认之后，薛伟说：光你们宿舍这扇绿窗就够画几幅好画。现在光线正是影像拍摄的所谓魔术时刻，但好多人不知道，这时候画成油画其实也好，夕阳会给所有物件打一层光，那种任何灯光都无法取代的赤金色，像奥林匹斯山的黄金时代……你画过这时候的宿舍没有？你们舍友居然也没画过？可惜了。

曾今假装没听出来他话里的艳羡嘲笑兼而有之，从柜子里一张一张拖出自己的画作。因为住集体宿舍，大部分都没法装框。突然想起来一直没倒水，又在舍友和她集资买的小冰箱里拿出一瓶雪碧。

我不喝饮料。薛伟摇摇头。有没有啤酒？

她有点吃惊地又打开冰箱门，换了瓶冰镇麒麟：可乐是我买的，啤酒是我舍友买的。不过我回头可以还她。

他自顾自地喝起来，不再说话。眼睛却一直紧紧盯在她拿出来的那些画作上。看得非常认真，甚至太认真了一点，像是要把自己的灵魂顺着目光整个投掷进去。曾今等了一会，忐忑道：是不是不够成熟？

曾今从小和邻家男生摸鱼上树翻墙，一直自诩有一点男孩气。因此男性朋友多，对女生却是一种贾宝玉式的怜惜——也是一种怕人嚼舌根的自保。她装束时常都是衬衣仔裤。盛夏换成热裤，秋冬就是一条短裤配马靴，力争英气胜过妩媚。因此她的画也便刻意教人看不出来性别，大多数题材都是去边地采风的铁路，草原，冰川，偶尔也画人，却是南疆沙漠的维吾尔族老人和孩子。她画的人都和自然融为一体，本身就是审美客体——有艺评人这样说过。她也有意加强这看似无情实则有情的旁观者视角。只有一幅画画的是自己的外婆。题目就叫做《她》。一张瘦削的脸上布满皱纹，却不是罗中立《父亲》似的千沟万壑，而是无限多深而细的女性纹路，但眼神却又像孩童一样天真，和苍老面容形成触目对比——外婆前几年就老年痴呆了。这幅画她改了又改，画了差不多小半年。本来打算带这张去参加中法青年交流的，后来也是怕带出去就拿不回来，舍不得，临时换了张别的得意之作，她在研一就得过系里一个小奖的《雍和宫》。红墙边初绽的白玉兰在早春晨曦和寺檐一起翩然欲飞，树下的老清洁工在幽蓝光线里低头扫落花。一张不大的画里，浩荡春日和古老皇城并存，对比出一种年轻的沧桑。那幅画当时就被法国一个收藏家看中，但只预付了一小笔定金，百分之八十欧元尾款迟迟未打过来。因是艺术交流展，卖得本来就不贵，折合成人民币不到两万块。曾今也没催问促成此事的中国主办方。她是典型的艺术家脾气,对柴米油盐的事向来不好意思太上心。

她本来以为薛伟会夸赞那张《她》。不料他看许久又换下一张,先开口评论的却是一张小一点的静物。画的正是曾今这个春天在宿舍插过的芍药。因为静物不比其他题材易得高分,大多数人读研后都很少再画,但她却时常还是画小幅静物,用色温柔沁凉,仿佛热情天性需要冷色调和。那一次也是无意间买了白芍药配蓝矢车菊,在宿舍午睡醒来,眼看着夕阳一点点将这束花照亮,一时间满目流光,心中一动,在一张小油画框里迅速勾勒了草图,又过两日仍不能忘,便拿颜料上了色。

这张静物小品非常好。薛伟终于说。我很少看到当代人用色这么流丽。你看过荷兰海瑟姆的《蜀葵》吧?或者拉图尔。很精致的巴洛克风,但是你这画用色和他们有点像,热烈里却有一种罕见的朴实宁静。像你本人。

曾今承认自己的确喜欢海瑟姆。没那么喜欢拉图尔,因为用色太闹。

你的构图也好。不那么死板,有大家风范。

还说不会夸人。曾今笑道。那副老人呢?她终于还是忍不住问。

那幅也好,不过太煽情了。他说。能感觉到你想让观者在这幅画前掉眼泪。

她张了张口，终究没说出口这是她自己的外婆。也并没有什么想让人落泪的企图，只是画时想起过年陪着外婆在阳台晒太阳，却无法交流，心里真的难过。但越是这样探讨技术的时刻，越不能牵扯私人感情。

薛伟打开话闸，点评越来越密。有些准确，有些则不。还有些他不予置评，只直接问想不想卖，他可以帮她联系画廊代售。她基本都迟疑地说了不。

毕业后想先办个小型个展，现在作品还根本不够个展的量。

薛伟说，妥了，明白你打算了。这也是条正道。

感觉他特别喜欢说"妥了""正道"。无时无刻不在计算利弊得失，比她想得显然深和远，她自己其实不习惯这样。他比她想象中还要更渴望成功，她想。但是有野心也许也不是坏事？她就是欲望一直不够强烈，因此才总是到处晃荡，一切凭兴趣来，画得比任何同学都慢。导师刘家明就教训过她：你别仗着年轻，一晃工夫就老了。现在北京画廊都有大把九零后的作品了，你八八年的还不知着急。二十五岁以前没办个展，也就别吃这碗饭了。说白了，长江后浪推前浪，你这前浪可别岸都没上就被拍死在路上。

苦口佛心。当头棒喝。刘老师也是看透了她自恃才高的名士派。其实她这一年也渐渐有了一点紧迫感。本科时还大言不惭：时间？就是用来浪费的。现在想想，实在虚妄得教人心惊。那时候大部分时间都用在了旅行上,美其名曰行万里路读万卷书。但她也很少画路上见闻。总是贪婪地想多见一点世面再下笔不迟,骨子里却一再纵容自己,时间还有,不必着急。

薛伟比她大几岁,三岁?四岁?大概也快到了老师说不办个展就来不及了的死限。但是他比她机会更少,在北京更没有根基。想到这里,她对他再次生出战友的惺惺相惜之情。就好像是一起即将被滔滔后浪随时拍死的前浪。

对她心情变化一无所知的薛伟又慢慢地踱回他刚刚批评过的《她》面前。

虽然失之直白。但是这老人的皱纹画得真好。这点央美学生还是牛逼。你导师指点的?

她轻声说,这是我自己的外婆。

他好像又没听见。果然注意力全在画里面。

窗外的天色慢慢变成橘红,橘粉,鱼肚青,终至于浅紫深蓝。这一天有很好的火烧云。她一直和他一起看自己的画,夕阳完全坠入西山下才打开日光灯,宿舍的凌乱一下子在惨白灯光下露出原形。魔术时刻结束了。

他因这光线的瞬间变化终于回过神来:你总共就这么多?

只卖过两三张,还有几张在朋友的画廊里,一直没卖掉。她老实道。我画得本来就不多。

那数量是太少了，怪不得说毕业后办个展成问题。你这个暑假不回家的话，我们可以一起出去写生。或者找个画室一起画。也是互相监督促进。我看你就是条件太好，太不知勤奋了。

她脸渐渐烫热，心上却涌出无名感激。一个朋友。一个同路人。一个不仅仅把她当作女性、更当作创作者的男性。

她感激他，还因为本来这两个月她又处于间歇性创作瓶颈里。看上去微乎其微，其实永远不停爆发的小型精神危机。关于题材，关于性别，关于必须面对的压力。问题还是出在骄傲上。她仿佛越来越难以适应看似优越的外在条件带来的一切，无论压力还是别的。也许真正让她不能适应的，是整个艺术圈弥漫的过量荷尔蒙和直男中心主义。偶尔被师兄师姐带去参加的饭局被恭维说是美女画家，总能感觉自己立刻被微妙地打入另册，仿佛一个对绘画感兴趣的业余爱好者。待主人介绍她的师承，又总有人发表高见：刘老师的女弟子个个精彩。

立刻就会有人紧跟着问：除了她，刘老师还有什么女弟子是美女？

在座有对美院知之甚详者开始如数家珍。美院油画系近十年稍微出挑的女生都被数了个遍，一个师姐还成了另一个老师的现任太太，话题便顺着暧昧的方向一路下滑。更让人难堪的是除了成为桃色新闻主角，最后几乎没有一直坚持画下去的师姐，去艺术杂志当编辑或者当策展人的都少。从事广告设计或者当出版社美编的还算是和专业沾点边，更多人毕业后就彻底改了行。曾今一开始如坐针毡，到后来渐渐也就听而不闻。

尤其让她心烦的是这些饭局总能遇到一个高两届的同系师兄莫沙，也是近几年渐渐有了声名的青年画家，他导师赵泊和刘老师不大投契，而莫沙交游却广阔，她参加的任何饭局几乎十之六七他都在场。一开始她尊称他莫师兄，他也把师妹师妹挂在嘴边。到后来越熟就越觉得不对路。别人调侃刘门女生时他还添油加醋：美女再多，像曾师妹这样的也是稳坐头牌花魁交椅。师妹，你说是不是？

什么头牌花魁？曾今听得只有诧笑。这个师兄和太太据说非常恩爱，平日在学校遇见她也从不这样。但越是人多的场合他越爱开过火玩笑。吃准了她脸皮薄，不会反驳，放胆杀熟。她每次对这类玩笑沉默不语，又总有一两个老男人在旁起哄：小莫真是俏皮，哈哈哈哈。小曾修养也好，哈哈哈哈。所有人看上去都十分欣赏这类玩笑。这样癫狂欢乐的氛围里，她实在无法板起脸来起身走开。

京城话剧圈有个说法：不疯魔，不成活。出处是电影《霸王别姬》。画家圈据说也乱，但仅限于男画家和模特儿或女策展人，而且其实也没想象中普遍。曾今自己是一直小心翼翼如履薄冰。她从小和男生一起长大，并不代表长大后能很容易地和异性打情骂俏。也有几个女画家是这类饭局的常客，因为年长，她们看上去都比她更能适应环境。大多知道在该笑的时候笑，实在不堪处便掩嘴葫芦，总归是知情识趣。有穿旗袍参加饭局的，像陈逸飞的新仕女画。当然也有个性爽朗会照顾人的前辈师姐，遇到这种场合难免娇叱一声：莫沙，你够了！曾今便有受到保护的感激。总归还是年轻经验少，脸皮薄，再历练两年会好些。但是这种类似女陪客和附属品的屈辱感时常挥之不去。

她想要的好像远不止是这些。是认识了薛伟以后她才渐渐意识到自己的野心也比自己以为的大。除了强烈的性别自尊心作祟之外，她还妄图追求比这皮相风流更长久的个人成就，留存后世。

因为这梦想和实际的暂时不能调和，她便时常零碎受自己的罪。她渴望画得更好受人尊重，被当成一个真正的画者，而不仅仅只是一个学画的女人。

而薛伟似乎也是。

人生寔难。得一知己更难。

4

薛伟此后当真隔三差五从宋庄来美院找她，和她一起借用学校免费的画室画画。两个人默不作声各画各的一整天，休息时互提意见，实在画不动了便去食堂吃饭——通常都是曾今刷饭卡，本来也不贵。吃完饭薛伟就自己坐车回宋庄。反正都在东边，公交车只要不是高峰期也很快，倒比地铁舒服。那种充实和规律感让曾今想起在画室没日没夜集训的高三。

他有次和她吃饭说起老胡已经帮他卖掉一张画了，不贵，不到一万块。但够这段时间的生活费了。又闲闲聊到他在北京认识的其他人。

曾今说，你在北京还有很多朋友？还以为你就认识老胡。

我年初才认识的老胡，也是人介绍的。最早推荐我去参加各种画展的是《美术前沿》的艺评人赵梦，长春老乡，人挺实在。赵梦自己也画画，还发我看，要我给她提意见，嘻。说起来她那么帮我，我从没夸过她。她不比你，我还帮她改过画。

他这话的意思是说也有别的朋友看重他，粉丝并不只限于老胡。但一提赵梦曾今便不免哑然。刘老师的饭局里也见过她几次，三十出头的中等个子，长脸大眼睛，夏天室内也喜欢戴帽子。注意力似乎全在刘老师和几个师兄身上，不大和在座的女生搭话。几个师姐都不太喜欢她，她对曾今倒还算友善——也许是曾今待她友善——当面和刘老师夸过她年轻漂亮，前途无量。赵梦自己的画风是典型的政治波普，把亚洲几大巨头漫画化处理后搬到数米高的布面油画上，压迫感迎面而来，刘老师私下评点说她有点太刻意迎合西方画廊的趣味和意识形态偏好，看上去饶有深意，其实也就九十年代末世纪初那阵子流行，现而今外国人也没那么傻了。因此画了很多年也都只混得半红不黑。但她又因为出道早，特别傲。薛伟不肯敷衍赵梦是对的。

　　美院在花家地附近。周围有无数私人画室和咖啡馆。林木葱茏，环境优美。美院修了几年的新美术馆最近正好竣工，据说设计师是设计过巴塞罗那奥运会体育馆的日本的矶崎新。薛伟被曾今带着参观过一次之后就入了迷，不停嘴地说牛逼牛逼，未来风，大师之作。

　　有时曾今难免觉得他有点粗鄙。但是她成年后异性朋友很少，心想男生大概多半都是这样。他连续往美院跑了一个月之后，终于动了在附近租房的心思，在网上地毯式搜索了几天才放弃。一房一厅房租比宋庄高一倍有余，毕竟是望京繁华地带。

　　曾今有几次坐朋友的顺风车，也去宋庄找薛伟玩。两边的确是天壤之别。

　　薛伟租的画室是假充四合院式样的青砖平房中的一间，格局却并不像四合院，还是农民房。和四户人家共用一个二十平方的小院，院子里有一棵歪脖子枣树，除去枣树四周，其他都是水泥铺地。院子四周还稀稀拉拉种了些蓖麻和葡萄，也不知道是主人忘了浇水，还是住户皆不上心，一多半倒都枯萎了，在最应该草木葳蕤的盛夏显出凋敝之态。

曾今认识的穷画家多了，看到这种景象并不稀奇。薛伟却说，这儿冬天听说没暖气，只能靠生火。因此最迟入秋就得搬。

狭窄的街道两侧，开着的饭馆和小卖部除本地村民，游走的都是一个个刚从欧·亨利小说里梦游出来的巴姆勃格，不论是否真的怀才不遇，至少看上去都足够潦倒。不用薛伟告诉她她也知道宋庄画家之间贫富悬殊厉害。有为艺术献身纯粹得几乎吃不起饭的，也有卖画发了财在这边租几百平方建私人美术馆的。有开书画班教学的。有画着画着画不下去卖驴肉火烧、反倒发家致富了的。无数冠以画家之名者，各有隐秘或正大的营生，藏身在宋庄形形色色的农民房里。连宋庄美术用品店里的油画框，每张都比花家地的要便宜好几块钱。曾今只要油画框一用完，就托薛伟给她从宋庄带。

这段时间她画得的确比以前快了。画风似乎也有进步，才一个暑假工夫。她更庆幸和薛伟适时相识——不管意见准确与否，至少是来自一个不断实践着的同路人。

有一次她又和一个朋友去宋庄，办完事给薛伟打了电话。平时都是她请薛伟吃食堂，这一天薛伟说刚卖了画也请她好好搓一顿。他俩一前一后走在八月午后尘土飞扬的京郊街道上，有一句没一句地闲聊最近画过的画该怎么改，一个欧洲牌子又新出了好几种稀奇颜色。

那边有个卖茶鸡蛋的。薛伟走着走着说。

曾今莫名其妙看过去。你想吃？他们在街上觅食，通常都是她买单。也是一种下意识的撇清，女生抢着买单，意思是对这男的彻底没意思。

我爹妈下岗后也卖过这个。长春那么大，偏在我学校门口摆，从初中卖到高中，我中间也问过几次，一直不理会我，操。他声音没什么温度，态度平和地骂了句脏话，意思是早已不真正感到困扰：每次上学放学都怕被耻笑，只好装没看见他俩。其实和我关系近点的同学都知道。后来总算逃去沈阳上大学了，他俩就不在学校门口卖了。这才知道他们怕我学坏，在学校门口卖，还能顺便监管我。我后来落下毛病，只要街上有卖茶叶蛋的，一眼就能看见。根本不用刻意找，直接跳进眼里来。

曾今震动地看着他。平时薛伟很少说自己的事，基本都是就画论画。

在沈阳也买过几次，都比他们卖的好吃，怪不得卖了五六年也没挣着钱。我高考志愿骗他们说报的金融，偷偷报的艺术。我爸气得发狂，基本断了我的生活费，好几年只能靠素描家教挣钱。也给画室当过男模特，裸体那种。眼下我妈身体不好，我爸去年死了。只要看见茶叶蛋，就猛地想起这些。挺没劲的是不是？不说这个了。

他说得轻描淡写。曾今却听得差点掉眼泪。她来自南方小城，家境其实也一般，父亲酗酒，她读高中时就失了业。母亲是基层公务员，一人养四口，他们仨还加上外婆。但是她母亲把她保护得足够好。不管自己多困难，一定会保证她的课业和日常开销。她很大后才知道，有那么两年母亲实在周转不开，一直和老家借钱寅吃卯粮。上大学后她父亲渐渐改掉酗酒的毛病，重新找了工作，家境才开始好转。曾今由个人经历总结出一条古怪定律：越是家境好的同学更看重物质回报，因为已经明确知道物质给人带来的种种便利。出身寒微的人，反倒更容易理想主义，因为从来没钱，和钱不亲。这想法也来自她母亲一直纵容她当不为稻粱谋的艺术家。这一点她比薛伟似乎运气又好点。

她在眼窝里打了半天转的眼泪终于掉下来。薛伟一直低着头走路，突然看到地上的土被一滴水珠砸出一个小坑，接着又是一滴，两滴，三滴。立刻被更炎热的灰尘掩没了。你怎么了。他有点粗暴地问：我就是随便说说，你哭什么？

她哭得一时说不出话。为他，也为自己青春期林林总总的匮乏和委屈。又陡然想起从中学起那些拼命练素描的夜晚。往事变成褪色画片一张张飞过来，大太阳地瞬间就成了那些从画室哆哆嗦嗦走出的寒夜，听见十几岁的自己冻得在车站反复跺脚的声音。路远又舍不得打车，只能在寒风里把自己尽量裹严实了骑车回去。足足五公里，不戴口罩能吃进整整一斤风，半斤土。手长了冻疮，抹好药继续画。有次伤口迸裂了一滴血落在画布的天空上，她没留意，第二天就凝成了一滴饱满的褐色，当时美术补习班的老师还问：这是什么？麻雀吗？

她其实长久都自觉是一只麻雀。极尽艰难才能飞得略高，略远。压力太大和期望值太高反倒压垮了她，她只好比其他人比赛名士气和漫不经心。事实上她的目标是罗中立，靳尚谊，至少也是何多苓，刘小东。当代艺术里没有多少留给女人的位置。当代油画家头十把交椅，没有一把属于女画家。她只有加倍努力。这早已不是梵·高、维米尔或者莫奈的年代，甚至连陈逸飞的成功都不可复制。死后成名在这个快销世代是不现实的，如果生前尚且无人知道，死去只会更迅速地被遗忘。

她觉得此刻再也没有比他们更相似的朋友了，在这个陌生的，巨大的，贫富日益壁垒分明的世界上。她很自然地把薛伟划做同类：霁月难逢，彩云易散。心比天高，身为下贱。他是穷。她也穷，加上还是女的。都难。都不易。

别哭了。大街上别人还以为我怎么你了。薛伟说。我就不信咱混不出来，咱画得比好多成名成家的都强不是。只要一个人铁了心想混出门道来，最后总能打着仨瓜俩枣。也让那二位卖茶叶蛋的知道，不光银行证券交易所能挣大钱。

最后一句话他说得咬牙切齿。和他最早和他说的，不管平台机会只为了喜欢而画下去，完全是两套话语，两种思路。曾今没想起来这前后悖谬之处，泪却终于被他的气势吓住了。不知道为什么，她模模糊糊地想起了另一句话。"现在咱们俩来拼一拼吧！"拉斯蒂涅的对手是十九世纪污水横流的巴黎。而此刻决心以北京城为对手的薛伟，竟然也有如斯气概。

她打了个寒噤，旋即强迫自己忘掉这不安的印象。


5


再过一个月便到了教师节。导师刘家明例行要召集在京同门吃饭。

刘老师虽然桃李满天下，真正得意的门生也没有几个。加之前年离了婚，更爱和几个谈得来的学生终日厮混。五十出头，正是不甘对岁月缴械又渐步入中年危机的时节，和年轻人交往多了，就自觉并没有那么老，更着意维持亦师亦友的交情。他是系里骨干，临时有讲座或在外面接了策展的活，也常把学生叫来帮忙，学生也多半乐意挣点外快。

曾今聪慧大方，正是刘老师的得力干将之一。一日为师、终身为父。虽然学的不是国画，但毕竟是中国人教的油画。她在导师饭局上总遇到很多三教九流，也不乏如雷贯耳的名字，策展人和艺评人最多，时不时也能遇到个把作家，多数是诗人，也有写小说的。每次刘老师家有新人来，都势必隆重把她推出：你们等着，不出五年，曾今必在今日美术馆或尤伦斯办个展。再过五年，不是没有可能去威尼斯双年展。不过她还得勤奋点儿。现在的学生不比我们当年，太舒服了毫无斗志，鞭子追着都不动！

有些客人就凑趣地笑：索性参加全国美展？听说美展金奖，是行业内最高奖。

宁去威尼斯，再不济上海双年展，全国美展的水深，咱蹚不了。美展五年一换，乌泱乌泱几百号人有几个能被人记住？我也不怕说句托大的话，只要是我认可的学生，是金子淹没不了，将来有的是藏家求购。

曾今在一旁只能心虚地笑。这才知道自己的梦想其实幼稚得不堪一击。通常说到这个地步，刘老师已经喝高了。他在私下里倒是教训居多，她也知道他是在外人面前刻意抬举。但他社会事务太多，也很久没管过她的画艺了。虽然师门的人一年总要碰若干次——除了教师节、帮导师干活，还有同门的婚嫁喜事，但混得有好坏先后，反倒最后形成不聊彼此作品的默契。只随意说些国内外新闻，圈内八卦，或者听刘老师说说最近又参加什么国外双年展的见闻。

刘家明年少成名，也是早早就跨入千万俱乐部的国内顶级油画家之一。又一直保持旺盛的创作状态，每隔三五年总能办一次大中型个展，见报率一直很高。其他同行对他纵有腹诽，多半也是嫉妒——他这些年是太青云得意了些。同门几个师兄在导师鞭策下也都屡有佳绩，曾今的确算进步慢的。

但纵然如此，也有师兄师姐艳羡道：对亲闺女也不过就是这样的管法。刘老师别太偏心！

曾今并没傻到看不出来别人的眉眉角角。只觉得自己还不够好，既愧且惶。这个暑假大有进益，她向老师汇报成绩时忍不住顺便说认识了一个业内朋友，很聊得来，一起画画收获也大。说完之后才想起老派人嘴里说的"朋友"，通常就是男女朋友。但和薛伟的关系却完全不是这样，也毫无往这个方向发展的可能。

孙老师却不管她暗自嘀咕，只是单纯地为她高兴：知道用功了就好！早该如此！

除了自己用功外，她其实也认真地给薛伟提过意见。

或许是被她提醒，他这段时间在超具象主义的道路上越走越远。建筑和植物细部的精致还原程度，几乎达到了照片复印的效果。但是，就在同一张画上，其他局部却非常粗糙。这粗细明暗之间差别之大，总给人以没画完的草图感。但是每一张都像草图，就造成了一种特殊风格。更准确一点说，创作者仿佛迷恋的只是一种压抑冷硬如梦魇的整体氛围，衰败的老工业城市是当仁不让的主角，而具体行进在画中的个体，却被相当刻意地处理成了一个个面目模糊的游魂，有的没有脸只有背影，多数正脸也同样缺乏表情。

只有少数画作的人脸没有变形。有一张画是画一个男生和小女孩。里面那个男生的脸被描摹得极其细致。女孩则只有侧面，红色棉袄，漆黑眼眸，惨白脸庞，也有点日本歌舞伎的森森鬼气。而这已经算是工笔了。

她最末一次去宋庄看薛伟，在这幅新画前端详许久。终于发现他也紧贴在一旁目不转睛地看，倒吓了一跳。

薛伟让开一点，笑道：怎么样？

她犹豫地说：蛮好……就是有点像日本浮世绘。百鬼夜行图。

他"嗯"一声：我喜欢浮世绘。

你油画笔触肌理纹路和色浆效果都很成熟。也不乏时下流行的元素：魔幻，都市感，荒芜。就是太冷了，有点教人寒飕飕的。

他"哈"一声，很短促：你不知道，这样怪异的风格容易给人造成印象。

这真的是你最想画的？你不是一直说最想把心底里那个逝去的北方一点一点画出来？那些小偷，杀人犯，卖茶叶蛋的……怎么都没了脸孔，建筑倒成了主角？

你说的好是好，太多人画了。他沉思地说：我早反复掂量过了，走那条路，很难出来。

你不是说题材什么的都不重要，最重要的是画自己内心最想画的？

你怎知现在这些不是我内心最想画的？他不耐烦地笑道。

曾今那天话比平时都多：你骗得了我，骗不了画笔。你画的这张构图细节和毕费那张《圣城》几乎一模一样，就是用色不同。你太想一夜成名了，明知道这样走不远，干吗好好地画废了这支笔？

他声音高起来：就像你那样画些花花草草老人小孩的倒是原创，毫无新意，就算对得起祖师爷了？

不出俩月，曾今渐渐发现自己前后认识的薛伟似乎是两个人。前一个薛伟和后一个薛伟说的话在各种层面自相攻讦，有时甚至让人疑心他精神分裂。她沉默下来，不再说话。

突然间薛伟又笑起来：你说得对。我是有点操之过急了。

那笑声比刚才那一声更短促，同样说不出的怪异。仿佛是一个人经过紧张思考后决定必须发笑。但一旦有一个人笑了，那空间里因为沉默形成的生分便打破，尴尬也便凝结成小团从空中纷纷跌落。她也笑了。

当天晚上薛伟说自己还要赶一幅新画给老胡，并未留她吃饭。曾今便自己坐公交车转地铁辗转回城。她这次其实等于是专为看他的新画来的，他不会不知道。归途的大巴上，她一个人坐在最后面一排，沉沉地看往窗外，初秋的晚风已经从温热变成微凉，把她的衣袖吹得饱满鼓胀，像钻进去什么有形状的活物。在这空虚中她悄悄觉得饿了。又想起薛伟晚上自己经常不吃饭，借口"能省则省，画画就动动胳膊，消化不了那么多粮食"。但仍然越来越瘦，越来越苍白。他不辞辛苦去美院找她，也可能是为了早晚都有食堂。只是还要花路费。一阵细微的，不知所措的自责从内心深处痛苦地袭来。她知道他穷，却不知道他这么穷。但她也只是勉强够自保的穷学生，那笔法国尾款迟迟未到账。菲茨杰拉德在《了不起的盖茨比》的开头说："我年纪还轻，阅历不深的时候，我父亲教导过我一句话，我至今还念念不忘。'每逢你想要批评任何人的时候，'他对我说，'你就记住，这个世界上所有的人，并不是个个都有过你拥有的那些优越条件。'"

她在饥肠辘辘和夜风的双重照拂下，决定原谅这个朋友。

## 6

自宋庄那次不欢而散，有几天薛伟都没有找她。差不多俩礼拜后，QQ上那个熟悉的头像才开始跳动：在不在？

她立刻答应：在。

点接收文件。那边指示道。

她接收完才发现是张新画的照片。竟不再是都市石屎森林的无脸男，而是明媚初夏白杨树下的两个背着书包的稚童，还有一只不知何处跑来的流浪狗，灰白色。色调明显温暖得多了，造型也不再扭曲变形，她不禁微笑起来：薛伟毕竟还是在意自己意见的。

为什么画一男一女两个小孩？她问。

男小孩是我。女小孩是你。吵了架又和好，所以还在一起玩。

她眼眶一热。随即又发张奋斗表情：好你等着。这星期我也给你看张新的。

薛伟问：你教师节和刘老师提起我了？

嗯。

他怎么说的？

就说我早该用功了，没说别的。

噢。他那边沉默片刻，头像复又跳动起来：我这几天仔细想过了。可能还是得有个正经出身。不知你导师还招不招研究生？不过我英语不好。我最近想找机会见见他，你方便引荐吗？

她第一反应就是爽快地说好，字打完却又犹豫地删掉。她想起刘老师明确地表示对毕费的画没有感觉，对乔治·巴赛利兹的画风也多有批评。他是典型的侧重日常的现实主义风格，和卢西恩·弗洛伊德相似，和薛伟的画风全然不是一路。也许可以等薛伟其他类型积累得多一些再试试。她对他的基本功是毫不怀疑的。此外，她九月初刚和刘老师提过他，当时没说要介绍，随后直接带人上门，仿佛显得太处心积虑了一点。而带去同门聚会也不好，那几乎封闭的小圈子，导师请外人可以，学生却不能随便带人进去——刘家明毕竟是名人。加之她好几年没有男朋友,也担心同门误会他们之间的关系。

看她沉吟不语,薛伟立刻说:我也就是那么一说。你也就随便一听。其实无所谓。

她如释重负,但仍然感到某种古怪的压力。之后几天,经常找话题和薛伟留言,但过了几天薛伟才回声"哦"。很冷淡。

她事后才想,大概愈这样越显得她心虚。但凭什么心虚的是她?她却说不清楚,只觉委屈。

正是这一点心虚作祟,不久另一个师兄王可的个展她便把他带去了。果不其然,又撞见那个她一直很怵的莫沙。她这才想起莫沙和王可也是同门。

王可现场发表感言。谢谢各位朋友捧场。开幕式现场准备了茶点,众人一起举杯。看展、交谈、合影不一而足。待仪式进行得差不多了,王可便私下招呼几个人留下去附近餐厅吃饭。也叫了曾今。她便把薛伟带上。

进去后她发现除了莫沙,也有几个成名画家过来捧场。这也是薛伟第一次见这么多圈内名人,他略显局促地坐在曾今旁边,陡然间腼腆起来,一声不吭。莫沙在开幕式上就一直很注意薛伟,落座立刻起哄:恭喜刘门花魁名花有主!这话既不向着曾今,也不向着薛伟,更不是和主人说,而是冲着在座所有人。

曾今说:去去,别瞎说。

都带来看展了还撇清?快交代姓甚名谁在哪高就,到底有几千万家产,才追得上我们花魁?

薛伟,你别理他。

薛伟?薛蟠的薛,伟哥的伟?自古捱光计,潘驴邓小闲……这位的名号也算占了两样,不知道其他三样全不全。

曾今恨道:莫沙你好无聊。都是学画的,你一天到晚尽拽文。还是黄文。

莫沙咂舌:平时都闷嘴葫芦,今天有人撑腰了,得,师兄我不说了。

薛伟只陪笑,不说话。除他之外,其他人差不多都互相认识,一时间目光都落在他身上。也有人唯恐天下不乱火上浇油的:莫沙这不是嘴欠,实是妒火攻心。曾今你快好好介绍,让莫沙也死得其所。

曾今便认真地向大家说:刚才名字也讲过了,薛宝钗的薛,伟大的伟。画得特别好,也得过台湾一个奖——是朋友,但不是男朋友,请诸位开玩笑适可而止。

众人哈哈一笑,这事本来过去了。不料薛伟端起杯子蹭地站起来:初来乍到,见到京城诸位大师三生有幸,请多多指教。

这一出太尴尬了。没几个人应邀举杯。圆桌本来就大,隔得远的该吃菜吃菜,该喝酒喝酒,竟全当没听见。只有近处几个抹不开面子端起杯子敷衍。薛伟遂把一大杯啤酒一饮而尽,喝完继续杵在那儿发愣,曾今轻拉了拉他衣角,他这才硬邦邦地坐下。

莫沙一直冷眼看着,这时一笑:哥们能喝?

薛伟慌忙接口:能喝!

曾今一一敬酒。照规矩女生不必打圈,她往常从不喝酒,今天却只能替薛伟打这圆场。再回原位时才发现莫沙面前一瓶酒还没喝完,薛伟面前已赫然摆了三个空瓶:什么情况?莫沙,你别欺负人。

莫沙笑道:老爷们的事,女人家少插嘴。

薛伟居然说:就是。

才四瓶啤酒俩人已成生死之交。莫沙喝得高兴,又把王可拉过来。曾今皱眉不再理会,只和邻座女士倾谈。又过一会,只见薛伟站起身急步出去,并没看她。她等了一会,忍不住问莫沙:他出去做什么?

莫沙也喝得红头胀脸,反应了一会才说:噢。刚才王可说喝凉啤酒胃有点痛。我说我也有点不舒服。你男朋友人挺好,说出去给我们买点药。

曾今气道:说了不是男朋友。又觉得自己带薛伟过来,总得负责到底。他喝多了别又成了路盲。等了好久还不见人回来,便下楼去找。四处皆不见药店,在楼下等了好一会,才见一个瘦小身影飞奔而至。待近了发现竟是薛伟:你跑什么?

你在这里做什么?他奔到跟前,猛见是她也吓一跳:局散了?

没有。我就是怕你迷路。曾今说。

没散就好。操,我跑了五六条街才找到药店。薛伟扬扬手里的塑料袋。买了胃舒平,三九胃泰,盐酸小檗碱片。也不知道哪种是他们常吃的。只好丰俭由人。

曾今皱眉:你不知道王可家就在这餐厅背后?如果真疼狠了,他走两分钟就能到家,或者让他太太送药过来。何必你人生地不熟地穷找好几条街?

薛伟说,我知道。但这是我的心意。莫沙也没拦着我。

曾今一时间又说不出话来。看上去是在说药,其实不是。两边都是朋友,按理说互相照应是好事。但就是什么地方有点不对头。也许是薛伟对迅速融入圈子的渴望把她惊着了。而她则是和导师吃饭都十有九次必然迟到的人。散漫无稽是她最大的缺点。七宗罪里最大的罪,则是骄傲。但是这骄傲却永远在寻求另一个同等量级的骄傲。

她终于说,我们一起上楼吧。

薛伟却说,你先上去。我一会再上。

曾今反应了一会儿才明白薛伟的意思。薛伟是不想和她再一起出现在众人面前了。刚才被起哄他竟比她更窘。但是,这种事情难道不是清者自清吗?她不是已经说清楚两人只是普通朋友了?而且,他明明是她带来的,这么快就要划清界限?

一瞬间她心里像塞了一把乌糟糟的狗毛。她看着他,他还在剧烈运动后的喘息中。她不再回头地上去了。

　　过了差不多五分钟他才若无其事地拿着药上来。整顿饭她不再看往他的方向。那把狗毛沾湿了酒水菜饭，膨胀得越来越大。不知道为何她几乎失望得不能呼吸。又勉强坐了二十分钟，过去和王可告辞。薛伟还在和莫沙及其他人拼酒，也有个不认识的年轻姑娘过去和他碰杯。他对她笑着说了句什么，姑娘笑得前俯后仰。看上去他竟然远比自己合群。

　　曾今离开时他甚至没有注意到。明明不是恋爱，曾今下楼时却几乎掉泪。巨大而无法诉诸于口的失望在身推着她几乎踉跄。她模模糊糊地觉得自己也许被利用了，又懵懂地告诫自己说不要把人想得太坏。但无论如何，她一生永远不会忘记那句话：你先上去。也不会忘记那奔跑姿态的急迫。无论如何，胃疼不是死人的病。而薛伟在她面前曾经显得那么孤绝清高。

　　他或许一开始是没注意到她走了。但之后整整一个晚上没有短信，也没有电话。

　　是第二天中午薛伟才反复给曾今打电话。她不接，电话就持续响。过一会终于停下来，紧接着又响。十几通之后她终于接起，那边的声音很惶恐：真不好意思，前天喝到凌晨五点，都没发现你走了。

　　她说，噢。那你继续休息。

你是不是生气了？咳，男人一喝酒就这样——

没生气。她说，我不知道你们"男人"喝酒是怎样。我只是一直不太喜欢莫沙这个人。真想不到你倒和他一见如故。

莫沙挺好的，还说下次酒局要叫我——

她平静地说，他也说你好。我还有点事，先挂了。

挂断后立刻关机。半天之后再开机，发现收到了十几条信息，都是解释昨晚行为的。最后一条是：你是我在北京最珍惜的朋友。给我一个当面解释的机会。

她没有回。

这是他们第一次非常明显的决裂。也是她第一次意识到他和她其实不是同类人。而非我族类，其心必异。

她想不到的是后来还会反复多次。

## 6

接下来薛伟每天持续给她电话。她不接，他就不断给她发信息。

紧接着，她发现自己宿舍的门外放着一本村上春树的新书，《没有色彩的多崎作和他的巡礼之年》。

薛伟从宋庄专门来过她学校了，那么。

她终于好奇打开那本书看。发现这部小说是说一个三十六岁痴迷于铁路的工程师重新找回当年和他断交的四个亲密朋友的故事。里面有一段被薛伟折页，用红笔划了重点线：

不是一切都消失在了时间的长河里。那时，我们坚定地相信某种东西，拥有能坚定地相信某种东西的自我。这样的信念绝不会毫无意义地烟消云散。

书后还附上了一封短笺：

多崎作的名字在日语里注定没有色彩。而其他四个朋友的姓氏里却分别带有"赤""青""白""黑"。也许人与人的性情和温度天生注定不同。但是，正如木元沙罗是多崎作最重要的女性友人，你不光是我的木元沙罗，也很有可能是我几乎失去的赤、青、白、黑。我比你想象中更重视你这个朋友。倘若我们的征程是星辰大海，而在追随梦想的道路上，少数表面分歧其实无足挂齿。

希望你不接我电话的这几天保持愉快心情。

X.W

信写得的确很动人。落款是他画画时喜欢的缩写签名，她还取笑过学大师。曾今眼泪啪嗒啪嗒掉在信纸上，迅速把字迹洇得模糊一片。她确定自己对薛伟的情感中毫无暧昧之情。但是，她也同样比自己想象中更珍惜这个朋友。

人至察则无徒。他也许只是待人友善，并不是过分功利。

一旦担心自己错怪了好人，她的态度便有所不同。这一天她心情低落，换了QQ的签名档，薛伟的头像飞快地跳动起来：你心情好些了吗？

这时离她换签名档的时间不到一分钟。他居然一直在线上关注她动态。她不由得说：我没事。

薛伟打一个如释重负的符号：大姐，你可算理我了。我真是丈二金刚摸不着头脑，搞不明白你怎么突然就冷若冰霜。

曾今说：没什么，就是周期性人类厌倦症。如果给你造成了困扰，对不起。

那边发过来撇嘴表情：这么冷冰冰的干吗。恐怕不是厌倦人类，是厌倦我吧？

因为彻底消怒了她反倒坦诚起来。一旦立意坦诚，话却不够好听：不是。我只是觉得……你不够坦荡。

不坦荡？薛伟那边像是受了天大的委屈：从来没人这么说过我，也就是你。我怎么就不坦荡了？

你买完药遇见我，为什么不和我一起上去？她问。

这话问得很孩子气。曾今这才意识到耿耿于怀的，正是他那句话，那个撇清姿态。那一刻他并未把她视为朋友，而把她简单视为一个女人,而且是可能给他的新社交关系带来麻烦的女人——他或许真以为莫沙喜欢她。她此前从未被任何人这样粗暴对待过。他实在想得太多、也太深了。

薛伟的头像快速跳跃,一句紧接一句。他说,曾今,你真想多了。我只是觉得让人看到你下来找我,对你不好。

这话仿佛言之成理,虽然还远未足够教人信服。

她说,嗯。

那今天一起吃个饭?薛伟立刻说。我来学校找你,也看看你的新作进展得怎么样了。

她过一会才说,好的。

最近她的新作进行得并不顺利。也的确是希望有人来提提意见。

吃饭还是学校附近那个他们去过的小饭馆。薛伟请客。这次见面,也就相当于重归于好了。他人一过来,曾今心底芥蒂更荡然无存。她本来就是心软而容易原谅的类型。或许就因为吃过轻信的苦头,才被迫慢慢学会对他人严苛。必要经过重重考验才能彻底放下心防,因为她热情起来永远比他人更热情。但不知道为什么,薛伟和她的交情总比和别人更历经曲折。

他认识她没多久有一次就在QQ上总结说,你的温度似乎比周围人都高。永远都在从高往低流失热量,最后难免冻伤。

曾今：那你呢？

薛伟：我可能比正常人还冷淡一点。拥有本来就不多，总得先设法保全自己。

曾今：我可能的确总以为自己比别人强大。因此老怀着歉疚之心，觉得自己太幸运了。

你这么好的自我感觉从哪来的？薛伟打了个笑脸。不过这样也好。怪不得你人缘好。人人都宠着你。

但她其实说话很直。对朋友尤其。

他们聊天，话题经常是最近开个展的同行。只要一开始指点江山，总是更容易言语投机。——是过了很久很久之后曾今才明白，私下批评同行是最容易达成共识的。常言文人相轻，艺术圈也一样。人人都觉得自己怀才不遇，谁也不服气谁。世界上永远不缺愤世嫉俗眼高手低的艺术家，在这个层面上，所有运气欠佳的年轻人天生就是盟友。关键是，未来道路的选择，对不同游戏规则的接受，甚至是对截然相反利益集团的投诚。

吃完饭她带他回工作室看最近进展。他一进门就说：你最近心情不好？

曾今说，嗯。一面心惊他对自己的了解。但心情不好其实也和他有关。待朋友太好，永远有一种受伤之感——这点薛伟分析得实在非常准确。

你这块地方颜色稍微黯淡了一点，可以补一笔亮色。试试玫瑰红？另外，那个阴影的面积不太对。轮廓再往里收一点。

她心悦诚服地听着。果然是旁观者清。此时此刻，她的确需要一个这样懂行并且同样在创造中的朋友。

还有这儿。这儿的比例是不是有一点问题？

基本已经成形，不好改了。

你没改过画？薛伟说。我们苦出身的北漂都得会改画。再糟糕的画都能改，否则不是白瞎了一张画布，还撑了框的，大几十块呢。你这个尺寸这么大，得上百——因此必须改。

她说，你说的有理。没顾上计较他说"再糟糕的画"几个字。

要不要我帮你改？薛伟一时自得，话越说越满。

曾今这才觉得不对劲。你帮我改？那成什么了？连刘老师都没替我改过画。

薛伟说，哈哈，开个玩笑，怕你医者不自医。你看，这小孩的脖子太细了。

其实脖子细一直是曾今的特色。这样头的比例就显得大，有一种稚气之美。但是她想，总也不能这么一直天真下去。像她自己。

她答应等他走了以后试着自己改改看。

看完画时间已经九点多了，薛伟还没有离开的意思。曾今渐渐着急起来，几个舍友回来有早有晚，但不代表不回。一会该撞上了。其实也没什么，就是徒增困扰。就是不撞上，他回宋庄路上也得俩小时。

她忍不住催了一次。快没车回宋庄了。

薛伟这才如梦初醒：几点了？和你一说话就容易忘记时间。

她说：快十点了。

他答应着，却还没立刻就走。

你不是还要改画吗。我看着你改几笔。他那天格外兴奋，一再跃跃欲试。

得了吧。我这就送你去车站。曾今渐渐也学了一嘴大碴子味普通话。

在去车站的路上薛伟意犹未尽，又说了一点她新画的不足。起初提得小心翼翼，曾今还觉得准确。后来发现意见抽丝不绝，整张画被他说得一无是处。

你们学院派就是这样，只会照着现成规矩画——反不如半路出家的可能性大。最后他总结陈词。

曾今说：就和你不是学院派似的。

薛伟说：至少我没读过油画专业研究生。本科也是临时转过去的，才读了两年。

他最早说自己学历低、专攻油画时间短，言语里都是自轻之意。前几天说想考她导师的研究生言犹在耳。没想到隔了几天，就成了野狐禅的特殊优势。曾今因为着急送他去坐车，快步疾走，顾不上抬杠。他更加滔滔不绝起来。

已是深秋了。夜风冰凉。他的话被大风撕碎了飘散一空。听入耳的却句句刺心。

到了车站了。最后一班车不知道是过去了还是没来，这里离始发站只有一站，而距离末班车发车已过去了十分钟。他们和往常一样肩并肩站在站牌下面。曾今怔怔看往车来方向，其他时候闭嘴不语。薛伟还在举例，你看那谁谁……

她猛地说，你快上车。

什么？薛伟倒吓了一跳。

他临上车还大声问：我们啥时候再见？有什么饭局再叫上哥们儿？

曾今说，故宫最近有个石渠特展。咱们回头去看看吧。

但是风制造出更大的动静。她连自己的话都听不清，更不确定他听没听到。车开走了，她举步维艰地顶风走回宿舍，缓慢移动着的自己好像成了全世界的风眼。刚才出来得急，没戴帽子。

她在风地里竭力让自己气得发抖的身体平静下来。虽然不够尊重。可他也是为了她好。

7

以往在学校和曾今稍微走得近一点的男生，要么轻易喜欢上她,要么她自己先留了情,情感杠杆一失衡,关系就很难回到以前。学艺术的学生总归浪漫居多,二十啷当岁的年纪也更容易区分不清楚各种感情。这也是她如此珍惜薛伟的原因。她上一段恋爱还是本科,和一个高一级的师兄。只谈了一年半就分了手。说长不长,说短不短。之后就再也没有任何遇到有恋爱冲动的人。

两人虽然都是空窗期——是到很后来,她才知道薛伟在老家有个女朋友——但彼此之间毫无电流产生,尤其在她,薛伟绝非她会喜欢的类型。因此一生之中,她从没有这么光风霁月地和异性交往过。起承转合完全只因为画。也只聊画。

哪里有个展信息,哪里又有适合年轻画家参加的绘画比赛,有个走得稍近的圈内朋友,仿佛也颇利于互通有无,彼此打气。只是薛伟似乎永远比她消息灵通。她若不提,他并不主动说起。只要她说起,他却事事知道。甚至包括那些主动联系她,让她推荐人展出的独立画廊。她告诉他自己推荐了他,他便说,是吗,那个画廊刚巧也联系了我。她并不以为意,只觉是巧合。

好运如同被勤奋驯服的烈马,正悄然靠近。他们的机会同时渐渐地多起来。有好几次他们的画作共同陈列在同一些规格不大但业内口碑甚佳的画廊里,报纸上提起崭露头角的年轻艺术家,也总不会漏掉他俩的名字。也许是有感于她一直在各处推荐他,薛伟有一次也建议她去参加他得过首奖的台湾画展。她打开网页研究了一会，为难道：我没去过台湾。你看参展要求是画宝岛的风土人情。

没关系。薛伟说，我其实也没去过。网上经典风景照很多，可以找没那么出名的景点。准备四五十天，到手四十万新台币，虽不怎地，也够开销一阵。

她说，我恐怕终究画不出来。天天见到的事物画出来都难，何况没见过的。

你骂人又不带脏字。薛伟笑道：恐怕、终究、何况。曾老师骂我饥不择食呢。

其实她并没有这个意思。但这件事此后他也不再提。

那个冬天因为准备毕业个展的压力空前之大，曾今也暂时分不开心神其他事务。除了偶尔和朋友吃饭，她大多数时候都在画室。

薛伟不知道从哪儿打听到有家大画廊有意做一个八零后画家的联合大展，那家大画廊老板是刘老师的好友，但其实这事和刘老师无关。而且曾今为了避嫌，早就决定除非人家主动选她，绝不让刘老师开口为她欠这个人情。眼下薛伟提起，她反倒为难起来。据说总共才选十二个人。一轮轮淘汰名单，势必优中选优。

说实话她觉得不光自己，薛伟也很悬。据说主要看国内参展履历,他那个台湾奖虽然钱多,业内不算出名,胜算不大。她参加过的中法青年交流展的含金量也许还更高些,因为是代表国内一流学子去的。

她把这层担忧婉转告诉薛伟。薛伟没说什么,又不再提。

曾今打算年前集中画完最后一批个展的画——十二张四十寸的马。《群马谱》有载:骒马为母。驹为小。骠体黄,骊黑鬃黑尾而红身。駂浅黑带白。骅枣红,駵黑,騧黑嘴而黄身。骐青黑。骓黑身白蹄。骢青白相间。龙为纯白马,而驽马性劣,速慢。

但进展并不顺利。只能一天到晚在画室里坐困愁城。以及在网上反复浏览各种马的照片,和国外美术馆馆藏原作的高清局部。薛伟问她会不会改画,其实她就是太知道改画的重要性,也反复改得太厉害。一张半米见方的油画,在她,从一点点在白布框上成形,到层层上色,反复修改,最后署上自己的名字,怎么也得半个月左右。好些人一两日一挥而就,在她全然是不可想象的事。

一个此前一直习惯了慢的人陡然必须快起来。非常艰难。

那段时间差不多是曾今一生中最焦虑和自我怀疑的时候,自觉是一匹不入流的驽马。体重掉了近八斤,一起掉落的还有头发。每天早上醒来,枕头上都有十几茎断发。

但她早就报名的澳门油画双年展年前终于给她寄了邀请函。

居然还获了二等奖。

这是在认识薛伟前的年初就报的名。她收到邀请函时没多想，等官网上登出展览名单，却立刻接到了薛伟的电话：恭喜曾老师提前进入佳士得千万俱乐部！

她前一晚画到两点，九点多被铃声从梦中惊醒：你说什么？

澳门双年展是佳士得办的，你别装不知道。那边冷笑一声。能进他们拍卖行的当代画家，最后哪个不是千万俱乐部的成员？

曾今这才想起来报名时官网好像是介绍了这个双年展的策展背景。但这完全是两码事。

据说没奖金，就是能免费去一次澳门。她说。仿佛是安慰电话那边的人。

总之，苟富贵，勿相忘。薛伟说。

我报名时还没认识你。曾今说。报名是二月，认识你是三月的事。

那边果然释然许多：就说曾老师不是吃独食的人！总之，有福同享，有难同当。

两个总之，跟着的升降调截然不同。曾今再迟钝也能听出这差别。那把狗毛又悄悄塞满了心底。她为什么必须要对这样一个并不替她高兴的"朋友"解释始末呢？

薛伟还没有挂断电话：不管怎么着，是个大事，总得庆祝一下。择日不如撞日，就今天？

曾今说，今天不巧，导师叫吃饭。

那边又"噢"了一声。相当长时间的沉默，足够让她领会到这无言的重量。她想起她上一次同门聚会就没带他，事后还相当内疚——加上还有"苟富贵"，话赶话地，她问：你要不要和我一起去？

几乎一开口就后悔了。但薛伟已经接了话：你的同门聚会，我去不太好吧——那曾老师你说，我穿什么衣服好？

## 8

不出曾今所料，同门当面都小心地隐藏了自己的惊诧，只是意味深长地微笑着。越没人问他是不是现任男友，这事越变成板上钉钉的铁证。刘老师起初吃了一惊，紧接着就热情洋溢地握住了他的手：欢迎欢迎！是曾今的朋友吧？早就听她提起过！

此朋友非彼"朋友"。但事已至此，她只能勉强笑道：老师记性真好。

其他人还不认识。你快好好重新介绍。

曾今便说：薛蟠的薛，伟大的伟。不自觉地，借用了一半莫沙的介绍语法。

那一顿饭薛伟吃得如鱼得水。同门纷纷过来敬酒，他也频频起身举杯。气氛竟然相当热烈。整顿饭吃完,曾今发现他几乎和在座所有人交换了微信,包括导师刘家明。她则一直在元神出窍。周围的动静都变成默片背景。眼睁睁地看见自己的灵魂跃出肉体:你们都误会了。真的。这时她再次确认她完全不喜欢薛伟这个人。她对他的好感被一次又一次的意想不到反复磨损,所余无几。又如水煮鱼上方的稀薄热气,正慢慢消散变得冰凉。但她怎么能当众给一个朋友没脸?况且,他自尊心又那么强。

极尽缓慢地,元神跌落躯壳,听力渐渐恢复。突然清楚地听到薛伟告诉刘老师常来美院画室陪曾今用功。年纪大一点的人想必更容易欣赏这革命夫妻互相促进的画面。过一会他又笑着说起她看展爱迟到的事。

一起画过画是真的。看过展也是真的,但并没迟那么久。说起来也因为薛伟是路盲,事先确认半天,最后俩人还是没能在同一个地铁口出来。她怕他再迷路,让他站着别动。那两个口还偏偏相距非常之远,在太阳地里待她汗流浃背地过去,已是约定的二十分钟后了。但现在薛伟这样一爆料,就好比男朋友嘲笑女朋友无伤大雅的缺点。事情完全不是这样的。但是。

曾今终于憋出一句:我没迟到那么久。薛伟委屈道:那是多久?

同门都哈哈地笑起来。这更像公然调情了。

她又气又急,血直往脑门上涌,却终于说不出什么。而刘老师无尽慈爱地看看她,又看看他。

为了凑趣,另一个师姐笑着提起了曾今被澳门展邀请的事。他们所有人居然都知道了那则消息,并意识到那个展和佳士得拍卖展的关系。薛伟笑着说:所以我今天一大早就恭喜曾今加入千万俱乐部。当时她还没睡醒,迷迷糊糊的。

这话说得更没来由了。一大早,刚睡醒。又有同门在吃吃地笑。曾今认识他大半年,这天才终于发现薛伟是修辞学的顶级高手,比莫沙厉害得多。一句真话换个语境说出来,让人无从辩驳却又万箭穿心。更刺心的,是他明知她会多心,竟然完全不顾及她的感受。她昏乱地看着眼前所有对她微笑的面孔,心底最后一只蝴蝶静静地,在真空里自顾自地破裂了。

刘老师倒是今晚才知道曾今被邀请的消息,却比所有人都更欢喜:为曾今终于开窍了干杯!同时也要谢谢薛伟,一直替我们师门督促她。他的话比我管用。以后你们继续共同进步!

前一句话举杯的人还不多。后半句所有人都反应过来,齐刷刷地举起杯子:恭喜曾今!谢谢薛伟!

薛伟笑着,也举起杯子。他比任何人反应都要慢半拍,是一种非常得体的不好意思。他看上去也是真心实意地为曾今高兴。

曾今像在看一张超现实主义的油画,真正的超现实,因为每个人都同时张口,而所有声音却一字不漏听得清清楚楚。她听见圆桌对面坐得最远的张师姐说,曾今是我们刘门的宠儿,单纯,有才,就是一直好像不知道用功。你不知道刘老师为了催她多画多苦口婆心!薛伟说,她自己说自己是草履虫,简单生物,哈哈哈哈。刘老师问:薛伟你自己的画怎么样?听曾今说也画得很好,给我看看?薛伟立刻掏出手机,再没提"蒙娜丽莎拍下来也只是明信片"。众人交相传阅,中间也递给曾今。曾今看也不看就递给旁边。四周响起如多米诺骨牌推倒般此起彼伏的赞叹声。

都说曾今有才,没想到找到一个更有才的。一个师兄笑道。油画毕竟还是男人的活计。

曾今像看陌生人一样直愣愣地看着他,好像不理解他这话的意思。

哎呀老曲你这话就不对了。女生不爱听了不是!另一个师兄忙说。

男女平等,一样有才。刘老师慈祥地结论道。本来我都以为得自己出钱给曾今办个展了——你们谁不知道用功,我都一样着急。现在她交了薛伟这个朋友,我就放心了。以后争取你们开双人画展,我给你们写序!

曾今像哑了一样打定主意不开口。实在不知道说什么好。早知今日。无法可想。一步步走到今天,她唯有痛恨自己的软弱与愚蠢。

薛伟无比诚挚地笑着站起身,又去敬刘老师酒。他好像完全无意中偶然提起那画廊八零后大展的事。只听见刘老师一叠声说:策展人是我最好的朋友,小事情!

那天晚上似乎所有的话题都是关于她和他的。又或者她只是对他们的名字过敏。怪不得薛伟有一次说她像《安娜·卡列尼娜》里的娜塔莎,草履虫也没错。天真是愚蠢的同义词。

大家吃的都是热气腾腾的羊肉火锅,包厢窗户早被水蒸气雾得一塌糊涂,一个师弟上厕所时往窗外瞥了一眼,惊呼:下雪了!

她站起身,慢慢地走到窗户那边去。果然下雪了。她把手慢慢伸出窗外去接那些轻盈冰凉的六出之花。很傻的一个动作。都这时候了,还是犯傻。她陡然间像被雪花烫着了一样,倏地缩回手。

一大桌子人没一个人注意到她悄然离席。所有人都在敬薛伟酒。薛伟也回敬所有人。其乐融融。

那天晚上她喝得前所未有的多。大家公派薛伟送她回去,他当然义不容辞。仓促打不到车,她在路上醉得无法走成直线,却竭尽全力控制自己不倒向他。薛伟试图扶住她胳膊,她触电一样甩开。

你怎么回事?他有点不耐烦。打足精神应付了一晚上,大概也真累了。

你起开。她在漫天飞雪里静静说。烫热的面庞融化了雪花,极短暂的凉意带来极片刻的清醒。

我今天又做错什么了?

没什么。是我错了。一直都是我错。

噢,你是说他们都把我当成你男朋友?这有什么。回头你解释不就得了。不都是你自己同门?

你当时怎么不解释?

他们没说错什么啊——就说我是你朋友。难道不是朋友?

朋、友。曾今轻轻地重复一遍。醉眼模糊中,很轻地说:薛伟,你理解的朋友到底是什么?

你对我好,我又不是不知道。都处这么久了。

你在说什么?

我其实也挺喜欢你的。他们都和我说了,说你从没对别人这样过。

错了,全错了。她说:我不喜欢你。以前不,现在不,将来也不。我真的就只是把你当成普通朋友。

什么乱七八糟的。薛伟问。但他其实听明白了,也生气了。

你是不是一直觉得自己漂亮又有才,仗着导师对你好,谁让你三分都应该?我又没说要和你怎么样。朋友就朋友呗,真没劲。告诉你,我的忍耐也是有限度的。你太敏感、太无理取闹了。

她不记得那天自己是什么反应，也不记得又说了什么话，最后又是怎么回的宿舍。仿佛是她无论如何不让他送她，最后逃也似地跳上了一辆的士。后来怎么指挥司机开到家门口，进了宿舍又是怎样洗漱完毕，筋疲力尽地爬上铺位，则完全断片，丢失在记忆的河流中。只有一个片段她还依稀记得。她在的士上费劲摇开了窗，朔风卷着冷雪大团大团吹进来，司机扭头说，姑娘，你得关窗啊，喝了酒热身子经不起冷风吹。咦姑娘，你怎么哭了？

9

那之后她和薛伟有很长一段时间不再联系。没有短信，也没有电话。那个雪夜他们之间终于是发生了一些不可挽回也无法解释的事。

好在她很快就开始忙碌起来。从澳门回来后的那个春天，她终于要开始正式筹备她的个展。物色并确定场地，订制大大小小的画框，确定邀请嘉宾和媒体名单，发邀请函，以及开展前几天，提前去布置现场。

场地最终还是定在今日美术馆。尤伦斯太贵了。她这几年卖画的积蓄未见得够展一礼拜。但展一天和展一年，事先的准备工作都是一样的烦琐。忙碌动荡的空隙，她偶尔也会想起薛伟，但更多的只是一片刺心的空茫，世上人本来就是不同的。也许。但她还是感激他和她说过的那么多话。他们曾是朋友。至少，曾经当彼此朋友。

开展那天曾今在人群中看见了老胡。手捧一大束香槟色玫瑰，笑嘻嘻地从门口进来，走向她。她笑着接过去，下意识往老胡身后看一眼。并没有其他人跟他一起过来。

老胡还是以惯常的粗犷风格道了恭喜，却突然欲言又止。曾今笑起来，以为他要取笑她今天的衣着。当天她总算放弃了衬衣仔裤，穿了一袭羊毛呢紧身黑裙，格外正式。进门有好几个人都点评过了，还闹着说千年一遇，必须合影。

她笑着一一配合。其实今天她就算是素面朝天粗衣布履，恐怕该合影还得合影。毕竟是第一次个展，她心里对肯来捧场的人充满感激。这才理解为什么以前那些人开完个展事后总要请朋友吃饭。也有少数在报纸上看到展讯过来的陌生人，但毕竟是新人个展，比例不大。

老胡的脸上写满秘密在心底发酵胀大不得不说的样子。看她不问，再神秘兮兮靠近她一点：听说你个展的钱是刘老师自己出的？

你说什么？

这句话很轻，却像个重磅炸弹，把她的开幕式炸了个粉身碎骨。曾今头脑嗡嗡作响：谁说的？

反正是可靠消息来源。刘老师对你真是没说的，啧啧啧啧，绝对另眼相看。名师自然倚重高徒。你别担心，我没和任何其他人说。知道你爱惜羽毛，怕解释不清。其实也没什么，你一直是刘老师最得意的门生嘛！可以理解。可以理解。

她太阳穴突突直跳：个展的钱都是我自己出的。刘老师没出一分钱。

老胡说：瞧你，和我还保密！我俩谁和谁？

他笑着走远了。曾今老半天还站在空旷的展地中央一动不动。

很快又有几个艺术刊物的记者发现了她，如狩猎者般迅速围拢过来，做了一个小小的群访。她不记得自己都说了些什么，只觉心乱如麻。为什么？到底发生了什么？怎么会这样？

连累刘老师也卷进了这话题的旋涡，都因为她。然而，更让人恐惧的是谣言的来源和指向。

个展持续了七天，头几天的参观人数还算多。到后来她自己兴味索然，也没和媒体保持互动，单天参观人次逐日渐减。从头到尾总共也只有三篇文章见报，那次的群访她大概也答得不太好，几家报纸的人虽然采了，都不约而同地只发了简讯。

刘老师开幕式那天没来。倒数第二天终于还是来了。人群里她看到他，从未从远处观察过这样一个熟悉的长辈，陡然觉得他老了。清瘦的中等个子，微微佝偻着。他并没有找她，只安静地和其他人一起看展。因是倒数第二天，倒没有遇上什么熟人。在每一张画作面前，他都停留了足够长的时间。在一些大概让他特别满意的画作面前，她瞥见他的嘴角悄悄抽动，显然是微笑了。因为父亲酗酒，整个成长期她一直缺少真正意义上的父辈。那一刻刘老师就像她父亲。她却像被什么钉死在原地，动弹不得。

侧身躲在一根柱子后面，她掉了泪。

刘老师离开前终于还是看到了她。他站在门口，向她毫无保留地微笑着，笑里并无怪责之意。她再躲不过去，慢慢走向他：对不起，老师。但我以为一个人的才华是世间的盐，值得好好对待。我不知道有才华的人同样也可以是杀人犯。

当然这只是一个比喻。她不知道老师能不能听懂。

刘老师静了一会，说：现在这个社会，有些年轻人，和我们那时真的完全不一样了。又或者每个时代都差不多，总是有一些人，永远比另一些更急切。但是这些都没有关系。重要的，是继续画下去。一切交给时间。时间比上帝更公正。

她明白"那些年轻人"说的不是她自己。

最后一天，和场馆的工作人员一起撤展时，有个工作人员搭讪道：曾小姐，听说你是刘家明老师最得意的门生？能不能请他签个名？

曾今站在梯子上继续动作，像没听见。那女生又笑着问了一次：这个画展的钱不是他出的吗？

她一定是抓错了什么地方，突然就直直从两米高的梯子上跌了下去。

电光火石的一刻，眼前天旋地转的都是自己心血凝成的五光十色。最后一眼，是那十二匹各色骏马，生生跑成了走马灯。

摔得不算特别严重，只是轻微胫骨骨折。来医院看曾今的朋友好些刚来看过展。都说她为个展的事操劳过度，正好卧床休息。她靠在床头，在一束又一束搭配平庸的鲜花中，恪守一个病人的本分，苍白地微笑着。

张师姐也过来看她，带了一大把白芍药。真快，又是一年春天了。但她看见芍药，陡然间涌上一阵生理性的厌恶。她自己起初还没想到为什么。

张师姐平素和她最投契，毕业后就在一家设计公司工作，也早就不画画了。不光他们师门，美院女生大多都转了行，坚持画下去的始终是少数。她那天却陪曾今坐了很久。从下午直到黄昏，差不多两三个小时，说了几次要回家做饭了，却总恋恋地没有起身。平时这样姐妹闲聊的时光很少。她结婚后早从艺术家沦为厨娘，工作本来就忙，加之前年生了小孩，更没时间。

曾今说，师姐你快走吧。回头咱们再聚。

张师姐刚待起身，又回头忍不住道：小师妹，你是和薛伟分手了吗？

她已经很久没听过这个名字。一笑：师姐，不管你信不信，我从来没有和这人在一起过。

这我就放心了。张师姐长出一口气。我虽然早离开圈子，也还是认识几个圈内朋友。有人说他和一个女画家好上了，也算一桩花边新闻。他不是还参加了那个大画廊的八零后特展？那特展动静不小，据说地铁沿线都做了广告。结果开幕式那天，他女朋友跑来北京想给他一个惊喜，才知道他在北京有了新欢。当时闹得太厉害，画廊保安还报了警。我一听，这都闹得哪一出啊？

那女画家姓什么？她轻声问：是不是姓赵？

不是，好像姓方。据说是个画二代，父亲就是那个方某人。

那么他并不只认识赵梦和自己。她微笑了。她发现自己从来没有真正认识过这个人。她所看到的一切，都是她愿意看到的。

不过我怎么还听到一种说法，说你好些画都是薛伟改过的，否则拿不了那么多奖，所以这次特展就没邀请你……我一听真气坏了。小师妹你也勤勤苦苦画了这么多年了，认识这人才多久，怎么可能？刘老师都没替你改过，他也配？不过薛伟现在是真红。你知道吗,他很快就要在尤伦斯开个展了?上海双年展据说年底也要请他。说到底,还是刘老师推荐他去这个特展管用,其他名字都眼熟,唯独冒出他一张生面孔,媒体最喜欢新名字,几家杂志都赶着上了专访。对了,那个莫沙还专为他写了整版评论。说起来刘老师也真是,怎么不推荐你,推荐了这么个人?

刘老师其实问过她,她当时不知道怎么一心就想要避嫌,生怕给导师惹麻烦。她有点恍惚。也就是说,她之于薛伟一生的作用已经完成。从此再不需她从中穿针引线,介绍任何人,推荐任何事。其实她早该想到的。真到了用得着的刀刃上,每次薛伟都比她门儿清,游刃有余。也只有她相信他真的怕生,路盲,像她一样骄傲敏感,容易受伤。但她难道不是一直就希望他好,想帮他改变命运?求仁得仁、何所怨。

我净说这些,你听了也心烦。好好养病,身体是本钱,别多想。我真走了,啊?

师姐轻轻掩上门。把她和一束气味馥郁的白芍药关在一起。薛伟曾经盛赞过的,她笔下的花。


又到早春三月,窗外的玉兰复又如鸟在暮色里惊飞。曾今望向西山,山边只余最后一小块火烧云的影子。今天竟然也有火烧云,就像薛伟第一次去她宿舍。她却每次都后知后觉。人视而不见的事物到底有多少——但她内心深处,涌起的竟然是平静。一切都结束了。

　　曾今突然想起薛伟也说帮赵梦改过画。那些帮过他的人，全都有求于他，臣服于他耀目的才华。也许他一心但愿这是真的，渐渐就说成了真的。再口耳相传几回合，就彻底变成了他替所有人改过画。尤其是帮她。否则她干吗一直这么不遗余力地帮他？这说法当然比说曾今拿导师的钱开个展更歹毒，因为前者只让人疑心她是刘家明的情妇，后者却从根本上否认了她成为艺术家的资格。

　　火烧云的轮廓渐渐黯淡下去，她的心却在她的胸膛里发烫。

　　"我默想的时候，火就烧起，我便用舌头说话。"
　　是《圣经·诗篇》里的话。
　　她无声地倒在床上。眼泪像打开的水龙头一样汩汩流出。
　　"我比你想象中更重视你这个朋友。"
　　"我们的征程是星辰大海。"
　　则是那张明信片上的话。

　　她此刻觉得人生十分漫长，十分渴望立刻翻过去看到所有人的尾声。但这件事最好也最坏的部分，是她还年轻。无论如何，她会画下去。当然他也会继续画。他们将会在各种意想不到的场合再度相遇。更残酷的竞争也许尚未到来……而将来有一天她结婚了，生子了，也会和自己的小孩讲彼得·潘在人鱼礁上的故事。彼得·潘和胡克船长打斗时，因为船长处于下风手下留情。但是胡克每次都趁机伤害他。

彼得惊呆了，不是因为疼，而是因为不公平。……每个孩子第一次遇到不公平时，都会这样。当他待你真诚，他认为他有权受到公平对待。……谁也不会忘记第一次受到的不公平，除了彼得以外。他经常受到不公平，可他总是忘记。

曾今不知为何，也总是忘记。但这一次她无法知道自己将要用多久，才能吞下这所有难于消化的这一切。汹汹暮色将至，刚才还在天边的那朵暗红色的云早已不见，但它也许哪儿都没去，只是隐没在黑暗里。薛伟从未假装过自己是一个高尚的人。而她自以为是的善良和优越感才是罪魁祸首。谜底揭开她唯有感激。彼得·潘被咬伤后只能震惊，无法怪责胡克船长。他为人鱼的歌声魅惑，奋力游过一整面危机四伏的黑暗大海，才能在天边最微弱的星辰照耀下长成为一个真正的男孩。

而她是女子。这一夜她同样必须独自泅渡。

风后面是风

## 1

一开始我们只是赌气比赛不说话。比赛着比赛着就成了真的无话可说。

我记得最后一次说话，是他分手后仍然留言评论我的博客激怒了我。我起初只忍气回复道：你想多了。其实我是想说这不关他事。他对此保持缄默。过了差不多半天，我还是忍不住删掉了博客。一删他立刻在微信上和我道歉，时隔六个小时前前后后共说了三句话：怎么删了。你生气了吗。对不起我话说重了。

这次轮到我整整一晚上一声不吭。那是个周末。周一上班，早上接到的第一个办公室座机就是他的。开场白是：怎么不接我手机，是把我拉黑了吗？声音并不气势汹汹，略心虚：我一夜没睡。一直在想我们之间的事。

我说，手机调成静音了。不好意思。

然后他重新道歉。这次我表示接受。当着全办公室十多个人尤其是离我工位只差十公分的小田，我缩在座位一隅压低声音和他说了半天，也算是豁出去了。不知道他想说的说完没有，反正我想表达的基本上都表达了，比如说觉得他并不真正明白我，也一直不曾认真考虑过我的需求。光说爱是不够的。在一起需要安全感，互相尊重，真实的生活基础，诸如此类，等等等等——时隔太久说实话也不太想得起来了。总而言之话虽然说得很重，鉴于彼此态度都很良好，聊天气氛大抵还算心平气和。煲了一个半小时粥之后小田还好，其他走过的同事渐渐侧目，我遂挂断电话，仍然觉得没说完，换QQ继续说。一直说到中午下楼吃饭，回来又改用微信网页版。这期间他都非常配合。我说的话可能还多些。虽然被分手的是我，但是表示会一直爱下去的是他。所以我仿佛很有安全感的，不假思索毫无顾虑地打字，间中也互相嘲笑和批评，但也都轻描淡写，略微过火一点也没有大碍。就好像刚开始恋爱一样。就好像第二天我们仍会继续说话一样。就好像还有漫长的一辈子慢慢调整，互相适应，彼此忍受，直至告别人世一样。

所有说过的话里唯独没有祝他幸福。之前他说分手时惹恼我的话就是这句。其实这句话特别、特别地没有必要。但古往今来——或者说近一百年吧，十分流行这句莫名其妙的套话。就好像说了这句咒语的人就真的可以放下一切，立地成佛，一别两宽，各生欢喜。事实上，分手后很长一段时间，我们都只全心全意地希望对方过得不好，至少是不够好。这样有对比才会有伤害，和别人过得糟糕才知道自己的好处。才会痛哭流涕摧心剖肝地意识到永失我爱。

事实上谁离开谁不能活下去呢。这事实既残忍。也慈悲。

说回最后那天。我们先是QQ，再是微信，最后还是必须结束。他说，我走了，你自己珍重。立刻又说，珍重不好。因为禅宗公案里，珍重就是再见的意思。

我想，难道再也不见？但是我只说，好的，快去吧。

他稍微犹豫了一下，说嗯。

自从我在最后一次争吵后拒绝接受视频邀请，他再也看不到我这边的表情。这个"嗯"字一出，我这边的情绪基本也还安宁，微笑着没有流泪。——是过了很久之后，我还反反复复想自己最后说的话，竟然是"快去吧"。其实哪有那么着急。

而"嗯"是特别老实的一个字。可以想象他的表情也同样是宁静的。

就好像两只相跟着游了很久的鲸鱼遥远地挥了挥鳍。然后就渐渐消失在各自的视野里。大海那么大那么深那么无穷无尽，很快茫茫莽莽的水域中就再也找不到彼此了。此后余生。此后余生。

## 2

我还一直待在原来的城市，原来的公司，原来的家。QQ、微信和邮箱都天天登陆。手机号码也没有换，一天二十四小时保持开机。然而他再也没找过我。他大概也终于失望了，终于发现时移世易，一切恋爱的致幻术尽皆失效。我们都那么骄傲，最终一定不会在一起的，因此再纠缠往复，说爱啊，不爱啊，等啊，忘记啊，或者互相指责已经毫无意义了。

但是我接受这件事还是用了比想象中多很多的时间。我本来以为他过两天可能会受不了再来找我的。也许这次他就会给我一个明确的结果。比如说，我愿意为你来你的城市。我已经把那边所有的问题都解决了。我考虑了很久，还是觉得只想和你在一起，没什么比这更重要的了。

当然我指的是好的结果。而这些想象中的话全都没有发生。只是我太渴望听到，所以就在意念中听了无数次。

这很奇怪，在他提出分手的那一刻，我明明告诉自己心已经可以死了。但是他反复几次之后，余烬又悄悄复燃了一阵子。当然最终还是熄灭。而且每一次死亡，都比上一次死得更透一点。其实他也不是没有表示过希望再复合，至少再见一面。但是见面也不代表会在一起，一时在一起也不代表永远在一起。既不代表他会一直爱我，也不代表我会一直爱他。既然如此，与其俗套而涕泗横流地完成最后的告别式，我倒更希望在一个寻常天气毫无仪式感地离开。

唯一可以安慰自己的，就是既没有像第一次分手那样声嘶力竭地说：我恨你，我一辈子不会原谅你，我永远不要再见你。也没有像第二次那样文艺而伤心地说：我最终还是会原谅你，因为我真的爱过你。是你的无所作为一点点消耗了一切。而我此刻只怀念当初那个深深爱着的自己。

事不过三。到了第三次仍然只能分手，大概就只能认命，互道珍重。就是他说过的，禅宗里珍重就是再见的意思。他却不知道或者忘了，所谓再见，有时候是再也不见。

## 3

照常上班下班。照常和要好的同事们相约出去聚餐。初春的好天气照常在胡同遛弯，用手机拍刚绽出新芽的迎春和玉兰，照常在办公室贫嘴，哈哈哈笑出眼泪。需要大刀阔斧调整的只是独处时间。我以前很少看电视剧，一有时间就会打电话、旅行和约会。现在则花钱租了个超大网盘一部接一部下载当季美剧日剧英剧。实在看不动剧了，就把床底下这些年忙于谈恋爱没来得及看的DVD一箱箱拖出来，打扑克一样抽牌，抽到哪张看哪张。因为也都是以前自己一张张挑的，真看不下去的电影很少。一个晚上最多能看三张碟，通常看到第二部中间的时候，基本就已经饥肠辘辘得不能忍受，只能蹅进厨房多少给自己弄点东西果腹。

　　等看碟也终于恶心了，有那么几个礼拜我开始热衷于每天照着一本《美味中西食谱》的书炮制各种匪夷所思的介乎于"茄鲞"和宇宙黑暗料理之间的古怪菜品，举个最简单的例子，就是书里最常用到的蔬菜食材居然是高丽菜、苏子叶和朝鲜蓟。高丽菜就是卷心菜，苏子叶就是紫苏，朝鲜蓟还要更罕见一点，长得酷似榨菜头，是一种类似加肥版霸王花的地中海地区蔬菜。我一直很好奇本书的作者到底是什么来头——虽然名字叫苏西黄，但也极有可能是河北某县城的苏西黄呀——但书里信手拈来的食材中国普通超市里压根买不着。

　　照这食谱做饭永远缺这少那。甚至于三缺二。鉴于我手头机缘巧合恰好也就只有这么一本菜谱，与其下单重找一本新的还不知道是不是依然有这样那样的陷阱，不如随遇而安应对各种不可能的挑战。

比如说一个牛油果樱桃西红柿煎羽衣甘蓝，不是买不到牛油果，就是勉强能找到甘蓝但并非羽衣甘蓝……最终只得凑合着拿生菜炒碎西红柿拉倒。新鲜百里香上穷碧落下黄泉京城茫茫皆不见，最多只能勉强找到包装好的干粉末。九层塔炒蛋里的九层塔也就是罗勒，只有麦德龙欧尚或者望京三里屯少数几家进口超市能找到，再有就是花鸟市场。然而自己亲手种的香草总是舍不得拿来做菜，何况分量也不够。台湾经典菜式"苍蝇头"必放之物韭苔，并非每个菜场都有，只得改用春韭——说到韭菜就想起一个笑话，某留法学生惊喜地发现巴黎超市里居然也有韭菜出售，然而标签上的商品名译成中文，是"异国风味的草"。

也许每个国家最常见的食材，到其他国家的人眼里都会变成"异国风味的草"。我们每个人都站在个体认知的局限里。——那么，恋爱是不是也是如此？我们向对方索取的，往往是对方同样无法从我们身上获得的。比如坚定，信任和设身处地的体谅。以及因爱之名提出种种要求的荒谬，和一本菜谱需要古怪食材的荒谬，也是一样的——

我猛然发现自己正在为他开脱。时值一个周日的中午。阴天。厨房日光灯静静地亮着，一只不知何处飞来的小飞虫停在电饭煲边缘，翅膀仿佛被出口的水汽濡湿了一动不动。也许是被烫伤了。我用筷子轻轻挑起它送到窗外，又担心它无法张开翅膀摔死，神经质地探身望出窗外，小虫早已径直落到我看不到的虚空。又怔怔等了很久，突然一只很像它的小虫奇迹般飞过眼前，再次经过我的窗台，略一顿足，振翅往上飞去。

是它吗？它得救了吗？

小虫飞往江湖河海。而我却还困在厨房，和种种不可名状忧伤情绪中。

小时候看港片，里面常有前辈规劝后生：做人就系咁啦。好又一餐，唔好又一餐。大意就是说，人生起落寻常，一切都会过去的。我喜欢这句话，做饭时默念数次，就好像真的可以什么都不想。头脑里一片空茫，只有眼前的案板。以及正在拣择、洗净和切碎的肉菜。

北京颇有一些专供外国友人采办食材的市场，但不知为何离我家都极其遥远，去一次殊难成行。因此七拼八凑——毋宁说缺这少那——弄出的饭菜，和菜谱实际要求的成品相去千里。然而这也没有办法，只能把它们凑合着弄熟，下咽，果腹。

但有时连最基础的需求同样也难以满足。有一次我突发奇想做了椰奶香茅西米露布丁当甜品，吃后却腹泻不止，在床上疼痛辗转了十多个小时。每当这种时候，孤独感就会比平时更强烈地侵袭肉身。每当这时，也自然不能去深想某人曾专门来北京陪我去医院看胃病的往事。虽然只是不久之前，但好像已是很久很久以前了。

中文里没有过去完成时是奇怪的事。一切都过去了。早就过去了。

事实上，他陪我去看过病的医院就在我家附近，甚至是每天上下班去地铁站的必经之路。前阵子我去附近超市采购食物，还曾进去借了个厕所。

看病是在去年十二月底某个傍晚。分手在二月。而再进那医院是三月初的一天晚上。我走进医院时急诊挂号收费处窗口早已空无一人，大厅也只剩下零星几个不知是病人还是家属的人在游荡，连天花板的白炽灯都灭了一多半，光线昏暗得很凄凉。从厕所出来，我突然注意到门诊楼的入口上方左侧用醒目红色大字写着那行著名的南丁格尔誓约：

余谨于上帝及公众前宣誓，愿吾一生纯洁忠诚服务，勿为有损无益之事，勿取服或故用有害之药，当尽予力以增高吾职业之程度，凡服务时所知所闻之个人私事及一切家务均当谨守秘密，予将以忠诚勉助医生行事，并专心致志以注意授予护理者之幸福。

在它的右边并排，又用更大一点的黑色楷体写着希波克拉底誓言：

1、请允许我行医，我要终生奉行人道主义。
2、向恩师表达尊敬与感谢之意。
3、在行医过程中严守良心与尊严。
4、以患者的健康与生命为第一位。
5、严格为患者保守秘密。

看完两段誓言我只记住了同一个词：秘密。谨守和保守毫无区别，不同的，只是每个人的秘密。独自站在这四面来风的医院大厅里，仿佛许许多多人世间看不见的秘密正探头探脑地向我靠拢，走近，争相发出窸窸窣窣的叹息声。病痛、恐惧和情感都是秘密。是谁说的，世界上有三种东西永远无法向人隐瞒？

咳嗽。贫穷。爱。

那么我最大的秘密到底是什么呢。是依然无法止息的爱，还是无法继续自欺欺人的不爱？突然间我感到精力衰竭，累得没办法直起腰来，只能很慢很慢地蹲下身子，把头埋在双膝中间——

不到三十秒，有人走过来好心地问：你怎么了？

我还并没有真正流出眼泪。一切都来不及酝酿。来不及等待。来不及遗忘。我缓缓抬起的脸神色想必不大友善：没啥，就是肚子有点痛。

起身太快，一阵晕眩。并不是偶像剧的情节——偶染小恙深夜急诊的富二代偶遇失恋女青年，天雷勾动地火，互救彼此于倒悬中——来者不过是一个圆脸的夜班护士。

也许因为我脸色不佳，护士的表情甚是关切：急性肠胃炎？你挂急诊号了吗？

我随口说，挂了。

孙医生的号？现在肠胃科就他一个人在。要不要我扶你上去？

不用。我再上个厕所。

狠狠地在充满不可描述气味的厕所隔断站了五分钟后，料想护士小姐走了，刚打开门把头伸出去，但见那张圆脸站在正中间一脸忧色：你没事吧？

没事没事。我这就上去。

确定不用我送你？护士大概新分配来不久，仍然充满南丁格尔谆谆教诲的职业热情，决心对这大厅唯一一个急诊病人负责到底。

我自己走没问题。我飞快地从她身边闪出厕所，简直慌不择路。

喂，你走错方向啦！她紧跟在后面大喊。

我不再回答，逃出了医院大门。

外面空气凛冽，天上甚至出现了久违的星星。几近完美的华北春季星空图，大熊和仙女在广阔遥远的苍穹清晰可见，也许过分明晰因此显得过分冷漠。天大地大，我却找不到一个地方自由自在地展示软弱。在家里是自己不允许。在外面，是所有其他人不让。

眼泪终于还是适时流了下来。在阴险的小刀也似的风里缓缓滑过脸颊，很长时间都不干，风吹过，冰凉，刺痛。因为有盐。

## 4

仨礼拜后迎春花将要开败而某人依然杳无音讯。大抵真的断了。我已经把所有底牌摊开而他最终做了决定。我必须接受。

既然恋爱是两个人的事。既然太阳每天都会升起，而这个不时发作雾霾的世界离真正末日还远。既然我还好端端地在原地活着，除了犯了一次肠胃炎之外，并未伤筋动骨，短期内也并无精神崩溃的迹象——记得一次他说过：这个世界上所有人都得抑郁症了，你都不会得。你这么骄傲，断然不会允许自己崩塌。

而我当时说什么呢。我好像只是笑着说，是啊。

是啊。因此任何人离开我都是可以放心的。

我对自己说，改变了的只是人生规划。一生一世的期待被一盆冷水浇醒之后，必须重新部署。其实这也没什么，全世界每一分钟都有无数人心如鹿撞地去爱，也有更多人正经历黯然神伤的分手。这当然也不是我第一次失恋，只是成年后最用心费力的一次。也许只是因为史无前例声势浩大无所保留，然而结果却一如既往一败涂地；因此再也不可能比这更糟了。不可能了。

如果之前的镇定自若不过为了维持最低限度的尊严，此刻却变成小型崩溃的起点。毫无征兆地，从第三个礼拜起我脸上突然开始大规模过敏。先从鼻子开始，向着两边太阳穴急遽蔓延。一种细小如蚊叮的疹子像雀斑或蛋糕上的糖粉一样均匀洒落面颊，每天都比前一天数量更激增一倍。这对于连青春痘都没长过的我来说不啻于毁容。失恋并没有让我瘦削，憔悴，变得深刻，而是换了另一种更直观的方式让人一目了然的糟糕：不值得被爱。不可能翻本。

倘若真有上帝，他一定是个落井下石爱好者。

我为此不得不请了整整一礼拜的假在家。才年初，就把全年年假彻底完全地奉献给了过敏君。上厕所时极力无视镜子里那个一脸麻子的陌生人。自以为强大理性无懈可击的自己徐徐消失在无数生理性的红斑后。

如果这时候他突然出现，见还是不见？我在马桶上想了三十秒钟，结论是死也不见。哪怕从此误会难以弭除，也不能冒这生死大险。

比镜中人更可笑的，是如此盛大爱情的残念，竟敌不过一场过敏。

这时我终于开始庆幸医院就在家马路对面。请假的翌日清晨，我戴上口罩，来到那个曾经让我仓皇逃跑的大厅，手持一本米歇尔·福柯的《自我技术》排队，约莫半小时后，成功挂号变态科室一室的主治医师王医生——没错，过敏就是一种变态反应，此变态非彼变态，和情人之间的戏谑攻击不是一回事——可能也是一回事。

医院是现代社会不可或缺的组成部分。你可以看到无数囿于软弱肉身的人们匆匆行经于此。绝大多数看上去无助，疲惫，听天由命。即使是有人陪着过来的患者，脸上也很少流露愉悦表情。每个人都低头扬眉想着自己此刻被选中的痛苦，和一些显而易见的丧失。

苏珊·桑塔格关于疾病的隐喻如是：

平息想象，而不是激发想象。不是去演绎意义，而是从意义中剥离出一些东西。

因为我们每个降临世间的人都拥有双重公民身份，其一属于健康王国，另一则属于疾病王国。尽管我们都只乐于使用健康王国的护照，但或迟或早，至少会有那么一段时间，我们每个人都被迫承认我们也是另一王国的公民。

此刻我正大步进入这一国度。尽量放弃联想，也不能够自怜。我应该满意这个国度，因为这个国度和罗曼斯全然无关，是过于现实断绝爱意孳生可能的冷酷仙境，只有生、老、病、死、怨憎会和求不得，而看不到多少爱别离。然而就在出了电梯门快要到诊室的路上，我突然看到一个年轻男人牵着一个略微年长的女人的手在候诊厅并排而坐。也许是在等待叫号。看不出谁是患者，两人没有任何亲密动作，没有交谈，甚至没有看彼此一眼。我却好像白日撞鬼一样清清楚楚看到了"爱情"本人。头脑嗡的一声，心脏随即一阵绞痛。

眼泪"嗒"地刚落下就被口罩迅速吸干。这时我听到了广播在叫我的号码。

和你说话呢。你看病，还不取下口罩？桌子前的王医生皱着眉，看上去脸色比我还不善。

噢。我取下口罩。同时想象他和周围所有人都倒吸一口冷气，又像沸水浇过花坛植物。刚才流过的眼泪早干了。

然而王医生保持了某种可敬的职业镇定：你这像是起风疹了。最近吃错了什么东西？

我神情呆滞，把之前自己烹调过的美（黑）味（暗）佳（料）肴（理）能想起来的都一一报给他听。才报到第五个王医生已经不耐烦了：打住打住，你当自己相声"报菜名"呢。说起来，大姐你煮的这都嘛玩意儿？没毒死就算不错，亏你还知道怕过敏。得，告诉我最后一次吃的东西就成——过敏又不是狂犬病，没那么长的潜伏期。

和风牛蒡炒鹿尾菜。我想了半天，说。

啥？牛啥？

牛蒡。我说。

——嘛，蒡？我是说，那个蒡字咋写？

听口音是天津籍小哥，对自己的贫嘴完全没有控制能力。平时应该爱听相声，没准是德云社爱好者。也可能被我的"报菜名"逗的。在这年复一年枯燥乏味的看病生涯里，并不是每天都能遇到像我这样过敏过出某种喜感的病人。

那天除了那牛啥蒡，还吃了什么？

我说，那天是周末。早上吃的是自制酸黄瓜火腿三明治，中午吃的是网上买的螺蛳粉。叫先生有限。

到底是螺蛳粉先生，还是水平有限？先生有限又是个嘛玩意？

王医生，你也爱吃螺蛳粉？我惊喜地发现面前这小哥是同好。

爱吃咋的，你要请我？他冷哼一声。如果是你买那牌子还是算了，我也怕过敏。

房间里唯一一个护士乐出了声，如果那短促的一声"嗤"算是笑的话。我不无窘迫地看了她一眼，登时眼前一黑：不不，你们猜错了。她并不是那个深夜哭着喊着非要帮助我的圆脸护士。她是另一个青春痘长得比我过敏还要放飞自我的小护士。看到她之后我心情更加沉重了。如果连同科室护士的皮肤都不能根治，那么患者也很难对自己的治疗前景持乐观态度吧。

沮丧之下我再次没听清王医生的话：喂，听到我刚才说的了吗？

啥？

我看大姐你最应该去的是耳鼻喉科而不是我们这儿。这辈子就没见过你这么耳背的患者。

对不起对不起，真不好意思。

喏，刚给你开了单子。先吃三天的扑尔敏，配合桑竹风疹消一起。照说明书剂量按天服用，别自己任意加大剂量揠苗助长。那什么先生有限的螺蛳粉，这两天就算馋死也先别吃了。笋是发物，牛蒡也是。现在还没确定过敏源，最好是连喝三天白粥——贵家族并没有白粥过敏史吧？

似乎是没听说有。我陪笑道。

门被嚯地推开，下一个病人鬼鬼祟祟探头进来。王医生瞬间恢复了老干部脸：这位患者听明白了吗？三天之后回来复诊。

药很有效，过敏果然一天好似一天。到了第四天，已经看不到明显红斑，只是少数地方仍然还有肿块，并不明显。复诊的那天早上，我鬼使神差翻箱倒柜找出一瓶喷雾。有个闺密给我从英国带的契尔氏保湿喷雾带错了，买成了祛痘喷雾，我一直用不着。鉴于变态科小护士是我这辈子见过最"青春逼人"的人，把那个尚在保质期内的喷雾送给她，也算功德一桩。

刚到科室门口，就被人从后面拍了肩膀。一回头，正是王医生。看上去像是刚从厕所回来，我转头从肩膀后斜睨他，有点疑心他拍我的手还是湿的。

干嘛？我手是干的。他说。

我扑哧一笑。聪明人总是让人更容易高兴一点。——当初某个人喜欢我，也不过说我比别的女生更聪明。可是其实也不然。凡人的贪嗔痴疑慢都是一样的，区别只在于表演姿态，一样的愚妄，有的人姿态就略微好看些，有些人不。

基本上全好了啊。王医生声音提高八度，一语震醒梦中人。风疹就是这样，来得快，去得也快。要不怎么叫风呢——风一样的疹子！

我听了也不禁一粲：是大变样了吧？一下子美得认不出了有没有？

认不出我敢从后面拍你,我不怕人喊抓流氓啊。王医生没好气道:你刚从电梯出来我就看到你了。就是忘了你名,光记得牛蒡了。要不就叫你牛小姐?

很奇怪的,我们才见过两次,已经很像老朋友了。我笑道:牛小姐不是来送锦旗的,王大夫您可千万别想多了。对了,你房间的小护士呢?

谁?噢,你说痘痘龙?

这名字倒是贴切。我大笑。

痘痘龙今天轮休。找她啥事?

我扬了扬手里的喷雾。他接过去皱着眉头看了半天,明显英文阅读能力不俗:作为一个患者,你真是反客为主到极点了,居然反过来给医护人员送药。这不算职务贿赂吧?

最多算洒向人间都是爱——贿赂你们一冷门科室有啥用,我都风一样地全好了。

那我替痘痘龙谢谢你了啊。要不,咱加个微信,我把她名片转发你?

好。

互加微信的时候,我注意到王医生的无名指上有一枚戒指。大概是白金的,冷冷地闪着光。心底微微一动,然而也并不当真多么失望。也许我只是想找个有趣的人说说话罢了。不管是圆脸护士,痘痘龙,还是王医生。只要是分手之后认识的陌生人,都仿佛具备某种把我拉出泥潭的力量。

也许我只是需要确认一点：除了以爱之名彼此折磨的那个人之外，这个世界上可以交谈、能让我们笑的人还有很多。哪怕只是一个萍水相逢的陌生人，背后都可能有着一个自成体系的美丽新世界，等待被探索和发现。

和他在一起的一年多，我却完全掩面不看四周，坚信一切都没有他重要。他就是我的全世界。然而这个世界的末日到来得竟如此之快，现在新世界又在废墟之上艰难地重建中。或曰催生：虽然新生儿还怯生生地沾满血污，非常幼小。要么就是重新打开：虽然新的打开方式，不过是急性肠胃炎、皮肤过敏和一个油嘴滑舌的已婚男医生。

但是。能打开就好。

## 5

一个礼拜后我回到公司上班。所有的同事都若无其事安坐在自己的工位上，除了我隔壁的小田，几乎没人注意到我的离开。我不禁想，就算我辞职了，对公司的影响大概也微乎其微。然而此刻对于我而言，这份工作的重要性却无与伦比。它让我可以和人有合理而不至于过度消耗的相处。它如同无数根绳索可以拴定涣散的心神，不至于让我继续在自怜中迷失。

甚至因为专心致志我的工作效率都变高了。反应极快，举一反三。午休时小田突然问我：你最近怎么不打电话了？

她终于发现我不再在中午给某个固定的人打电话。不再躲在办公室的楼道尽头，背对着所有人喁喁私语。通常是笑着的，少数"严重的时刻"会说得更久一点，一打总归要一个钟头，甚至于影响下午的工作。还好老板足够年轻，足够宽容。还好是异地恋情，可以通过深夜加班来弥补。

我说，嗯，不打了。

你没事吧？她试探地问。

没事。就是分手了。

啊，一直觉得你最近不太正常。果然。

什么叫不正常？我面无表情道。上班时间打电话哭哭笑笑，这就叫正常？

受刺激不轻。小田缩回头去：得，不敢惹你了。

我只是觉得自己此前非常可笑。我说。

可笑？谈恋爱不是人人都这样吗？

我说：是吗，我就是觉得好像生了一场热病终于好了。

说好就能好？这还挺厉害的。

好像好了。我说。过了一会又说，我不知道。

小田特别懂事地说，真好了的意思就是不爱了吧。可是爱过也没什么可后悔的。我觉得你也不怪他，其实。

我不再说话。

虽然不悔，却很难说真的无怨。是在那一刻我才意识到恨。恨他不肯配合完成我的梦想，恨他的人生长期规划中未必有我。恨这段关系也许早被视同鸡肋，苟延残喘这么久，都是回光返照。恨他一直不够珍惜。恨他未曾设法挽回。我当然也不能说，雨声潺潺，像住在溪边，宁愿天天下雨，以为你是因为下雨不来。这书09年刚出的时候，我认识的一万多个白领的QQ或MSN签名档一夜之间都变成了这句话——那时候还有MSN。这话不矫情，乱套用矫情。我和他都不是过度文艺和自怜的人。我连信都不肯再写，不过就是因为不愿再用言语矫饰一切。

能够在一起的人，终归还是会在一起吧。不能，就说什么都没用。一切已经说得够清楚了。我的无能为力。以及他的无所作为。

说到底，也很可能是不够爱吧。但是这个"够"字让人痛恨，因为咄咄逼人，永远尖锐地指向自身。因为每个人只能约束自己，对他人则徒呼奈何。

我渐渐习惯了给自己做饭、并彻底放弃追求奇技淫巧之后，一切渐渐驶入常轨，也同时开始变得怠惰。即便注意力不再放在烹调上，似乎也能好好生活下去了。就算只吃最简单的晚饭，我也不再会在半夜流泪惊醒——哪怕喝的只是几乎没有内容的白粥，饿醒后也不再在黑暗里蜷成一团，半天无法从噩梦中醒转。只需下定决心离开温暖的被窝，然后走到厨房再吃一碗白粥，如此，就可以再次平静入睡。

因为一个人睡，渐渐养成了用热水袋的习惯。临睡前灌满放进被窝，可以持续供应一整晚的暖意，天亮犹有余温。可惜我睡得不算老实，半夜热水袋会被我不小心踢远，偶尔也会冻醒。只好哆嗦着伸直脚尖去够，一旦重新碰到，那种温吞的暖意便重新回来，至少足够维持两小时的安稳睡眠。非常实在。

于是我想，斯时斯世，一个足够出色的职业女性为什么仍然会需要一个男人？热水袋比男人实用得多，白天可以暖手晚上可以侍寝，无论是大姨妈还是肠胃炎，都可以缓解疼痛，用不着也不会闹心。关键价廉物美，用坏了还可以换。甚至还可以享齐人之福：家里一个，办公室一个。

当然偶尔也会出一点意想不到的事故。我就认识一个同学的姐姐睡到半夜，热水袋突然爆裂，烫成三级烫伤的。然而，这比例是多么低啊。我认识的那么多人都恋爱又分手、结婚又离婚，遇到不对的人的机率是那么大。而热水袋出问题的，身边不过这么一个案例。

6

可惜终不能对着万能的热水袋先生长诉衷情。大约一个月后，我接受了第一次相亲。是我在北京的二姨安排的。

我从小就是七大姑八大姨口中早恋不服管的典型，终于进阶为自由恋爱若干次宣告惨败的反面教材。我发小听说我要去相亲，专门发来微信祝贺：你也有今天！

我恨道：不就是成了剩女，至于这么喜大普奔吗。

一直没有谈过恋爱的发小打了个笑脸：至少你这些年也没闲着。

没闲着什么？屡败屡战，还是屡战屡败？

结婚也不是你恋爱的主要目的。至少开心过。

是开心过，然后呢。我出师未捷人先丧：开心过，才会知道失去了多少。早知如此，我宁肯一直不爱。真气未泄，刀枪不入。

你少来。天生恋爱狂，现在才悔不当初，晚了。其实我还挺羡慕你的，至少一直很充实，人生经历比我完整。

是很完整。一次又一次完整的成、住、坏、空。

你说什么我听不懂——发小发了个"你长得好看说什么都对"的表情。

最近春光大好了吧。找一天去大觉寺看玉兰花，再不去该全谢啦。我说。

好呀。找个周末。你刚才说什么坏什么空？

没什么。我运指如飞：我只是在想，也许我这样的人根本不适合恋爱。又挑剔，又敏感。还该死的过分骄傲。我根本不够爱任何人，而任何人也不能达到我的标准，大家都太理智，维持恋爱都困难，遑论结婚。

她继续发哈哈大笑的表情：这个我二十年前就发现的问题，你现在才发现？

我比较蠢，非得扎扎实实碰这么多次壁才意识得到。

那你还相亲吗？

相。我说，答应了二姨的。总得见识一次人生才更完满。

我敬你是条汉子。发小说。这么触碰底线的事都肯接受。

别假装你从来没相过亲。我笑道。都一样。

那边好久都是"对方在输入中"。过了好一会儿才输入完毕：

人艰不拆。伐开心。走了！

来吧。互相伤害吧。我看着黑屏的手机笑微微。也许这么多年来，她一直在隐秘地嫌弃我。我曾经是一个多么可怕的恋爱狂啊，永远重色轻友，永远忍不住和人倾诉恋爱烦恼，更关键的，是认识二十年以来她一直都是单身，而我一直都在恋爱，永远没有空档，甚至有的还短暂交集——不停去爱。继而不爱。错误结束，只为了另一个错误重新开始。

是海子的诗吧。

永远是这样/风后面是风/天空上面是天空/道路前面还是道路

一顿饭接着另一顿饭。一个人离开再遇到新的人。周而复始，永无长进。发小大概早就厌烦了我的凡心炽烈轻易沦陷。也许只因为识于微时，一直没有放弃我。

第一次我试着站在发小角度看自己。有人可恋就变得骄傲和自以为是。水变清天变蓝雾霾都变清新。一旦失恋又开始怀疑人生自我价值无限贬低。蛛丝儿结满雕梁，绿纱今又在蓬窗上。说什么脂正浓，粉正香，如何两鬓又成霜？至此，恋爱癌晚期患者假装看破红尘。不可救药的爱情宗教迷狂人士转向其他信仰。乱烘烘，你方唱罢我登场，反认他乡是故乡；甚荒唐，到头来都是为他人作嫁衣裳！究竟是为什么，落魄人生踉跄行至中段，曲终人散之际，居然还能留下那么几个硕果仅存的老友？

我该为此专门感谢上帝。阿门。

都是虚空，都是捕风。

## 7

相亲那天，我特意穿了一件趋于保守的宝姿米色套裙。这颜色能显得我肤色白皙且精神。而且是一字裙，双腿步伐无法太大，仪态势必斯文。口红是不褪色的香奈儿最新魅惑，试过几次，并不会粘在茶杯边沿露怯。对镜练习八颗牙的微笑。还化了淡妆：不是胡乱涂抹一层BB霜那种出门上班的妆，而是真正的先用爽肤水再用定妆水、先打底再隔离、粉底之后拍腮红的全套做足。为凸显眼睛大而有神，甚至还打了一层大地色眼影和睫毛膏。我一边捯饬自己一边忍不住想：也算对得起爹妈二姨七大姨八大舅子了……转念又想：都是成年人，还不是自己心甘情愿往下跳，何必撇清呢。

相亲对象的打扮和我预计中差不多。黑色西装革履，深蓝色衬衣，淡灰紫千鸟格领带，看不出个人趣味。见面地点约在王品台塑牛排，品味尚不算离谱。这是台湾人开的西餐店，装修老派，服务尚可，因为性价比低，无需预订，饭点进来仍然空空荡荡。我翻了半天点菜本，最终点了一份经典小牛排套餐，相亲对象看都不看菜单就说：和你一样。

不是个爱吃的人。我想。不爱吃的人，无趣的概率通常更大一倍。

他看上去的确很像是个无趣的人。比我大三岁，长得不算丑，但也很难用英俊来形容。从坐在那里的身高目测一米七八到一米八。据说祖籍山东莱阳，倒是听不出胶东口音。阿姨说他以前是公务员，工作七年之后下了海，创业挣了点钱，前两年离了婚，原因未详。这大概是婚恋市场上这位青年才俊唯一不太有利的条件了，二姨介绍情况时说：否则也轮不到和你相亲。

和我相亲怎么了？我条件到底有多一般？

阿姨不接话，又说：虽然离异了，但无孩。因此也算不常见的抢手货。能抓住就抓住，过了这村，可就没这店了。

她用的术语一套一套，甚至都不问我到底喜欢哪一型。也是，我喜欢有用吗？此前二十年，我谈过恋爱的，个个都是自己喜欢的型，结果呢？

入座之前该才俊帮我拉开椅子。算加分点，基本弥补了千鸟格略娘扣的分。接下来的两个小时，我俩一直在拼命找话题。每一句话都看似轻易实则百上加斤。就像两个水平完全不在一个档次上的羽毛球选手，彼此都根本接不住对方发过来的球。我爱看英剧和日剧，最近正在研习《空王冠》、《贤者之爱》和《无耻家庭》。他最近看过的影视作品是《芈月传》《余罪》，电影则刚看了《分手大师》，问我《从你的全世界路过》能看吗。我只好坦言不大了解。职业领域也不搭界：他自己当老板，做出口外贸，我是公司法务，小白领。学历虽然都是硕士，但一经管，一法律，学校也一南一北，相差三个年级，找不到任何可能共同认识的人。甚至连饮食口味都南辕北辙：虽然点的是一模一样的小牛排套餐，但是我留意了一下，最后他剩下的是西兰花和土豆泥，而我却把配菜吃了个精光，牛排连筋带肉剩下一多半。

这顿饭的萧条尾声，他看着我说，你吃得可不经济。剩下的都是贵的。

这差不多是他整个约会期间说过最有趣的一句话了。

吃得差不多了，我们几乎同时决定终止艰难的谈话。他先瞄我一眼。我赶紧说：真不好意思，突然想起来还得去买点东西。他说，正好，我也有点事要回公司处理。谁也没有提续摊的事，他开了车过来，也没说要送我，我站起身来对他最后展露八颗牙的甜美微笑，感谢他请我吃的这顿不算便宜的晚餐，就此江湖别过。如无意外——意外和彗星造访地球的概率一样低——此生应该不会再见。

一个半小时后，我都开始盘腿在沙发上看碟了，二姨气急败坏地打电话给我：对方说对你印象还挺好的，但问你是不是不太喜欢他这一型。你是不是态度太冷淡了？

我说，啊，不可能。——我是说不可能他对我印象还挺好。

她恨恨地说：反正以后你别想我再替你介绍对象！你让你妈去中山公园帮你举牌子去！

8

这次分手之后的后遗症之一,是我发现我变成了一个非常直接和冷淡的人。以前拒绝任何一件工作,都会思前想后顾虑很久。现在似乎活开了。这让我身边的人多少都有点不适应,但是好在我提高的厨艺部分挽回了人心。——我现在经常带自己做的甜品上班了。

每当我把纸盒打开,总有那么一群人好像苍蝇见血一样嗡嗡围拢来。免费而真材实料的小甜点让同事们极尽谄媚之能事,可恨的是每次都有不识相者要发出"这么贤惠怎么还不结婚"诸如此类看似贴心实际不怀好意的喟叹。

我第一次反应就很大:做甜品和结婚有什么关系?

小田赶紧和所有人使一圈眼色。议论声就好像一排煮沸的水壶被陆续关火,动静此起彼伏,继续窃窃私语好一阵子才水定河清。

然而只要下次有不同的人加入,这种莫名其妙的感慨就一直存在。再后来我就不带甜品到公司里去了。大家哀叹了几次,也就忘了。

实在太寂寞也不是没想过领养一只猫。结果和三个不同的流浪动物领养机构分别填报了三次长达三页的申请材料,从一开始相中的一岁银虎斑美短,到一只三岁半的中华田园四脚白,再到一只已步入中年危机的鸳鸯眼狮子猫，要求越来越低，而各种证明都一应俱全，却依然被三家机构以各种不同理由拒绝。后来才知道问题主要出在未婚上。没有配偶签字表示愿意和我一起养猫。未婚者原来是社会最大不稳定因素，如不定时炸弹一般教人不安，这样的人拒绝担负人类繁衍的义务，将来也极有可能随时遗弃领养到的动物。除非父母代替配偶签字，担保这个不定时炸弹将来就算结婚也务必对猫负责到底。

然而我亲爱的爸爸妈妈都还在湖南。我给妈妈打电话说起此事，妈妈说，囡囡你不打算结婚啦？

我说，你们来北京吧，和我一起住。现在租的房子虽然小了点，但在城里，交通挺方便的。离青年湖公园也近，你们没事可以去遛遛弯。我也一直在申请两限房，快有希望了。回头再养只猫，大家会过得很开心的。

神经病。都是小孩子话。她说，你二姨都和我说了，你现在状态特别不稳定。我也赞同那些机构的意见，你连自己都养不活，还养什么猫。我们在老家住惯了，手头也有放不下的事，没空过去照顾你。倒是一直在给你攒钱买房。对了现在你家附近的房价到底多少了？三万？四万？

八万。所以房子的事咱就先别考虑了。我说：不过我都这么大了，该我照顾你们了。这么多年一直没在你们身边尽孝，一直挺自责的。

那边久久没有声音，不是被八万吓到，就是被我突然的情感流露吓到了。我"喂"了好几声，妈妈才说：要不你认真考虑一下回来发展？长沙这些年也不错的，离家又近。现在北京空气又不好……

这不是重点。我喜欢这儿。我说。而且我也习惯在这了。

你又没在那结婚，北京有什么好的？你一直一个人租房子住。她那边声音明显哽咽起来。一直让你回来，说什么也不听。前不久张姨还问我你结婚没有。她家那个儿子也是……

妈你别说了。张姨她儿子我认识三十年了，要合适早成了。

好好不说了。回头二姨要是再给你介绍，你态度千万好点，啊？

我放下电话。原本是让他们远程签字同意我养猫的事，但是领养一只猫居然也这么麻烦，在家从父出门从夫的——那就算了吧。这个社会到处都是秘而不宣的单身歧视。事实上，结婚也许还有一个好处，就是两个家庭至少可以一起供房。我想起卡夫卡的《城堡》：万事艰难概莫能外。无论是进入一个子虚乌有的城堡；缔结一段看似幸福实则凑合的婚姻；找一个安身立命的长久住所；抑或是，领养一只猫。

然而那个能让我幸福的最大可能性依然存在于世界上。在另一个陌生的都市，房子同样很贵。找工作同样很麻烦。必须咬紧牙关才能时时忍住联系的冲动。那么多的社交工具和联络方式，恢复联系仿佛是轻而易举的，不联系才变得困难。

分手三个月后，每隔十五到二十分钟我仍会神经质地打开手机微信，看有没有人联系我。微博豆瓣邮箱也是一两小时一刷。我仍然渴望知道他的动静，渴望确认这个人还存活在这个世界上。也不是没想过去他的城市看他。给他匿名订一束花或者借路人手机骗他出来，远远地看一眼再回来。这些疯狂的小事我都想过，然而没有去做的原因，不过是觉得丢脸，以及丝毫无法改变现实的于事无补。

我对发小说：我不怪他。只怪自己刚好爱上了一个软弱的人……爱上的时候只想拼命去爱，并不知道一个能力不足的人，遇到另一个能力不足的人，结局只能如此。与其泥足深陷互相毁灭，不如让痛苦提前到来吧。晚痛不如早痛。靴子落地。飞蛾扑火也有扑不下去的一天——

发小说：深奥，我还是听不懂。但是你长得这么好看——

我说，滚。

也试过求助专业的心理医生。心理医生听完我的案例，说，你的选择无疑是正确的。你们在一起太困难了。勉强了结果也未必会好。

但每当这时我总是很生气。我为什么要付钱来听随便什么路人都能告诉我的废话？

心理医生看看我脸色又说，不过如果你非常喜欢他，当然也可以放下一切去找他。这样至少试过了不会后悔。

这句话也随便一个闺密损友都说得出口。可是如果一定要一个人低到尘埃里放弃一切尊严才值得被爱，我宁可先放手。

那些鸡汤公号又说，要做最好的自己，才会吸引更好的对象。女人不狠，地位不稳。你值得更好的对待，展望更光明的将来——

可是我并不要吸引更好的对象。也根本不要什么前途。

人又不是靠前途活着的。如果迢迢前路，也不过是随时可能变质的爱、朝九晚五的工作，婚姻、房子，一两个跑来跑去的小孩。

我目前想要的，只是想从这一段关系里尽量完好地走出去。完完全全凭借一己之力免疫，自救，康复。不需要别的可能性，不借助别的什么人，不需要任何虚幻的保障。也不必安慰；真正的安慰是不存在的。

永远是这样。风后面是风。天空上面是天空。道路前面还是道路。

在看了至少五十张碟一百集美剧后的某夜，时间已临近我最爱的初夏。芍药和刺玫在小区的花坛里竞相开放，桃红鹅黄，充满明艳不可言说的希望。花店里也开始摆上花瓣洁白枝叶油绿的栀子，一束束非常之香，香得像从童年一直馥郁到现在。

新世界里仍然充满无用而美丽的事物。

这时我终于对视听耳目之娱彻底厌倦，转而开始扫荡架子上的存书。看安吉拉·卡特的《新夏娃》时我突然想，也许支撑我坚持下去的是《红玫瑰和白玫瑰》的一个情节。几乎每个人都看过的，娇蕊在公交车上重逢佟振保那一段。

娇蕊点点头，回答他的时候，却是每隔两个字就顿一顿，道："是从你起，我才学会了，怎样，爱，认真的……爱到底是好的，虽然吃了苦，以后还是要爱的，所以……"振保把手卷着她儿子的海装背后垂下的方形翻领，低声道："你很快乐。"娇蕊笑了一声道："我不过是往前闯，碰到什么就是什么。"振保冷笑道："你碰到的无非是男人。"娇蕊并不生气，侧过头去想了一想，道："是的，年纪轻，长得好看的时候，大约无论到社会上做什么事，碰到的总是男人。可是到后来，除了男人之外总还有别的……总还有别的……"

是的总还有别的。我想象未来有一天再遇到那个人，也许不一定是在公交车上——那个时候我们也许都老得不能坐公交车了。也许是在病榻前，也许在意想不到的任何别的地方，地铁站，商场，电影院。他如果问我过得好不好，我也可以说：很好啊。生活里除了爱情，也总还有别的。那个时候，他会想起来这是红白玫瑰里的话吗？会记得我们当初是一起看的田沁鑫的青春版吗？舞台上佟振保痛哭时，我也正好在黑暗里漫然流了一脸的眼泪。但我并非不知这是张爱玲二十四岁写的小说，她那个时候还很年轻，还充满了女性主义惩戒男性的小小心机。等到她写《小团圆》也许才知道，和故人的重逢如无意外、永远不会发生，纵使重逢，悔恨也不可能当面展示。毕竟那么多时间已经永远地过去了。很多对错，时过境迁渐渐就不记得了。哪怕记得，也不再重要。

振保看着她，自己当时并不知道他心头的感觉是难堪的妒忌。娇蕊道："你呢？你好么？"振保想把他的完满幸福的生活归纳在两句简单的话里，正在斟酌字句，抬起头，在公共汽车司机人座右突出的小镜子里，看见他自己的脸，很平静，但是因为车身的嗒嗒摇动，镜子里的脸也跟着颤抖不定，非常奇异的一种心平气和的颤抖，像有人在他脸上轻轻推拿似的。忽然，他的脸真的抖了起来，在镜子里，他看见他的眼泪滔滔流下来，为什么，他也不知道。在这一类的会晤里,如果必须有人哭泣,那应当是她。这完全不对,然而他竟不能止住自己。应当是她哭,由他来安慰她的。她也并不安慰他,只是沉默着,半晌,说:"你是这里下车罢?"

纵然知道这一幕不会发生,这一切报复的铺排都是假的,假的,假的。我仍然没有办法不用这一幕来安慰自己。很远的将来。总会有一天。

发小说,你这次坚持时间很久。不错。
我笑道,那也许是因为我真的老了。开始心如古井了。
她说,少来。真如止水了,我们将来可以一起去养老院。《桃姐》你看过的吧?
我说,好啊好啊。现在开始攒钱,应该没有问题。
到时候你要是身体比我好,要给我擦身翻身噢。发小撇撇嘴:护工总归没那么靠得住的,那些小年轻,一心就想着谈恋爱。瞎七搭八。
万一你活得比我还久呢。我说。我应该会早死吧,一个人独居的话。
她瞪大眼睛看我。亲爱的,你真的那么怕一个人吗?
我说,没有,我前所未有地爱一个人。爱自己。 I am my

own Lord.

发小说，还有我。我也爱你啊。还有你爸爸妈妈。

认识快二十年了，有必要这么肉麻吗。

她大笑：那好吧，那你快把那个王医生的联系方式给我，我也去见识一下天津段子手。还有那个拉椅子的青年才俊的，我也要。

给你都给你。我哈哈大笑：这俩里面我投王医生一票，但是他得先离婚。God bless you, Eva!

她正色道，我们都是Eva，永远的夏娃，永远的女人。莎翁说过，女人啊，你的名字是弱者！圣经那个回头变盐柱的，是不是也是女的？

但美杜莎也是女的。我笑着说。看到她的人，都会变成石像。男与女，永远互相伤害。战争永无休止。

## 9

分手第十一个月，季节的时针再度拨回冬季。那些春天和夏天开过的花都纷纷凋零，只有月季的种子依然犟头犟脑停留在枯枝顶端，又刺刺拉拉从那些篱笆的网眼里漏出来，提醒路人那些好天气里曾经有过的明丽和芬芳。这时候街上突然开始流行起一种共享单车来，各种品牌，也都红红蓝蓝黄黄，很鲜艳，部分弥补了冬季街头颜色的匮乏。

时间一直在往前走。在消磨。某种程度上，也在蜕旧换新。也在重蹈覆辙。

我有一天突然做了一个梦。梦见房间里有人在给我做饭，仿佛回到小时候的寒假，房间渐渐充满南方饭菜惊心动魄的香气。唯有饭菜香才可以穿堂过户而其他化学香氛则并不能。冬日特有的暖阳穿透玻璃窗如瀑布一般大量慷慨地泼洒在靠窗的床上，我赖在晒得又暖又轻的被窝里不肯起来。越来越香，香气——化身实有之物。青蒜辣椒炒腊肉。小白菜芋头汤。米粉肉。红椒腊八豆炒牛肉丝。多么奇怪，全都是我的拿手家乡菜，不需要菜谱也仍然会做的。一顿饭连着另一顿饭。风后面是风。道路前方还是道路。但是这次不需要我给自己做，有人在照顾我，出于真正的爱，爱啊。而今天也不用上学上班，可以一觉睡到中午。这时我突然意识到在厨房为我忙碌不停的那人就是他而不是妈妈。一种久违的安全感缓缓升起，比阳光的温度更无处不在，更煦暖更光明，更教人安心。这时窗外天已经慢慢慢慢全黑了。空气无可逆转地冷下去，冷下去。饭菜香气如谦卑的奴仆悄悄退下，终于他亲自来到床边，轻轻俯下身。他说，饭好了，起来吃饭吧。但我只是像个病人一样又幸福又羞愧地醒不过来。

醒来之后我踢到了一个很凉很硬的东西。是那个凉掉的热水袋。

而今天的确是一个礼拜天，我从中午得以一直昏睡到现在。房间里没开灯——没人为我开灯——周围的黑暗渐渐聚拢来，睁大眼围观如梦方醒的我。这一刻世人离我委实十分遥远，肉身也渐渐变得轻盈，飘至窗口，顺着飘下去又蓦然回头。像那只小虫。像一片将化未化的雪花，一朵蒲公英，一片小极了的落叶。可以很轻地覆盖在大地上也可以随时在半空起舞。当发现爱完全是我自己一个人的事我便彻底得着了自由。光着脚跳下床，开始按照梦中的食谱给自己做饭。冰箱里这些食材居然样样都有。我感到非常快乐。

这时突然有人敲门。笃笃笃。笃。

我问谁啊。门外长久没有回答。过一会又开始敲：笃笃笃。笃。我此刻正把一只饱满的红椒切成薄片再细细切成丝。案板上还有蒜、牛肉和香菜。我想人世漫长不必慌张。先切完手头辣椒再说。再说。

开端与终结

这个被我们闯入的，没有开端与终结的沙漠世界
有时下雨。

## 楔子：
### 沙漠综合症或大地深处的伤口

　　如果任何一件事都可以找到一个开端和终结，这件事于我来说原本早应过去。重新打开，大抵是2015年6月在北疆克拉玛依市的某天。那一天我随着文联几个朋友来到此地，参观完两个油井工作队之后便在指挥中心的宾馆住下。刚刚习惯了戈壁滩上遍布不计其数的磕头机的末世科幻图景，陡然来到这样一个各处遍植奇花异草的巨大人造绿洲，实在不啻于焦渴难耐的行者眼前突

然出现海市蜃楼，整个人都沉浸在一种明知虚幻又不可自控的喜悦中。满目深浅的绿迅速舒缓了我看了整整一下午大漠黄沙的疲劳，而与此同时，我无法忘记刚才采访过的那些油田的工人们，尚未忘记世界上有一种病叫做沙漠综合症。

原本我是不应该知道这种病的。离开最后一个油井工作队的时候我看见一个穿着鲜红工作服的男人蹲在路边。我们的车辆从他眼前驶过，他头都没有抬一下。带我们参观的油田上的招待人员随便地往窗外看了一眼，就对他的同伴说：喏，又一个得病的。

我随口问，这是什么病？

沙漠综合症啊。那人奇怪地看着我：你从来没听过这种病吗？我们在油田工作的人，主要就怕得这个。

这到底是什么病？有什么症状？

和城里人容易得的抑郁症有点像。人老在沙漠里待着，看不到任何绿色和同类，眼前开始出现幻觉，皮肤脱水，目光呆滞，好像整个人被放进了一个套子里，对外界刺激应对迟钝，一旦反应过来又容易过于亢奋，喜怒哀乐都失去正常人的分寸感。这病油田工人尤其守井人很容易得，因为沙漠中油井和油井之间距离很远，每个守井人最多只能照顾三四个井；一个人在沙漠里来回视察，一连几个月见不到任何同类，也没法说话。待久了，再回到指挥中心就会短暂地失去语言功能。

我问：就不能多派几个人一起看守油井？

另一个同伴笑起来：沙漠那么大，油井之间那么远，条件又艰苦，从哪招那么多愿意来沙漠工作的人？再说，你以为两个人就不病了？注意力都在彼此身上，日常矛盾被无限放大，能合得来的人少之又少，还不如一个人清静。别说人了，就连养狗都不行，狗比人还容易病。进沙漠久了，一入夜就乱叫，在沙丘上乱窜，撕咬，像被什么看不见的东西吓着了，瘆得慌。

我蓦然回望向刚离开的这个油井基地。四周都是茫茫沙漠，前几天又起了沙尘暴，因此路上很多地方都覆盖了一层薄薄的黄沙，车行进得很慢。因此回头看，仍然能看到那个蹲坐在路边发呆的男人，渐渐变成了一个越来越小的黑点。那个工作队的其他人若无其事地在营房里外走来走去。凝视久了，那人旁边陡然出现了一个快速移动的更小的白点，看不清楚是塑料袋，还是一只同样得了沙漠综合症的狗，正在向着新疆傍晚六点钟仍然高悬的太阳嘶叫。

幻觉正在产生。我收回目光。同时喉咙里感到焦渴。太阳穴的那一小块皮肤也开始绷紧。

可以想象，指挥中心之所以要花大价钱在沙漠上凭空地建起一块绿洲，从内地引入各种奇花异草，目的大概就是为所有刚从油井上回来精神恍惚的工人准备一个集中康复的疗养院。据说得了沙漠综合症的人总得一个月以上才能慢慢恢复正常，严重者可能此后神经会一直损伤下去。

石油工人是一个收入不菲的工种。但据说也是最孤独的职业之一。我由此突然意识到人类竟脆弱到根本无法面对自身。而都市里大概同样有无数的崩溃随时发生，只是被表面的正常秩序掩盖。

晚饭后我接到了丈夫林章的电话。他问：你什么时候采访结束？油井好玩吗？那些磕头机是不是很壮观？

我说，挺好的。油井上的人见到我们相当热情，介绍了很多情况。有个刚分配到油井的大学生还现场用磕头机从地底抽了半矿泉水瓶原油送给我——这可能是我收到最古怪的礼物之一了。我今天才知道原油是褐色的，很浓稠，几乎不流动。

他喜欢上你了。哈哈。

扯吧你就。我笑着说。

它很像大地伤口凝结的血液。我想，但是没说。这似乎有点太文绉绉了。不知道为什么，我也忘了和他提沙漠综合症的事。这次出行，林章前所未有地关心我的每日行程和见闻。也许和我已出来得太久、又走得太远有关。他当然希望我平安归去。

指挥中心占地面积相当辽阔——沙漠里最不缺的就是土地——四周遍种各种内地引进而养护代价极高的植物，占地几百庙的后园甚至还养了骆驼、鸵鸟和梅花鹿。当然还有孔雀，这偏好和北京郊区那些温泉洗浴中心差不多。晚宴招待我们的三道菜，就是驼峰肉、炒鸵鸟蛋和鹿肉。我和一大桌子人一起进餐，意识到这次能在沙漠腹地品尝奇珍完全是个偶然。眼前这些看上去情绪饱满的油田工作人员，院子里每一棵代价高昂的绿树和花卉，以及沙漠傍晚无比瑰丽的晚霞，日后都难以再见。我就在这样的心境下，饭后又在院子里漫无目的地闲逛了一会。直到那些姿态万千波澜诡谲的云和暗影，都渐渐和远处连绵起伏的沙丘变成浑然一体的玫瑰紫，继而又变成纯度极高无法穿透的黑色。

那一天非常漫长而丰富。上午我还在克拉玛依市看到了火灾纪念碑——就是那个"让领导们先走"的事件之后立起的——下午就被赠与一百毫升大地深处伤口的血液，平生第一次吃到了鸵鸟蛋，并得到了一个货真价实的蛋壳。那天晚上还发生了一些别的事。深夜我正在洗澡，宾馆走廊突然响起了一阵凌乱的脚步声，有人在高声说话，但听不清内容。其实在这样极度缺水的环境里，那天我根本就不应该洗澡的，但是白天沙漠里那些被风扬起的细沙一直紧紧贴在皮肤上，只有大水从天而降才能冲刷它们。我整个人沐浴在清洁的罪恶感中，感到前所未有的孤独和不安。也前所未有地觉得一个人活在世界上，原本是没有什么指望被救赎的。

第二天我才知道，原来带我们过来的那个文联的老师在洗澡时摔倒了，当场臂骨骨折，连夜就被送到了克拉玛依的医院。而我在房内竟毫不知情。

　　也就是在那个晚上，我接到了季风的电话。
　　她电话里的声音不大正常，似乎刚刚哭过。她说，我遇到了很大的问题。……你一点都不关心我。
　　当时我认识季风已经十三年了。从没有见到她这样失态过。
　　而她下一句话却像个标题党：我明白张国荣为什么死了。

## 11:13-00:00 pm 树洞开启

　　2003年4月1日，就是那个我非常喜欢的香港歌手从香港文华酒店纵身下跳那天，我和季风正在广州过着同居密友的生活。自从第一次在学院迎新晚会上见到这个纤瘦的女生，我就一直认定她是我最亲密的朋友。但是四年后的这天我对她的感情却受到一定冲击。我还曾就那天的事给一个杂志写过怀念文章，里面有这么一段：

　　那时因为考研，在校外和一个特立独行的朋友合租了一套房子。我和她原本要好得无话不谈形影不离，可那天红肿着眼睛回去，告之噩耗，却换得一句：一个艺人嘛，死就死了呗。Leslie，你知道吗？就因为这句话，我转身关上门，在房间里点了七天蜡烛为你送别，而整整一礼拜没和她说一句话。我至今仍记得获知死讯的深夜，全世界好像唯独我一个人醒着，痛哭流涕地哀悼着一个陌生人。

Leslie大家当然都知道是谁。而文章里那个"原本要好得无话不谈形影不离"的特立独行的朋友，正是季风。季风的形象远比这篇煽情专栏里这几个苍白形容词丰满得多。为此我一直觉得自己欠她一篇小说，哪怕就是她自己的故事。但此事该从何说起呢——我本来是一个从来不记录身边人事迹、自诩为最合格树洞的人。而季风作为一个早已离开我的生活多年的人，原本是不必战战兢兢站在我的审判席上的。

毕业这些年来，我们头五年还都争取每年在广州或者北京或者其他地方见上一面，这几年因为各自成家和工作渐上轨道，见面频率越来越低，但一有机会仍然互致问候。我几乎从来没有忘记过她的生日，而她总是忘记——朋友间这种微妙的错位也很正常，我不觉得有什么。但这一切和季风的交往中，却从没有一句像这句话这样软弱、蛮暴而令人生疑。

我问：你怎么了？

她答非所问：世间安得双全法。

这是仓央嘉措的情诗，下一句是"不负如来不负卿"。我陡然想起传闻中张国荣是爱上了他的助理觉得对不起唐生，才跳楼自杀的。遂意识到事关重大。噤声不语。凝神倾听。

窗帘没有完全拉上，新疆和内地有两个小时时差，六点半之后宾馆的天光才开始慢慢变亮。在整个通话过程中，一直有一股看不见的小风在房间里打转，而旋涡中心则是一些细若微尘的沙土，也许是风从外面的八千里戈壁带来的。也许是这房间本来就有的。风却不知从何而来，明明门窗紧闭。

五个小时之后她还在说，而我接到电话的时候是凌晨一点。

我就是如此巨细靡遗地知道季风的秘密的。

## 00:01-00:44 am 海上

季风告诉我，最后一天她和许谅之在海上乘船的时候，当着船长的面曾对视良久，却终至无话可说。我问她那天是不是想好了和他一起殉情，她没回答。又聊了很久之后，突然说，也许那天是真的想到过死。

他们彼此之间从没真正讨论过回不回去的问题。那是在宁波奉化的海上——其实当时她也分不太清楚是东海还是黄海。那边的湖啊海啊太多了，都是碧蓝色一大汪水。回去查了才知道是东海，就是《西游记》里龙王敖广的那个海。孙悟空那根翻江搅海的金箍棒就是在这个海底借的。季风从小最喜欢孙悟空。早知如此，也许她的决定会不同一点吧。但是谁知道呢，多半结果也一样。孙悟空除了七十二变和筋斗云之外，也还有紧箍咒。

那次她订的住处，是一个严重涉嫌山寨福建土楼的古怪所在。旅游APP说那是整个黄贤村里条件最好的宾馆，离海边长城很近，顺着山坡爬到顶就能看到长城外莽莽苍苍的丛林，以及丛林尽处的苍茫大海，视野一流。可事实上他们三天都没怎么出门，一直反锁在房间消磨彼此光阴。土楼的隔音效果一般，白天没人走动时，能听到走廊上的细微动静，晚上则基本清楚对面的麻将房自摸几把，又诈和几次。而他们的动静外面大抵也同样洞若观火。宾馆服务员有时会隔着楼层大声聊天，比方二楼的清洁工冲三楼喊：所有房间都收拾完了吗？

都收拾完了——只除了311——311说不用了！

而他们的房间就是311。

那几天季风和许谅之说过最多的话就是，起不起床。还吃饭吗。其实昂贵的住宿费里包含双早，可是他们压根就吃不上。没有一天能够顺利早起，总是一个人准备起身，另一个人就轻轻从后面抱住。于是又一起顺势倒下。偷情偷到这么敬业的份上，他们都开始钦佩自己。但这事毫无办法。这甚至和欲望都无关，只和日常分泌的绝望相关。

这地方离他们熟悉的城市过于遥远，总给人一种随时可以死在这里的错觉。事实上不光是季风反复想到过死。许谅之大概也有某个瞬间想过。

到黄昏太阳不那么猛烈的时候，他们偶尔也会下楼，手牵手地走到坡上去，凝视长城下面郁郁葱葱的群山，远处浩瀚无边的灰蓝水面。在土楼宾馆里实在待烦了，他们决定在离开之前出一次海，就坐攻略APP里强力推荐的那种驳壳小渔船，最多只能容三四人，本地船老大掌舵，可以一直带客人驶到海的中心去。这是季风提议的。许谅之看了她一眼，什么都没说就答应了。


小时候看安徒生，说海的远方是最美丽的矢车菊的蓝，而比那颜色再深一点儿的，或许就是沉沉的蓝黑墨水，无数艳丽的鱼群穿梭于海底雪白的珊瑚礁中，是童话里才有的奇瑰梦境。如果正午阳光穿透深深的海水，就能清楚看到海底几百米开外的旖旎风光。季风对我说：我理想中的葬身之地就是这样的地方。


但她尽量不和许谅之说这些。他大概也不喜欢她若无其事老和他说这些有的没的,像个让人心惊的躁狂病人。倘若间歇性软弱症发作了,她说着说着,就可能突然被他不耐的吻堵住。强烈地,不安地,绝望地,身体一再反复确认另一具肉身的存在。于是她顺势回吻他,一次又一次,吻到彼此都口干舌燥,只能停下来喝一口水。而起先烧的水早已经放凉了。

她对我说,你知道吗?那段时间里我印象最深的,就是许谅之每次烧水都只烧小半壶。宁可一次又一次下床重烧。他说够喝就好,多了会放凉。而我则每次都担心不够,每次都烧一大壶,放凉了许谅之又说反复加热不好,只能倒掉重烧。

她时常想这件小事意味着什么;然而一无结论。或者许谅之恐惧的是败坏,而她害怕的则是匮乏。又或者是,于她而言,要么零,要么百分之百。而他则可以接受少许,适量,若干。总而言之,可以从各个方面解读,又都似是而非,无法抵达真相的彼岸。两个如此贪恋对方、然而习性截然不同的人,从本质上来说是两个陌生人,却一刻不停地索取拥抱。总有说不完的话。总是接吻总是口干舌燥,因此也总要喝水。总是烧水。

除掉喝水,他们时常忘记吃饭。

某个黄昏诡谲多变的光线里,她也曾仔细端详许谅之的模样,仔细思量为什么是这个人而不是别的什么人,和自己发生了如此难以言喻的纠葛。并学习那些爱情小说的女主角，用指尖轻轻划过他的轮廓：瘦削的左脸颊有一颗痣，淡褐色的，形状不大规则，和她右脸那颗刚好对称。法令纹很深，皮肤有点粗糙，但摸着还算柔软。她想让自己渐渐习惯这种陌生的手感，以及更多的，更多的曾经陌生的一切。

　　许谅之最喜欢说的一句话是：你是从哪冒出来的啊。这时候季风就只能更没有底气地回问他：你又是从哪冒出来的？

　　事实上他们从对方所不知道的角落突然冒出来，都只是为了毁灭对方原本的生活。因为他们各自都有家庭。

**00:45-01:36 am "每个人的困境都针对自身的弱点量身定做。"**

　　这个故事细说起来和寻常的不道德故事大概也没什么两样。在一起除了做大家都爱做的事情，最后也总是不可避免地开始设想事情的走向。许谅之结婚十年了，有个八岁的儿子，据说和太太分居已久。而季风在没遇到他之前，却从来没想过自己的婚姻会出问题。

　　我其实认识她的丈夫萧元。萧元和我俩在同一所大学，我们在广告系，他读社会学。也是我眼睁睁地看着他们克服万难才走到一起的。季风和萧元头三年都不认识,是到了第四年行将毕业,才因为BBS见面并迅速发生了感情。是萧元先向季风表白的,而季风这时候还和初恋男友小刚在一起。小刚和季风从初中开始恋爱,大学异地,算上高中,在一起的时间整七年。而她一发现自己对萧元动了心,很快就向小刚摊了牌。但小刚拒不接受。他是富二代,大学的时候家里就给他买了车,当夜就从长沙一直开车到了广州。

后来有个BBS流传甚广的版本是,季风和小刚在学校外面的永和豆浆大王坐了整整一夜。

时值期末考试前夕,很多那天跑去通宵咖啡馆复习的大二大三师弟师妹都目睹了这样一对奇怪的男女坐在角落长久相对。到了下半夜女的先哭了,接着男的哭声更大。两个人抱头痛哭了很久。中间到底有没有说话,说了些什么,却没人知道。季风唯一告诉我的,只是两个人都依然觉得对方很好。也依然怀有极深感情。但是,毫无办法。

这次旷日持久的分手并非就此终结,至少拖了一年。小刚只要有时间就过来找她,哪怕在宿舍楼下坐上整整一夜,只是为了等季风下来。她无法不接他电话、无法永远不离开宿舍、无法不见不肯放手的他。直到大四即将毕业,校园里还时不时见到小刚日渐瘦削的身影,像个游魂。

对于年轻情侣而言,大概没有比分手更重大的变故。但是像季风和小刚这样几乎是青梅竹马的情侣分开，仍然比一般情侣更极尽艰难。有好几次小刚跑过来，又要连夜赶回长沙上第二天的课，季风都只能够陪他一起开车回去。后来过了好几年她才告诉我：广州到长沙六百八十二公里，她很怕神不守舍的小刚会在路上出事。她是宁愿伤害自己，也不愿意伤害他的。——这样她会终身背负十字架，一生不得安宁。

他们的分手最终变成了一桩公案。而身为主角之一的萧元却好像短暂地从校园里消失了。后来才听说他去湖北农村做田野考察，去了许多地方。而那时我们同住，季风每晚给他打电话的时候总会哭。他在那边说什么则不得而知。

这事眼看就要拖成三败俱伤，而最后的解决，和玫瑰花有关。

大四上学期季风生日当天，萧元刚从湖北赶回，就发现小刚订了九百九十九朵玫瑰送到季风宿舍。兹事豪奢绝艳，几乎举校轰动。那束如鲜血一样艳红的花直径至少达到一米二，送花小哥一路吸睛无数招摇过市扛进校门，自信心在我们宿舍楼下时到达顶点，像一个真正的英雄一样大喊：陈季风，你、的、花！

但一个小时过去，他竟没有得到任何回应。

毕竟是大宗买卖，小哥没送到事主手上不敢走，宿管阿姨又死活不肯让小哥送上楼——也许疑心花束藏了炸弹；而当事人又坚持不肯下楼。仍然是无法解开的三角死局，极像对现实情形的一个缩微反讽。因此这直径一米二的花束就得以在熙熙攘攘人来人往的校道上公开展览了一个小时，而所有当时赶来围观盛况的本校女生都在那一天终于知道了九百九十九朵玫瑰直径到底有多大，又有多香得让人绝望，全是花朵离开枝头后爱情死亡的气息。

　　七年恋爱，九百九十九朵玫瑰，再加上数夜辗转痛哭，加起来也没有改变季风离开小刚选择萧元的决心。所有人都相信他们是真爱，理由是萧元出身贫寒，和据说足够买下海口一条商业街的小刚的家境无法相比。事实上也是真爱。只是原因大概比这还要简单。

　　季风对我说：萧元总是很认真地听她说话。并在她说话的时候一直含笑看她。并且说，将来无论你想去哪里，想做什么，我都陪你一起去。我没什么梦想，你就是我的梦想。而小刚则十分之大男子主义，一直设想季风毕业后和他一起回海口继承家族企业。此外，萧元和小刚都骑单车带过她。甚至都经过了学校里同一个坡道。那个坡道中间钉了一排间距很窄的隔离桩，自行车可以从中间穿行，但后座如果带了人就很容易勾住脚。小刚每次从中间骑过去从不记得提醒她收脚。有一次她坐在后座一时没留神，整个人重重绊倒在地，小刚吓了一跳，等发现没事才哈哈大笑。后来她和萧元渐渐熟悉起来后，有一次萧元也带她经过那个坡道，离隔离桩还有一百米时，他已开始放缓车速，轻声提醒她收脚。她听话地缩回脚,心想:这个男生大概是可以嫁的。

此外,萧元整个人给人感觉异常干净。就算穿一件简单的白衬衣也依然是好看的。是五陵年少的好看。

认真听自己说话、懂得在隔离桩前放慢车速,干净的白衬衣。那个时候让我们相信真爱的,不过就是这么简单的几件事。但是所有人都没想到,季风和萧元会真的走进婚姻殿堂。因此三年之后,去广州参加他们婚礼时我当场落泪。

我说,你们一定要幸福啊。一定会幸福的。

季风那天晚上为感谢远道而来的朋友,喝了很多酒,听到我的话忍不住哭了。萧元也哭了。他们哭得比任何一个宾客都凶,也几乎是抱头痛哭。也分头拥抱了每一个过来观礼的同学,包括我。

我一边哭,一边想起季风当年也曾经这样和另外一个人痛哭过。立刻又强迫自己忘掉。无论如何这是婚礼。婚姻是神圣的,被上帝祝福的。这样情深意笃的夫妻如果不能到头,那么大概也就没有白头到老这回事了吧。

在一起后萧元对季风依旧很好。他随她一起留在广州工作,又在黄埔买了房子。两人公司隔一条珠江,每天萧元都跨越海珠大桥,开车接季风回到他们在黄埔的家中。我读研后去过他家一次，萧元亲自下厨给我煎了牛排，手艺很好。他看上去仍旧是一个干净清爽的男人，虽然鬓角沧桑了一点。他曾经当着我们所有人的面答应过要对季风好，现在看来，差不多也做到了。

我从来没有问过季风萧元对她到底好不好。因为看表面已经知道，很少见过像他们那样默契的夫妻。永远手拉手地出现在众人面前，却从不刻意秀恩爱，只是插科打诨地互相嘲笑。这其实是所有人更喜闻乐见也更认同的世俗的好，因为完全符合中国人传统观念中的"打亲骂爱"。

但九年过去。季风终于还是爱上了别人。
我问：这事发生多久了？
她犹豫了一下：……一年多。
老天。那你还爱萧元吗？
这次她迟疑更久：早已不是当时那种爱法了。……但你相信吗，我们之间仍有感情，而且很深？

我知道她是在说爱过。她对萧元感情怎么可能不深呢？看过他们微笑的样子的人都不会相信。不用说萧元对她，她对萧元有多好我也不是不知道。她刚毕业时是有出国工作机会的，生生为了萧元放弃了。平时日常生活也无微不至——大概是曾经让萧元等得太久太苦，季风在这段关系中，一开始就仿佛理亏。但这么多年，也一直言若有憾，心实喜之——这世上又有多少女子曾被这么死心塌地地追求和等待过呢。她对此不是不感激的。也实在是伤筋动骨怕了。

如果真有那么一种叫做爱情的东西，那么它确实来过，又走了。都说婚姻是爱情的坟墓，但是坟墓也不全都是衣冠冢。时光流转生生不息，不知为何我心里却难受得要命。好像什么最不应该损毁的东西被损毁了。也许我能接受这个世界上任何人包括自己出轨，都不能接受季风不再爱萧元——他们当初在一起实在太不容易了。

但这件事的因果到底是什么呢，是因为曾经太爱过所以无以为继吗？是他们的婚姻当真遇到了暗礁？又或者说，我们当年爱上的只是"爱情"，以及"爱而不得"的痛苦本身，那么现在，我们还可能会爱、还会爱上的又是什么？

但是季风坦承改变的只是她自己。和小刚那次一样。

她无法原谅自己的，也许是一直无以为继的都是她，而不是他们。

她大抵是我见过罪感最强烈的人。大多数时候，我都能感觉到她对自己的深深憎恶和厌倦。她的感情就像一匹脱缰野马，然而给这匹野马配备的缰绳，不是强大理性，而是过分心软。

她二十二岁生日当天，九百九十九朵玫瑰在校道上展览时，就差点从六楼上直接跳下去。我当时就在她身边，亲眼看到她哭得有多惨。她对我说，小刚就像是和她一起长大的小伙伴，但她就像无可遏制地长大的温蒂，他却和彼得·潘一样跟不上步伐。她不得不为了某种成年的爱而把小伙伴抛弃在沙漠之中。这简直和亲手杀了一个人一样可怕。——那是她第一次和我说到沙漠。又过了一些年，她说：我也许把自己想得太重要了。谁离开谁一定会死呢。我当时只是无法原谅自己、也无法忘记那些真实发生过的往事。

当时她的眼泪无穷无尽地涌出，似乎可以冲走任何沙漠。她无法下楼结束这个荒唐局面，只因为萧元就在对面的男生宿舍楼上，默默地注视着整个事件的进展。她能感受到那看不见的目光的哀伤痛楚，而心完全被这毫不相让的两个人撕裂了。

但那时候，她还有勇气和力量做出选择。

而那时候需要选择的，还只是要不要下楼接受九百九十九朵殷红如血带刺之花。

我问，那个许谅之到底何方神圣？

季风在电话那端顿了顿，也许在那边微笑了：他就像世界上另一个我。所有的缺点，优点，无足为外人道之的古怪癖好。对一本书、一个电影的看法。人群中一模一样的孤单——

打住，这太酸了。我说：你下一句话就该说，世间上所有的相遇，都是久别重逢了。

但说到书和电影我便已经明白了一点。我知道萧元婚后几乎从不陪她去看任何演出，也不爱看大部分小说，他感兴趣的娱乐方式始终都是徒步远行，还是当初田野考察留下的后遗症。如果一定要看电影，他宁可在家看碟，而且最好不要烧脑之作，远离各种作家电影。而季风工作之余，一直在以钢铁意志保全自己的文艺爱好。她五年前就在我电话里提过一次这分歧，当时我大概说了每个人兴趣爱好都不一样、求同存异之类的话。她便再没说什么。

在各个层面上说，萧元都是个无可指摘的好人。脾气温和。与人为善。业务能力出众。但是，我其实早就知道他和季风并非同类。他们甚至是太不像了——当初才会互相吸引。

## 01:37-01:59 am 她是女子，我也是女子

我大一刚入学时候就非常喜欢季风——最表层的原因是她看上去既瘦，衣品又好，皮肤是健康的小麦色，五官轮廓分明，是女生会喜欢的美女类型。而且从某个角度看，还有那么一点点像王菲。

从十二岁到十七岁，总有那么五六年，我青春期那些不曾恋爱无处释放的狂热几乎都用在了这位从北京去香港的非典型著名

女歌手上，后来才分了一部分给Leslie——高三那年她和窦唯正式离婚，后者有一天正好在本市一个酒吧唱歌，我知道后还恨不得带上几个同好把这渣男暴打一顿。出轨与背叛，深情与辜负，绝对的错对黑白，对于高中女生来说，能够理解的感情层面不过如此简单。但是王菲自己也唱过《过眼云烟》和《不留》。只是当时的我还不能完全明白。

总之我热爱王菲，而季风也是。除此之外，我们的共同喜好还有很多。但神奇的是，表面上我们完全是两种人。我喜欢文学和美术，她热爱摄影和音乐。此外一个显见的差别大概就是家境。我出身普通工薪家庭，而她爸爸则是海南著名的房地产商，她从小独立，高中就自己联系了北京的高中走读，大学期间更是交友广阔；而我看上去则比其他同龄人还更幼稚，毫无恋爱经验，喜欢一颗接一颗地偷吃舍友的大白兔奶糖，成绩也一直不好，和奖学金向来无缘。

时隔十多年，我早已忘掉我们是怎么成为朋友的。也许是我在人群里发现了她。也许是她有一次来我宿舍问什么事。可以肯定的是多半是我主动过去向季风示好的，然后她接受了。总之，到了大一第一学期期末，我俩已成密友。过了许多年，她和我说：你当时说我是你最重要的朋友。我一直记得这句话，很感动。

我哈哈大笑：我还说过这么肉麻的话？

但事实上，的确有很长一段时间我就是这么想的。她看上去似乎比我们所有人都更清楚自己要什么，她社会上的那些朋友，包括地下诗人，摇滚歌手，酒吧老板……身后隐约浮现一个影影幢幢的异常庞大黑暗迷人的文艺世界，而我当时刚满十七岁，还正懵懂地站在这个世界的入口。

除我之外，她几乎和任何同学都没有深交。

那时她们班上有个男生从军训开始就被舍友认定在追求我。整个大一期间，也许是觉得我傻乎乎的很好玩，我一直被她们编派给各种男生。随便一个什么人和我多说了几句话，或者在图书馆打个招呼，舍友看到立刻就回来报告其他人：方宁又收获一个追求者！

这大概也是我和季风的不同之处。我是孩子气的、向往恋爱却丝毫不懂、也更开得起玩笑的。而人人都知道季风从初中开始起就有男友。她早就知道了感情是怎么一回事。

也是过了很久之后我才明白，虽然看上去很酷，季风二十岁时同样也只是一个年轻人。她的问题是心软得不愿意伤害任何人；以及因为得到的爱太多又太敏感而过分恐惧决定的后果。而这样的人，其实往往并不够爱自己。

那个被舍友强行摊派给我的季风班上的男生后来还真的成了我的好友。有一次突然对我说，他觉得我们全年级最好看的女生就是季风。而不是其他所谓班花级花。

这不凡见解立刻让我对他另眼相看。因为我也正好是这样想的。

我回头把这件事喜孜孜告诉季风，季风却说：你怎么会和人讨论这么没有营养的话题？

她就是这么直接。虽然只比我大一岁，却好像比我大很多。是一位会让我感到略微紧张的朋友，一直让我担心自己是不是不够好，不够特别，不够真诚……一个直女能对另一个直女喜爱的最强烈程度，大概也就不过如此。只有极少数时候我会轻微对她感到吃惊。吃惊而已，并非失望。

有一次我们约好去北京路逛街——她很少叫我陪她逛街，通常都是自己一个人去，因为害怕浪费别人时间——而那次我才发现她的优柔寡断。因为零花钱不多，我很早就放弃了在一家价格偏贵的专卖店的寻觅，而她则一口气挑中了四件。但就连她也觉得四件太多了，因此就陷入了长达一小时的纠结之中。好不容易选中其中两件，刚结账出门，才走过第一个路口，她就反悔了：不行，我还是想要那两件。

立刻飞奔回去全部买下。

这并不酷，但很真实。自从那一次后，我感到离季风更近了一点。但是其他时候，她依然是富有决断力的，比如说，叫我一起去深圳看王菲的演唱会。

那次演唱会并不正式，只是在蛇口明斯克号上的一次小小商演。但我们年级很多女生都辗转听说了，包括季风和她们班那个级花，以及我。我还在犹豫去不去，她果断地说，一定要去。于是那个周五我们吃过中饭便早早去车站坐大巴赶往深圳。关于那趟旅程还值得一说的，就是大巴车一路都在放张柏芝的《星愿》。我高三暑假刚去电影院看过，再看虽然感动，倒还在情绪可控范围内。看前我就对季风说，小心点，看这电影可能会哭。

但我也没想到季风会哭成那样——不过一部商业电影。她和我此前几乎从来没有像其他女生一样亲密地挽过手，那天却哭倒在我肩头。这让我终于发现了她表面的酷其实只是某种色厉内荏。同时发现她是爱的信徒——如果说真有什么信仰的话。

这件事给我留下的印象之深，甚至超过演唱会本身。傍晚明斯克号的甲板已经乌泱乌泱聚集了一大群人，后来又突然听说王菲改在下面船舱表演，一大群人（主要是女生）遂乱成一片，尖叫声四起。就在这混乱的当儿，季风飞快地冲我使个眼色：快跑。遂拉着我撒腿一路狂奔，一路踢翻甲板上的椅子无数，我好几次几乎跟不上她，但她坚定地不曾放手。因为季风的反应迅速和当机立断，我和她终于成了最先跑到船舱的头一拨人，王菲在小舞台上唱《香奈儿》的时候，几乎离我们就近在咫尺。我忍不住转脸看季风，发现彼此同时都激动地哭了。而那一刻台下的季风和王菲的确很像，在人群中有一种足以闪光的美。有别于其他人的真实羞涩的热情。

一起追星，这也是我和季风分享过的动人时刻之一。但我们之间值得记忆的时候比这还更多得多。

从大一到大四，只要她在学校没有和那些朋友一起出去，我们就一起上课，一起吃饭，一起逛街，一起去美术馆看装置展，一起去福利院当义工。她说喜欢我笑起来的样子——我疑心她只是找不到更合适的模特——给我在各种地方拍照。又送了我人生中第一瓶香水：Dior的真我。那经典细长水滴瓶身、瓶颈有一圈圈优雅金边，我喜欢极了——然而，究竟何谓"真我"，我并不了解。

大四上学期复习考研时，她为了躲开不停往宿舍打电话的小刚，还短暂和我搬出去同住了一段。我们在江边合租了一套两居室的"豪宅"，我每天出门去教室复习，而回来季风总准备好夜宵或甜点：冰糖炖雪梨、木瓜牛奶、椰汁西米露。她喜欢喝一种COINTREAU的橘子酒，也常请我喝上一小杯。彼此关上房间，也时时有熟悉的乐声传出：王菲，卢巧音，黄耀明，Pj havery，Nirvana，各种爵士摇滚。

我当时一心想考北京某大学的中文系研究生，也早已开始写作。复习日渐吃紧之余，却开始无望地暗恋一个男生。但是季风的好处在于从来不会越界盘问。

她依旧踟蹰于她自己的感情生活里。

大四最后一个学期，也就是那个可怕的生日之后，季风终于让小刚知道彼此再无可能，正式和萧元成为男女朋友。这时我考研已经结束，可以有更多时间和她看碟、交换书、喝酒、逛街……但她的时间必须留给已等待得太久的萧元。之后时光就过得飞快。七月一毕业，暑假过后我便去北京读书。她毕业就和萧元住在一起。我第二年寒假回家还去看过他们一次，就是给我煎牛排的那次……那天中间有很长一段时间，季风不知是不是去帮厨，把我一个人孤零零地扔在客厅很久，房间还在循环播放中文的流行曲。我记得很清楚的，是丁薇的《女孩和四重奏》。

我该微笑 还要有一点骄傲
就算是没了你了我也不能让人笑

非常轻快而动听的提琴旋律。之后很多年，我听到这首歌仍然会立刻想起季风来。我们曾在一起听过无数歌，但都没有这首歌特别，也许是因为当时听歌的那一刻，我才意识到我已经失去了季风，永远失去了我们那些黄金一样的少女时光……她被萧元从我身边带走了。我比小刚更没有资格留住她。

## 02:00-02:14 am 抽大麻的机器人

季风和我说了很久仍然没有具体回答我许谅之是一个怎样的人。她也没有给我看照片。后来我只能根据她和我说的只言片语自行发展想象。

想象中这个人很瘦，比大学时代的萧元更瘦，和大学时代乃至于现在的季风一样瘦。整个人很奇怪地没有什么气味。他那瘦削的血管明显突起的手臂，只有一层光滑的皮肤包裹在薄薄的肌肉和骨头之上。如果不看脸，也许就像某种设计得很好的生化机器人，触感、皮肤和骨骼都做得很像，但是没有肉。机器人不需要肉。而且他没什么气味。就算在床上，他整个人也静静地发出一种颓唐的，淡至没有的气息。连接吻也是。连做爱也是。

但是他又不是机器人。因此季风离开他之后很久再想起他的脸，总是感到一阵心脏久违的绞痛。唯独那张脸和机器人无关。想象中的他是单眼皮，圆鼻子，很瘦削的脸颊，总有一点惊异的上唇噘起的嘴。事实上没有机器人会设计成这个样子，只是我猜想这样子的人会比较适合季风。我想象我的季风常常吻那张嘴，或者说，那张嘴常常吻她。

我想他们在一起每天大概都会睡觉，吃饭，说话，一起探索此前所未深知的情欲世界。他们对彼此身体的了解至少和灵魂一样多。但是他没有气味，她却有。我知道季风有时候来例假，整个人会发出一种很淡的腥气，脆弱的，自然主义的，充满女性气息的。因为她痛经的缘故，我们同居时还给她熬过红糖姜汤，据说熬当归效果更好，但一直没有试过，因为据说最好炖鸡。我不敢。

我以前在电话里曾经嫉妒地问过季风：萧元有没有给你熬过当归汤？

季风过了几年直到这一刻才回答：许谅之给我熬过。

许谅之竟然温柔至此。就像代替我去爱季风的一个人。但是我很怀疑这样温柔的人，是否比常人更加软弱。

她告诉我，在这段关系里，许谅之一直显得比她更相信这是一场奇遇，更不愿轻易撒手。但不撒手呢，她想结果大概也是一样俗气的。最多不过就是各自离婚重组。可是她又十分怀疑彼此对待婚姻都不算负责任的态度，真在一起会不会过几年同样结局遗憾。尽管她对他和自己都信心不足。但这并不妨碍他们整整一年半发了疯似地渴求彼此。经常才见面不到半月，又一起偷偷约定在周末远走他乡。在各自的城市见面总归有一点心理障碍，而每次碰头都在居住地外,却又都像是一次次未完成的私奔——因为最后又都好端端地回去了。

我问她,他和你说过要离婚吗?
季风说,因为我自己也离不了。所以从来没有问过。
她又说,我们在一起时,偷偷抽过一次大麻。
他们第一次上床时她曾经喃喃地对他说,想和他一起在床上抽大麻。我知道季风此前从来没有抽过大麻。正如她从来也不曾设想自己出轨。另外一个狂想是给他打针。你好瘦,血管太明显了,如果要给你打海洛因的话应该很容易。一直很酷的季风在狂暴的情欲和错乱的道德困境里应该不怎么说情话。这算是最接近的两次。她是想着给他打完了针就给自己打。一起沉湎,一起堕落,一起去死。

我想象既然这两个人从来都是世人眼里的好人,便只能在彼此面前袒露最真实而虚弱癫狂的一面。之后就只能默默穿好衣服回家。家里面有人在等。

然而他们在一起的时候除了上床之外,也总是爆发程度相当严重的争执。甚至比合法配偶更惊天动地。她习惯性地用分手折磨他,让他在忙乱中赶来安抚。因为关系的不合法,他们反而对彼此的存在更加没有安全感。这多半是季风的错,因为她闹别扭的时候更多。但也可能是她爱得更多更强烈，这都说不好。在没有遇到彼此之前，他们都曾经在漫长的婚姻时光中渐渐遗忘了"爱"的存在，都曾骄傲地说过，"爱是一种过度被夸大的人类情感"。遇到之后便不再说了。但是季风也不太喜欢许谅之总是说"我爱你"。这个词已被无数和他们不一样的人用得太旧了。

这是爱吗。季风此时突然问我。你是写书的，我们这样到底算是什么？

我早和她学会了答非所问：你们是怎么开始的？

## 02:15–02:44 am 金风玉露。或一夜大火

一开始他们只是两个素未谋面的同事。共同隶属于一个跨国4A公司，许谅之在北京，季风在广州，一南一北，又在两个部门，本来连认识的几率都接近于零。但有次她团队里一个姑娘黄千去北京出差，见到他立刻宣称遇到男神，回来花痴了三四天，说从没见过如此气质见识俱佳的北方爷们，进而怂恿季风：Monsoon，我哋创意组咁缺人手，不如把我男神从北京调来啦。

Monsoon就是季风的英文名，听上去略微有点怪。但是外企都流行叫英文名，非要起一个，中英文同义总比什么Julia、Isabelle、Sydney强。黄千叫Zoey，也还不错。但许谅之行不改

名，坐不改姓。而季风此前对这名字唯一的印象，就是公司内部有一次全员评先进，两千多人里总共才表彰十个，其中就有这个许谅之。他们公司的工作重心在珠三角，整个华北地区三百多号人唯有他一个扬名立万，名字又老派，因此立刻就记住了这名字。能上那榜单的，至少都给公司挣了上百万，或者得过国际广告界的大奖。季风半心半意地问：Zoey，这姓许的多大，没结婚吗，能说调来就调来？

黄千叹口气：未到四十，听讲结婚都十年了。宜家嘅好男人，结婚都早。又补充道：但呢个年头都唔好讲，结咗都随时可以离！

就这样，在还没见过他本人时，季风已然知道他的魅力值了。她对黄千说：Zoey，回头这人来广州开会就攒个局呗，也正好让我学习一下首都先进工作经验。

好哇。黄千答应得很干脆。

机会想要，总是来得很快。一个多月之后，他们已经一起在上下九喝夜茶。那地儿环境幽雅，味道一般，适合商务宴请。黄千打量这个许谅之的眼神让季风觉得自己的存在十分多余，尤其说的还是挖角这样毫不浪漫的事。想了半天如何措辞，最后还是直接说了。她是这么想的：说完赶紧撤。下属铁了心要破坏人家家庭，身为领导怎好意思不成全。

那天晚上黄千表现的确不够自然。一个至少谈过两位数恋爱的姑娘，一旦动心竟也不免羞涩，这人间奇景让季风不免多打量了男事主几眼。不到一米八的瘦高个，长相平平，黑框，板寸，看上去不苟言笑。深白风衣里一件低调的灰色短T，在这个暮春的夜晚显得莫名寒凉。那T恤上却全是各种形状被摁灭的烟头，组成一行英文：原谅我对你欲罢不能。唯独这烟头图案让季风多看了两眼，因为让她想起帕慕克的《纯真博物馆》，男主角用了好几年默默收集女主角芙颂抽过的4213个烟头——这情节实在缠绵至死，文艺入骨。她一直想给萧元买一件类似这样的情侣衫而不得，忍不住问：你这T恤是什么牌子的？

　　他飞快地报了个没听过的小众品牌。说完善解人意道，没记住吧。要不你加我微信，我回头发海淘链接给你。

　　他们讨论衣服的时候，黄千一直百无聊赖地转着碗里的钢勺，懒洋洋地看看季风，又瞟瞟他。这姑娘肤白腿长，性情开朗，在大叔堆里恋爱几乎无往而不利，最近大概是转口味了，开始对各型文艺男青年感冒了。季风纵容她，不光是因为她加起班来足够疯狂，主要还是性格好相处。她的好几个前任季风都见过，中间甚至还有短暂交叉。如果许谅之真来广州了，大概也会飞快成为前任之一。黄千是绝不会真逼他离婚的，那样就真把自己套牢了。她猜。

　　季风一面暗笑，一面拿出了手机。许谅之拿过去"扫一扫"，发了请求。她点开一看，发现他的昵称是本名，签名档却是一句诗。诗是季风喜欢的一个诗人许德生写的。那诗人的知名度差不多和许谅之T恤的品牌一样小众，在银行工作，业余写诗，前几年因病逝世了。季风甚至还受邀去北京参加了总人数不到五十人的追悼会，并一如既往地在追悼会上受不了沉重氛围，比家属哭得还伤心，最后不得不夺路而逃。

她一向知道广告公司藏了许多真伪文青，自己也不过其中之一——只是没想到会遇到一个同样喜欢许德生的。这概率理应低得可怕，她怀疑喜欢并仍旧记得他的，在这个世上统共也不超过一百个人。

就是那个我大学就认识，在银行工作，一直活得很憋屈的许德生。季风说。还有个姓顾的女同事一直暗恋他的那个。

她在电话里给我背他的诗：

　　　　永生

还没转身已被遗忘，我爱过的
枯枝。生长出不属尘世的感伤
与即将永生的傲慢。寒冬腊月
梅影浮在白墙，永恒的
第六病室

我但愿被每一个他们彻底忘记

却希望同领塔纳托斯羞辱的你

在审判日来临前

记住我，记住肉身易衰

记住一切感知痛苦的瞬间

都不会太长。而所有的美

都的确需要一个终结

这首诗我知道，季风大学的时候就很喜欢。这不算许德生最好的诗，却因为某种黑暗阴郁的气息让我们记忆深刻。而这位许谅之的签名档刚好就是：所有的美/都的确需要一个终结。

这太巧了。我说。

季风说，不，这不是最巧的。巧的在后面。

那天许谅之好像什么也没察觉，只是很快婉拒了季风的挖角邀请，继续和黄千聊得不亦乐乎。季风告辞离开时，他们的话题是即将到来的世界杯。黄千喜欢和男生聊足球，但永远哈哈大笑地自称伪球迷。这种坦荡差不多就跟宣称自己其实只对面前这个男性感兴趣一样简单粗暴而行之有效。

第二天上班，黄千迟到了半小时。季风有点促狭地想，也不知事成没有。中午在公司食堂她刚在自己面前坐下，就笑问，

Zoey，怎样？

黄千抬起肿眼泡，淡定地说：Monsoon，我辜负咗你嘅期望，失咗手。

忘了说黄千是广州本地姑娘。芳龄二十七岁，身高一米七二，性格在季风看来比百分之九十九的姑娘都率真，也算是美好奇葩一枚。作为没比黄千大几岁生活却乏味得多的同性上司，季风一直放弃对她做道德评判——反正没结婚，贪玩就贪玩一点吧，只要不影响工作——在这种事上季风和我一样，也是很双标的。

季风说，啊，这人其实是Gay？看着也蛮像。

不。黄千说：许谅之直接了当咁拒咗我。讲真，遇过咁多男人，送上门来嘅唔要，呢个仲係头一个！

转述到这里季风似乎稍微愉快了一点。这除了说明黄千不是许谅之感兴趣的类型之外，其实也并不说明他的道德底线比一般人为高。我想。但没有说出口。

后来呢？

后来谅之再来广州开会，叫我们吃饭，黄千当然就不去了。

就这样？

不。不光是这样。季风说。你不觉得他喜欢许德生的诗很奇怪？你从来没想过他们之间可能有某种联系？

那次单独再见，她一时找不到话题，便重提想调他过来的旧事，他也笑起来：不是不想当你手下，只是上下级，总觉得不是我们关系的正确打开方式。

可以想象季风当时听到这句话的尴尬。但许谅之很快就补充说：我几年前就见过你，如果没错的话。

季风形容自己当时一声不吭，心如石子击中深潭。一个不大不小的谜底正自己生腿走向她，不知道为什么，它让她打了个寒战。

不是在什么别的场合，就是在许德生的追悼会上——我是他弟弟。你还记得参加过他的追悼会吧？

那是三年前。季风冷静地指出。你居然能记住三年前一个陌生人，这不科学。

你左边面颊上有一颗痣，和我右边这颗位置正好对称。他一边说，一边指着自己的脸。我不会弄错。

一阵鸡皮疙瘩悄悄从季风的背脊处蜿蜒爬过。她看着他，就像看一个鬼。诗歌的力量像一个亡魂一样开始现形。大学时代的诗人朋友对她发生的影响原来还没有结束，居然还有后文。

抱歉我还怀疑过你是我哥的情人。许谅之说。那次你哭得实在太厉害，让我们全家人印象都很深。他就是和婚外恋对象分手后跳的楼。对外宣称是癌症，其实是因为怕离婚失去儿子，不离婚又对不起外边的人。终于得了抑郁症。我是他去世后看他日记才知道外边有这么一位,后来才知道姓顾——现实生活中根本一点端倪都看不出来,我哥那么蔫不拉唧一个人!幸好整理他遗物的人是我,我妈知道绝对崩溃。至于我嫂子知不知道,我不清楚。我还在追悼会上偷拍了一张你的照片,打通了他手机里所有通话次数超过五次的号码,发现是女的就多盘问几句。结果当然都不是。但因此我深深记住了你的脸,三年来一直没有忘。——甚至我一直在人海里找你。我总觉得我们有一天会遇到的。果然。

但我和许德生只是朋友。更准确一点说,只是一个喜欢他诗的读者。季风震惊地说。你想多了。

我后来就知道了。许谅之说,那我哥写了二十多年,真不枉了。

因为话题突然转到了逝者身上,那天晚上的谈话陡然间沉重起来。季风想起那次在追悼会上的大哭,不禁面红耳赤。眼前这人原来早已见过她和上次刻意装出来的职业假象毫无关系的、最软弱无稽的一面。

你知道吗,后来我常常想起你。许谅之说。也许因为一个陌生人那样哭我哥,我觉得很感动。我老想,如果我死的时候,有一个人肯这样哭我,大概也就够了。——我哥老说他没有读者,你怎么认识他的?你真的喜欢他的诗吗?

喝了一点红酒的季风脱口而出： 我但愿被每一个他们彻底忘记／却希望同领塔纳托斯羞辱的你／在审判日来临前——

许谅之接口：记住我，记住肉身易朽 ／ 记住一切感知痛苦的瞬间／都不会太长——

两个三十多岁的成年人坐在餐厅里相对背诗，很快就自己觉察到了可笑，也就讪讪地不再继续。但此后他们之间的关系突然间就发生了一点微妙的变化。他坚持要送她回去。她反复强调自己家和他酒店完全是两个方向也没用。

必须送。他坚持说。

真不用。何必呢。

给我一个机会。他说。但是他没有解释为什么非要这么一个机会。

季风当时本来都已经站起来了，遂又重新坐下：那不着急。黑啤还没喝完呢。

连她自己也说不清楚为什么再次坐下是为什么。也许对诗人的弟弟的身份产生好奇，也许是对眼前这个男子本身怀有某种好感。喝完第一次点的黑啤，他们重又要了一扎，一开始是沉默地干杯，仿佛逝者仍突兀地横亘在他们中间；渐渐喝开了，就只说彼此生活，聊自己喜欢的书，电影，话剧，音乐。

甚至还说到王菲。

"那天夜里其实并没有下雨,但记忆中总给我一种一直在下雨的错觉。淅淅沥沥的雨声中,整个过去现在和未来都渐渐漂浮起来,变成一块浮冰,在雨水中融化得越来越小。我正站在某块浮冰之上。而许谅之在另一块属于他的浮冰上。我们隔着几千公里,仿佛永远不能靠近。但是我们一直在说话。一个话题紧接着下一个,愉快、轻盈、默契渐生,口干舌燥而线头永远不断。许谅之本质上竟然也是一个诗人。他提到若干书和电影,有些我看过,有些并没有。都默默在心里记下名字,心想回去以后要一一找来补课。不知为何我的心静静地像着了火。在这个假想的雨夜,每一滴久旱后的雨都是一滴火焰。一夜雨就是整夜流火。赤地千里。寸草不留。"

"你知道吗。方宁,他竟然也喜欢王菲。很少男人这么喜欢王菲。我问他最喜欢王菲哪首歌。他说,《扫兴》,想了想又说,还有《暗涌》《不留》。最后那首据说是她自己作曲填词的。那一刻我的感觉当真是毛骨悚然。他连排序都竟然和我一模一样。"

事情从聊到《不留》这一刻开始起,突然就失去了控制。

许谅之和她聊着聊着,就开始抽烟。他抽烟的样子让季风觉得异常眼熟，后来才想起来，那样垂着眼深深吸入肺腑，正是自己曾经吸烟的姿态。而因为萧元不喜欢她吸烟，她已经戒了很多年。

她忍不住说，给我一根。

许谅之给她点上烟。她刚吸一口，服务员就板着扑克脸踅过来：小姐，我们餐厅是禁烟的。之前许谅之抽烟服务员倒不管。

那我们走吧。许谅之掐掉烟，喝尽最后一口啤酒，蓦地站起身。

季风披上外套随他走出门去。

那天晚上到底说了些什么季风早已经忘记了。只记得很奇怪地一直打不到车。

而想象中我看到这两个人沿着天河东路走了很久，一路会经过无数酒吧和人群，看到无数喝醉了的脸和踉跄步伐。几个大叔站在人流最集中的地方卖卡通氢气球，淳朴打扮呆滞表情和这灯红酒绿十分违和，同时又让人生出无法言说的空虚悲哀。这就是我们所有人身处其中的人间世，像个不入流的荒诞剧。

许谅之坚持要陪季风走到能打到车的地方，并一直送她到家。在室外他一直抽烟，一根接一根。也顺手递给她，低头用手拢住火替她点燃。季风每次都默默接过，在暮春微凉的空气里深深吸入又呼出,心底某种不确定的柔情随之蠢蠢欲动。她想已经很久没和萧元之外的异性单独待到这么晚了。虽然不能确定他是一个真正的朋友,还是萍水相逢把酒尽欢、酒醒之后再无干系的路人。

走到一个路口,她会比许谅之先快步走过去,回头才发现他并没跟上。就像那些年她总是大步走在我前面一样。我那时总是要非常拼命才能跟上她像小马一样的步伐。而电光石火间,灯已经变了。他们被车流分挡在了马路两边,汽车一辆接一辆飞驰而过。那个红绿灯间隔时间也许特别长。隔了整整一个天河城浮华世界的渺小男女张皇对望,季风回不去,许谅之也走不过来。

像一种注定离散的隐喻。

我仿佛清清楚楚地看到了那一幕。

## 02:45-02:49 am 第一次坐夜车

那晚许谅之陪季风走了总有两三里地,才渐渐看到空车。他正待伸手,她却阻止了他:这附近好像有一班公交车可以到我家。

这和她明明准备起身,却重新坐下喝黑啤一样让自己诧异。但是来不及解释,那辆公交车就来了。

晚风渐凉，车厢很空。季风很久没有和人并排坐在没开灯的夜车的最后一排，如同回到初中和小刚一起坐车回家的少年时代。是上车之后，季风才发现这个男人其实很会说冷笑话，一直让她笑得前俯后仰，事后再回想，好像也没有多好笑，但是换做他说就不同。也许和喝了一点酒有关，微醺中她当真快乐得无以复加。

他身上略带一点黑啤焦香，瘦削的肩胛骨轻轻抵住她的肩。笑着笑着，沉默了。她几乎当即也感到了某种危险咻咻然的气息，车厢寂静了一刻，重新复活。

要到站了。她说。

是吗。他在暗中不易察觉地叹了口气，就像在说：太快了。

季风想：当然也可能是我自作多情。

下车后许谅之一直把她送进小区深处，她家所在高层的楼下。这一路他们都没太说话，俩人似乎都有点醉了。但这沉默因为一整晚的相处，竟也丝毫不觉尴尬。

终于他嘟囔地说，我明天就回北京啦。

一路平安。季风假装哼一声：在别人手下好好工作。

他笑了：还记得这茬儿呢，真记仇。喝醉了以后他的声音比喝醉前更温和。略微沙哑，很好听。

你能顺利找到小区门出去打车么。她问。

他说，能进来就能出去。

进楼门前季风立定,微笑着向他招手。许谅之直直地站在黑暗里,早已超过了正常告别需要的时间,又突然醒过来似的摆摆手,头也不回地走掉。她进了电梯,推开家门,只见客厅灯火通明,萧元正坐在沙发上看电视,满脸心满意足。他甚至都没注意到她回来。

季风咳嗽一声,开始换鞋子。萧元笑着看她一眼,点点头,立刻又转向那个热闹非凡的机器匣子。她走进房间,没开灯,在床边静静坐了一会,没开灯。外面的声浪被隔绝在门外,然而仍然有轻微的动静声色从缝隙里流入。电视嘉宾的笑声和尖叫总是很夸张。中间也夹杂着萧元短促的一两声笑。

手机就在这屏幕内外的笑声里突然亮了。
是许谅之的微信:回宾馆的路上,还是坐来时的那班公交车。我好像喜欢上了广州的夜车。窗外的风渐渐变凉,你睡了吗。
季风不知道怎么回。输入了好几次,最终还是删掉了。
那边也没有再发。

**02:50-03:13 am "我一直试图活得丰盛但是。"**

季风比我厉害的地方还在于,就是不管怎样逃课和玩,成绩一直很好。我挂科的好几门课,她虽然和我一样临考才抱佛脚,却总有惊无险地通过。有一次,一门她几乎从来没有去上过课的网页设计原理,最后居然还拿了罕见的高分。这和天赋有关。她一直擅长各种考试。而工作之后听说她的业绩也一直很好。萧元一直以此为荣。更神奇的是,她依然是一个无比热爱文艺的人,兴趣和工作竟然可以得兼。

  她告诉过我,只要六点准点下班,就正好可以打车去广州友谊剧院或者话剧艺术中心看剧。她依然保留了至少每三月去一次广州美术馆、每两月去一次星海音乐厅的习惯——只是广州好的展览和演出都实在太少了。

  而萧元结婚后日益被幸福和宁静充盈渐渐发福,也因为在报业集团工作的属性使然,在外奔波劳累,应酬众多,回到家里就只想休息。他依然非常喜欢季风,但似乎不再把季风的梦想视为自己的梦想——本来每个人都有自己的梦想,广州也曾是一个属于传统纸媒的城市。而一个广告从业者的日常爱好似乎也的确算不上什么梦想。

  因此季风就渐渐习惯了一个人去看电影、话剧、粤曲、展览和听音乐会。只是偶尔会在看完戏回家的路上突然给我打个十几分钟电话,但很多电影我其实并没看过。后来我便明白了她其实只是实在找不到人可以聊这些,电话的尾声她总是说:方宁要是你在广州就好了——我过段时间如果去北京出差,你陪我看那个什么什么剧好不好?

聊着聊着,我有时会突然难过起来,问她:萧元真的那么忙吗,你在广州没有可以陪你去看演出的朋友吗。

季风说,太麻烦了。懒得费事约。

我知道她的意思其实就是没有这么一个人,而早已习惯她总是答非所问。

也许有时可以叫上Zoey——就是黄千。但黄千总是在闹恋爱。她又说。

她的下属黄千也许和我以前一样,一直有点盲目崇拜季风,甚至包括重复她常说那句豪气干云的话:人一辈子精力有限,老风花雪月何成大事。

季风的确比业内一般男的拼多了。至于为什么要这样只争朝夕她自己都不知道,也许是从小优等生当惯了,一步步按部就班升至最高学府,广告硕士毕业后又进了业内口碑最好的4A公司最重要的创意部,在适婚年龄嫁了自己喜欢所有人也说可嫁的靠谱对象,在巨大的正确的惯性推动下,几乎没有任何危机悬念地平稳行驶到今天。工作八年,终于升至华南区创意组组长,团队堪称忠心耿耿,上司也青眼有加,如无意外,仍会继续升迁,直至触及职场女性的玻璃天花板;结婚五年,婚后和丈夫关系仍属良好。不是没吵过架,但一般不隔夜。彼此都不是性情激烈的人,也不是不珍视现世安稳——事实上,在职场中遇佛杀佛遇魔杀魔早已耗费掉了全部精力,哪里还顾得上后院起火?

表面看来,季风的赢家人生唯一BUG也许就是没要孩子。在二胎都放开了的今天,头胎都没生。

你为什么一直不要小孩?我问。虽然我也没要,但是问别人总归更理直气壮一点。

想过,但一直没下定决心。你还记得我们宿舍的田莹?结婚后没两年就生了小孩,我去看过的。她还得了产后抑郁症。

萧元从没催过你?我问。

催过。

完全可以想象两边家里人逼得多厉害。两边大人你方唱罢我登场,在这样四面楚歌的情况下萧元被迫转移给她部分压力很正常。而季风也一直的确认为是自己的问题。但直到那个和许谅之聊天的晚上,她才悄悄意识到生活状若光滑的表象下,其实早密布裂痕。一不留神踏空,裂缝就会断然吞噬她。

她想要的爱情。婚姻。乃至于整个人生。似乎都不是这样的。

这一年季风年满三十二岁。

"就在我最意气风发打算扩充团队、开疆拓域的这一年。同时也是积极备孕这一年。上帝开始嫌弃我此前活得过于向上、正常而浅薄无知。爱好文艺也不过是叶公好龙。他终于决定把我这个名利之徒奋力推到一个真正困难的旋涡里面，让我了解了解万事万物运转的真相。"

她说。

## 3:14-3:40 am 只发生过一次的事情，就像没发生

她和许谅之再见面是在三个多月后。还是许来出差，在机场直接给她打的电话：在广州吗？

季风说，不在广州，还在北京吗。

明晚有空吗？我过来开会，忙完请你吃饭。

好。

那次接近一百天他们不曾联系彼此。事实上，之前总共就只见过两次——也许对于他来说，是三次，还得加上追悼会上那次。即便如此，这也并不构成必须再见的理由，也不知这重见的默契从何而来。季风只好对自己说，他大概在广州认识的人太少了。而他们之间，总算还有一个已逝的许德生。

但她依然觉得心慌了。猛地想起他送她回家后没几天做过的一个梦。还是和他在夜里走路，没心没肺地晃着肩膀说冷笑话。依旧非常愉快，像回到心如鹿撞的少年时代，一切损坏和衰败尚

未开始的时间。

这个梦让她怅然若失。这三个月她时不时会翻看他的微信朋友圈,大多是直接转发各种公众号文章和北京的展演信息,很少加推荐语;从不转发诗歌,包括他哥哥的。但他的签名档一直是那句诗。他的寡言间接影响了季风——她也很久都不在朋友圈插科打诨地假开心了。

他们仿佛是在比赛沉默。但季风又想,这未免把自己想得太重要了;人家大概本来就是这样的。

第二天那个碰头会开得比季风想象中要久很多。这次公司接了一个大案子,要帮一个香港和内地的合拍片做全案营销。也正是有港资背景,制作团队才决定找这家总部在广州的4A公司做宣发,粤港文化差异至少不会太大——否则一般都会找小一点但更专业的公司。但同时又因为故事背景设置在北京,因此北京也是重镇,那边分公司也必须派高手参加,如此一来,舍许谅之其谁,难怪会一直从上午开到下午,中间连一条短信都没时间发。

季风的办公室在总部七楼,而会议室在九楼。时至中午她才猛然发现,整整一个上午,自己每隔五分钟看一次手机。始终没有任何消息。

至少十五个人的头脑风暴大概正在她头顶两层的地方无声发

动着。她利用自己的权限,在公司绝密资料库里调阅许谅之写过的所有广告文案,的确非常出色。广告有时候也很像诗,影像文字排列组合有无限可能,但好的文案都需精确抵达受众可能动心之处。季风从没有见过一个人能够如此简洁又足够诗意地表达出各种商品的特点。这样一个人,必定深谙痛苦、欢乐和种种求之不得涌出的瞬间。

她忍不住畅想了一会儿他发言时的专业姿态。中间也不是没想过问他会开完了没有,但终于忍住了。

中午在一楼食堂也没有看到他,大概那十五个人统一叫了外卖,边开会边吃,学日本4A的做派,大案子面前争分夺秒,废寝忘食。那电影十一月就要上市,总共才两个月时间不到了。黄千依旧大剌剌端着盘子在她对面坐下:Monsoon,今日你唔多舒服?

季风说,没有啊。

但你脸色好难睇喔,惨白。

昨晚房间有蚊子,可能没太睡好——

对了许谅之从北京过来开会了,你知唔知。

季风差点以为许谅之也给黄千发了信息时,她又及时补充道:今日系在九楼会议室搵大领导签字,失惊冇神突然睇到佢,吓得我!

还在生他气?

搞咩笑,呢哋咁嘅小事早翻篇啦——我喔。

季风笑道，那，最近和你新男朋友还好吧。

Monsoon你讲紧边位？上月南航果位飞机师？早分咗啦。宜家呢位系广州美院青年教师，自己都画画。黄千嘻嘻地笑起来：我钟意佢都无他，纯粹因为佢把我画得靓过本人。又把自己打理得好干净，走出来衣服上冇乜松节油气味。又成日揾我当私家模特儿，说将来成名后，我之于佢，好比女诗人翟永明之于何多苓，画史留名，永垂不朽。

祝你男朋友早日把自己整成亲爱的提奥，也祝你早日进入当代岭南美术史。季风完全听得懂广东话，但坚持不说。她俩从来都是各说各话，绝不影响沟通。她冲黄千耸耸肩，竖起大拇指：照我说，Zoey你就该写非虚构，对各行各业都有相当深入的了解，比那些记者可牛逼多了。

Monsoon，我就钟意你呢种损人不带脏字嘅人！将来我真成作家了，第一本签名书必须送俾你！

瞎贫了一会儿，季风的焦虑感暂时消失。为遏制自己不停看手机的欲望，她没把手机带到食堂。吃完饭黄千还想叫她去楼下的星巴克买杯咖啡，季风却突然火急火燎地非要赶回办公室。再看手机，上午心慌意乱中下单的两个同城淘宝都送到公司楼下了，却依旧没有许谅之信息。

那个下午也不知道怎么浑浑噩噩混过去的。直到五点多快下班了，那个等了一天的电话才打来：领导，终于放出来了。

我都快饿死啦。想好了带我吃什么吗？许谅之的声音听上去疲惫却愉快。

季风攥着手机，心跳得非常厉害。镇定了好一会才用字正腔圆的普通话笑道：谁是你领导，就是一地陪。

那天她慌乱得足够让自己生疑。手忙脚乱收拾东西用了五六分钟，又想起黄千说她脸色不好，飞快跑厕所照了一次镜子，补了一层淡妆。又翻箱倒柜找了一本一直想送给许谅之的书。坐电梯下去时，看见在一楼大厅长椅上的许谅之，已经因为等太久即将石化了。

她有点不好意思地和许多人一起走出电梯，在人潮中慢慢地笑着走向他。

那瞬间发生了很奇怪的事。她告诉我：明明许谅之已经看到她了，却突然扬起脸转过去，同时深呼吸了一口气。过了几秒钟才重新回头，脸上毫无笑容。他看上去远没有电话里面那么收放裕如。这一定还是我想多了，她对自己说。可是走得愈近，心跳愈快。

**3:41-3:59 am 一次想象中的对话。最漫长的一夜I**

"地陪在此，你今天要花几钱雇我？"终于季风走到他面前，立定，弯起嘴角。那一定是个相当灿烂的笑容。她笑起来一直比不笑好看。

"你原来会说广东话，黄千还说你不会。"许谅之说。他也笑了。"广州比我想象中有意思，也许因为有你。"

广东话的特别之处，在于保留若干古音，还有普通话里没有的入声。声调往下沉，因此随便一句什么话，说出来总是比普通话性感。

都说广州人市井。也许是珠三角毗邻港澳，得开放风气之先，家底太殷实丰厚了，连修地铁都市政自行掏钱搞定，不要中央财政一分钱拨款——和北京上海处处向中央伸手完全不是一个做派。又不像北方人讲究穿着，注意力全放在吃吃喝喝上。要不怎么说，食在广州。北京这方面比起来就粗糙得多，一座自称帝都的焦虑之城。饮食也没什么本地特色，除了护国寺小吃庆丰包子，就是全聚德东来顺。不是火锅，就是川湘菜。又辣又上火。

很难想象，两个人在火锅店里互诉衷情。因此季风很可能会带他去喝夜茶。夜茶必须去莲香楼，陶陶居，广州酒家——不见得老字号就更好吃，真正动人的，大概是老店特有一种若干年来氤氲不去的"叹世界"的纯正闲适氛围——所谓"叹世界"就是享受生活。就是虚掷光阴。就是杀时间。就是从一早上六点不到，就有本地人过来排位，而且不见得都是无事可做的老人。点壶菊花茶，三只虾饺，一份豉汁排骨，有一句没一句闲聊，逐行逐句地看报纸。就此跌落到无休无止的光阴之外，一分一秒，慢慢消磨。就像《志明与春娇》里说的，"我们又不赶时间"。

季风和许谅之这么晚才遇到彼此。

他们当然也不赶时间。

还有一种可能，就是季风带他去淘金北路的 The Hops 喝精酿啤酒——因为她也带我去过。那儿音乐和装修俱佳，适逢周末人会非常多。唯有这样嘈杂混乱的地方，才能营造出南国夜店的风情万种。空气里都是各种啤酒苦中回甘的焦香，无数品牌的香水缔造出一个周五晚的荷尔蒙帝国，各色烟熏妆，红唇，柔软眼风，光怪陆离。

许谅之倘若是进口啤酒爱好者，看这酒单必定会眼花缭乱——北京都没品种这么全的欧洲啤酒！季风或许有点得意：南蛮文化沙漠不比首都文化中心，进口洋酒总还有几瓶。唐代羊城就有进口贸易了，清朝就叫做十三行。——他们可以从十三行一路畅通无阻地聊下去。或者，从任何一个话题——既然知识储备相当，兴趣爱好一致。聊沙面，聊石室圣心大教堂，聊省港大罢工，聊黄花岗七十二烈士，聊南越王墓，聊陈家祠上下九如意坊羊城八景，聊长隆野生动物园华南植物园。又或者最简单的，从广东话说到粤语歌。她会和许谅之说到我们当年喜欢听的歌吗？

她会不会也一直没及时更新她的流行歌单？说来说去还是王菲，卢巧音，黄耀明，张国荣。最多不过再加一个陈奕迅和Beyond。但是许谅之知道的，也许更少，不过四大天王，陈百强，谭咏麟，罗文，黄秋生。只要想说，话题总是能无穷无尽地延续下去。更何况，说什么毫不重要。重要的，是说话的人本身。是白头如新倾盖如故。是乐莫乐兮新相知。

酒至三巡，许谅之将如何和她表白？比方说，他们当时正在喝修道院啤酒——为什么非得是这牌子？或许因为这啤酒比国内啤酒度数高得多，多喝几瓶就有点上头，季风酒量一直不好，而许谅之总该比她强。周末晚上九点，店里的人越来越多，逼得两个人说话声音越来越大，都听不清对方的话，又舍不得不说。

就在这时，许谅之才突然想起来什么似的说：说起来也真奇怪。

什么？

我说，也真奇怪——他声音反而降低了。

什么奇怪？这酒味道奇怪？比利时的，十几度，苦。

我回去以后梦见过你两次。他不再看季风，在嘈杂人声的掩护下相当平静地说：有一次，是坐夜晚的公共汽车。你也和现在一样哈哈大笑……还有一次，是和你去看个什么画展。但是那展览内容完全想不起来了，只记得是和你一起。

他大概用的是正常音量，甚至比正常还小点儿。他一定是故意的。但季风却每一个字都听清楚了。听清楚了就再也笑不出来，只能低头盯着自己的手指看，指尖发烫代替脸红。旁边的一桌很可能适时爆发一阵哄堂大笑。不知道说什么说得这么兴高采烈。过了一会儿，仿佛还嫌不够热闹，几个人要荒腔走板地唱起生日歌来。那群人里到底是谁过生日呢，是那个坐在中间一直大声嚷嚷的小胡子鬼佬，还是那个坐在边上一直大笑的金发靓女？

我知道不该和你说这些。你的生活一看就特别平静，特别幸福。他会在噪音里心平气和地继续说：不像我早把一切都搞砸了。

好感与好奇心引发关切。一句话生出无数句话。但说起来也不过就是些俗套：夫妻互不理解，理念不一致，脾气不对付，诸如此类，等等等等。互诉衷肠，展开批评与自我批评。互相肯定和彼此规劝。言不由衷却又势必如此。交浅言深只能避重就轻。如此情形，只能如此对话。而即便在这样荒诞诡谲如末世狂欢的图景中，即便人声鼎沸酩酊大醉，季风也知道和他说自己做过完全一模一样的梦有多么不合时宜。她什么都说不出口，只是持续不停地轻微颤抖。她端杯子的手仿佛很随便地放在桌上，有那么一个瞬间，许谅之似乎想伸手过去碰碰它。但终究没有。

就在这大笑与大笑之间的短暂空隙，她竭力控制着喝多了之后的一阵阵空虚发冷，突然递给他一本书——唯独这书的细节是真的——帕慕克的《新人生》。

新人生。就像那天晚上的风是新的。整个天地是新的。眼前人也是新的。人生进行到中段，看似光鲜亮丽实际一败涂地，猛然间，在一个精酿啤酒屋里，隔着无数人声笑语，隔着十年已荒废的人生，眼前出现恍似可以重头来过的海市蜃楼。但将来还要过很久季风也许才能知道，一个旧的问题，并不能由一个新的问题来解决。一个遥远的终结，也不能由另一个未经验证的开端求得。

上述对话纯属想象。但那天晚上季风和许谅之去坐了珠江夜游的轮船，却也是真的。那晚萧元正好出差。她因此得到了一夜短暂然而虚假的自由。
自由意志引导飞蛾扑向烈火。

**4:00 am 关于船**

说到坐船，我和季风也坐过，而且是许多次。从中大码头到北京路天字码头的渡轮，只要十五分钟就到市中心，船票只要八角钱，若干年后才涨到一块二。整个大学期间，我们基本都用这方式斜跨珠江。珠江向来不以清澈著称，但就算再浑浊的水面，夜晚中依然美丽。那时两岸也没有那么多灯。如果是夜轮船，站在栏杆边，低头看水面被碎珠溅玉地分开，江风扑面，就仿佛乘风破浪驶往未知的深邃的人生。那短短的意气风发的一刻钟，至少是来不及哀伤的。

有一张照片就是我们在船上横渡珠江时用数码相机自拍的。是春日的下午，她穿一件黑T恤，长头发扎成马尾，笑得非常灿烂。而照片上的我穿着深红色麻布右衽大襟袄褂——某个暑假去凤凰旅行时买的当地民族服装——颜色热烈而笑容保留。一中一西，一红一黑，对比鲜明。

时值大四，季风尚未搬离和我同住的小屋，但已正式和萧元在一起，我们已经很少一起出行，除了继续去福利院当义工。季风也问过萧元要不要同去，但他说他田野考察时已经看够了大量刺目的穷困，深感无力，不太愿意再面对那些人。"那些人"是哪些人？我当时就想问。但能有机会和季风独处，我其实也是高兴的。

义工工作主要是负责陪一些肢体残障人士聊天，设法从学校或社会收集一些二手物品送去——旧收音机、手机或学生宿舍的旧衣服都在可捐赠范围内——以及教他们画画做手工，或者陪着做些简单的复健训练。说是他们，其实主要是女性。年纪从十几岁到二三十岁不等。有一个小儿麻痹的姑娘阿梨，叫这名字也许因为她一笑就有两个梨涡，长相十分清秀，只是走路一只脚使不上劲，只能慢慢拖行。季风叫她"靓梨"，经常给她带书，本子，画笔，巧克力，甚至有次还带了一件从没穿过的绿连衣裙，说自己穿这个颜色不好看，她皮肤白，应该更适合。我记得阿梨高兴得当场就哭了。但是那条连衣裙，我却从没见她穿过。

还有杰女。也是本地人，短头发，尖下巴，行动迅捷，个子非常矮小。两三岁时得脑膜炎留下后遗症，两三岁时便被父母遗弃，从小在孤儿院长大。但因为残疾不太厉害，可以做一些简单的复印打印工作。她和我要好，有时候会悄悄和我说些在外面上班的事。我这才知道有些公司会专门雇佣残疾人，按照国家政策可以减免税收。但她每晚还是住在福利院里。和我们一样，杰女也是属于能在"外面"和福利院之间进出自如的人，自己也能挣一点钱，几乎是所有人羡慕的对象。记得有一次她告诉我，她在公司里偷养了一只流浪猫，是某个下雨天捡的。但不能带回福利院来，"姑娘"们会不喜欢——她们叫工作人员"姑娘"，和香港电影的叫法一样。

几乎所有人都说广东话，但对着我和季风则改说口音很重的"国语"，福利院食堂有一台电视，她们应该就是从那上面学的普通话。很多人本来语言能力就有限，这样一字一句地说就更吃力。但是很感人。

除了阿梨杰女，还有一个我俩都很喜欢的朋友是个脑瘫，也是女的，手脚纤细如儿童，日常坐在轮椅里，头出奇地大，两只眼睛往两边分得很开，嘴唇非常薄，时常有一种淡淡的嘲讽表情。所有人都叫她阿姐。阿姐是所有人普通话最好的，也许因为年纪最大。她总是目不转睛地看人，很仔细地听我们说话，而代表她们大家的共同需求，通常都由阿姐提出，作为谈判代表。

季风和我每次过来和离开都会拥抱大家。她们似乎喜爱一定程度的皮肤接触。阿姐密布皱纹干瘦如鸟爪的手总是紧紧抓住我，像一个纡尊降贵的女酋长。我从来不知道她到底有多大年纪了，但是我尽量久地让她握着。我喜欢她，也许因为她说话很有教养，说"谢谢"时简短而尊严。

事实上，我一直怀疑是她们教育了我，而远非自己帮助她们。每次从福利院出来，我和季风都会沉默良久。一些没说出口的话语在空气中酝酿：我们真的帮到她们了吗？那些和外界保持联系的东西，华而不实的衣服，大量本子、笔和书，对她们到底有没有用？

也是不必对方回答就可以自答的：她们也和我们一样活在这个世界上。也会想知道外面发生了什么。也喜欢美丽的东西。也希望自己更美。我们做的事情，大概是有意义的；即便意义不怎么大。

季风和我一直都害怕自己并不真正有用，或者所谓的善良只是自欺欺人。渴望自主去爱，去选择。但是总更快地被他人的情绪本身打动、影响和裹挟。分不太清楚同情和爱的边界。有一颗对痛苦过分敏感且消化不良的心。

好几次季风离开福利院后都掉了眼泪，但是她在里面的时候从来不哭。

我记得她有一次哭是为阿梨做矫正手术的事——也难怪，那么年轻美丽的一个女孩，据说家里父母俱全，家境大概也不会太差——可听说手术风险很大。那段时间几乎福利院人人都在谈论这件事。听说那手术极其复杂，要打断腿骨重接，会非常痛，术后还要一直戴矫正器几年。

所有其他人都没想到阿姐会非常明确地反对她去手术。你咁样仲唔够靓咩？她非常直接地问。你已经靓过我哋所有人了，有咩必要去冒呢个险？万一神经没接好彻底废咗点算？揾个死佬过日子有咁重要？

杰女试图打圆场：阿梨都是希望过番更正常嘅生活啊，同她们一样嘅——她端起下巴努嘴指指我们。这种时候我们就被无情地划成了陌生的"她们",和他们所有人都不一样的,外面的人。

阿梨躲在自己床上的蚊帐里,很久都不出来。也不说话。季风坐过去,轻轻掀起蚊帐,才发现她一直在哭。

我呢个鬼样冇人会爱我。一世都唔会有任何正常人肯爱我。我净系希望有一个普通男人爱我啫。玩玩都好啊,至少经历过。但是一路都冇人肯掂我。好似我有病菌,系鬼,系妖怪。阿梨哭着,反反复复说。这时候她甚至忘了要和季风说"国语"。

那天季风离开福利院的时候心情一直沉重。坐船时终于对着江面掉了泪:阿梨那么美,偏偏是她——我觉得阿姐也不是嫉妒。她只是不理解。又哭着问我:她们会不会恨我们太正常、也得到太多了?其实也从不理解她们?

一路轻轻拍打着她的肩膀的我也哽咽得根本说不出话。

我后来最怀念的和季风在一起的时光,也许就是和她一起去福利院、以及和她从福利院回学校的渡轮上。也许是发动机老化的缘故,驾驶舱附近有很浓的柴油味,但是甲板四面敞亮,只要远离发动舱站在船舷边就闻不到。我们总是并肩站在船头,一起眺望着江边的建筑,大多数时候都自觉是对社会有用的人而如释重负。但那次季风脸上终于流露出某种超出承受范围的东西。其实我也一样,终于明白萧元口里说的"刺目的穷困"是怎么回事。

不光穷困，所有无法改变的痛苦境况都是刺目的。让人难以忍受的。

毕业后我去了北京，季风还独自坚持去那里了一两年。几年再问她，她说工作太忙有点顾不上了。再后来，我也就没有再问。

而当时去福利院的我们还如此年轻，热情，天真，除了愿意服务社群之外，永远在谈论艺术、文学，种种目所能及的一切不平等不合理——无论那些谈话是多么幼稚而纸上谈兵——谈论我们将要如何变得强大，最终改变这个不够合理的社会。

而十多年后的我们自己，却也慢慢变成了这个社会的一部分。

我猜季风后来想起当年，或者也会感到某种理想轰然落空的空虚。越秀福利院几年后就不知道搬到了什么地方。我给阿姐、杰女和阿梨都分头打过很多次电话。只有一次杰女的号码打通了，其他人的都成了空号。但空自响了许久也没有人接，也许她也怪责我后来彻底消失在了她们的生活中。

越打不通，我越忍不住想知道，阿梨的手术成功了吗，她找到那个愿意碰她的男人了吗？杰女还在外面工作吗？那只小猫慢慢长大了吗？阿姐的脑瘫好些了吗？

我和季风一样，同样对自己感到失望。

让我们失望的不光是责任感的损耗和无法改变一切的无力感，也许还包括对于爱，婚姻，和其他种种当年确信之物的无以为继。

因为和季风一起坐过船，所以我完全可以想象那天晚上她是如何和许谅之一起站在珠江游轮的顶层，看着船如何慢慢通过海印桥、海珠桥，中大对岸的二沙岛，星海音乐厅，以及后来被称作"小蛮腰"的广州新电视塔。江边都是新盖的高层江景房，风景早已与我们读书那时截然两样。或者一样的，只剩下珠江的宽阔水面和充满潮湿水汽的夜风。突然间，我就明白了季风为什么要带许谅之去坐游轮。

她也许想让他一夜之间，就经过她整个充满梦想、却也无比脆弱和迷惘的青春期。

**4:01-4:44 am 最漫长的一夜 II。第二次坐夜车**

季风说，她和许谅之那天晚上一开始只是一直不停地聊天，就和大学时代的我们一样。中间有那么一刻，她突然安静下来，因为发现游船正在经过中大码头。

许谅之还在说话。她轻轻推了他一下，指码头给他看：这就是中大。

那是我们的母校。中国最美的高校之一。北门门口就对着宽阔的珠江，还有自己冠名的码头。广场上高高矗立一个白色的汉白玉牌坊——我猜想许谅之会不怎么喜欢牌坊这个意象。那后面的整个意象太虚伪了，也许。

但季风大概会和他解释说，这是根据五山校门的原牌坊形制后建的。此牌坊非彼牌坊。

此刻在想象中我重新看到那个被灯光由下而上打亮的巨大的白色牌坊。北门广场上热闹非凡，很多人在上面溜冰，放风筝，放震耳欲聋的音乐跳广场舞。这也是我们当时读书没有的景观。后来牌坊修好了，才变成了市民热爱的江滨广场。

一切记忆中的事物都在不可逆转地消失中。

二十岁和三十岁的天空迥然有别，连珠江，都早已不再是那同一条珠江。

我不清楚季风到底有没有想过那天一切会向男女间最不可逆转的深渊持续滑落。在深夜仍然舍不得离开彼此的两个人，倾盖相交却一直有说不完的话。或者那一夜的她真的无比渴望了解一个有趣的人。而每个有趣的人身后都是一个浩渺宇宙。

她茫茫然地，被某种看不见的巨大力量向前推行着。或许许谅之也是。

从船上下来已近十二点,她正准备打车回家。许谅之却突然请她再陪他多待一会。不用很久。就再待一会儿。今天是周末。季风无法拒绝。去哪里?继续找个地方喝一杯?

她想了想说,不如我们再去坐夜班车吧。

说过那是个周五。江边的酒吧必定到处是红男绿女,无数喝醉没喝醉的人站在马路边扬手打车。而大部分驶过去的夜车却空空荡荡。好像那些习惯坐公交车的人到了九点多早就纷纷上床:乘车去医院的老人,坐车去学校的孩子,惯乘公交的上班族们。所有属于白天的正常人类绝不会在这个时间四处游荡。而他们信步走到最近的一个车站,则也许正好有一辆车缓缓入站。她想都不想地就拉着许谅之飞快地跳上去,投了币,又和第一次一样径直走到车厢最后一排。

两个人必定因为这个意想不到的举动孩子气地兴奋起来。笑很久。

"我们到站就下车,随便换一辆车再跳上去。完全没有目的地,也不挑任何车,好像突然就逃到了正常生活的时间和秩序之外。那一刻我才知道,我多么感激广州是一个有很多夜班车的城市。"季风如是说。

就这样,他们坐了整整一夜。直到天色渐渐变浅,她终于渐渐感到困倦,靠在座位上睡着了。等她再醒来时,发现自己整个人倒向了许谅之的肩膀。而他僵着脖子,显见很长时间都一动不动,生怕惊醒她。他身体非常瘦削,一定要如此靠近,才能够稍微感到一点体温。

而她醒了竟也不敢动。像被什么命中注定之物钉死在了座位上。

两个人就这样僵硬地,又心如鹿撞地紧紧靠着。车窗外经过无数家尚未开门的店家。骑楼。南方旧日的殷实。无数充满秘密的小巷。平日里视而不见的美。

清晨五点半。

夜班车在晨光熹微的广州城里静静地开着。在铺着青石路面的小巷里穿行。路上杳无人迹,而一路骑楼边婆娑的树影间光线慢慢变亮,就好像两个人一起慢慢进入一个无法定义也回不了头的异度空间。车厢里除了他们,还会有什么乘客见证这罗曼司发生的一刻?

无数和他们一样的男女千百年前早已踏入此禁地,此后也依旧会有无数的男女走入这禁地。但是此时,此刻,这个尚未醒来的世界唯有他们。


终于她害怕他脖子发麻,轻轻直起身子:对不起我刚睡着了。

　　我知道。这一晚上我真高兴。

　　我也很高兴。季风轻声说。好久都没有这么高兴。

　　有什么东西悄悄被确实了。就好像两朵花盛放后同时轻轻落了地。但两个人都只是抑制不住地笑起来，各自扭头看往别处。

　　一阵清冽的花香被清晨的风从窗子里吹进来，他们几乎同时闻到了。她转头想告诉许谅之这就是广州的白兰花，面颊却突然被猝不及防地吻了一下。一个轻得几乎让人伤心的吻。像个最浅的梦。此时正是昼与夜的交替，梦与醒的边界。她一时间不能确定这是不是真的发生了，脸上还挂着来不及退去的笑意，说：白兰花你有没有见过？四川叫黄角兰的……

　　他不让她说下去，又用了一点力气吻了她脸一下。这下没办法装下去了，她呆呆地掉过脸。

　　车已经完全开到大马路上去了。天光彻底大亮，但苍白的路灯还没来得及熄灭，清晨明亮的阳光从车窗照进来，把路边树枝的阴影打在彼此脸上，造成瞬息万变的明暗，就好像命运本身在不断演习自身。季风微微侧过头去看窗外，不再看他；又好像什么结局都看见了。夜车在清晨永无止尽地向前行驶着，仿佛挣破黑暗驶向光明的永恒：

　　车窗里的两个人大概都是这样希望的。

**4:45—4:58 am 该发生的一切关系都会发生**

  这一切就是事情的开端。季风说。对不起才刚刚说到这里。我实在太不会说故事了。我只是想让你原原本本知道到底我身上发生了什么事。这事原本是不可能发生的。
  我说，没什么，我就好像又和你一起看了一场电影。继续。

  那天早上季风最后带许谅之去陶陶居吃了早茶，点了豉汁排骨、虾饺和皮蛋瘦肉粥。而许谅之中午就回了北京，再次彻底从她的视野里消失。季风则像回望温柔乡已作荒凉冢的书生，偶尔想起那个一直在路上的夜晚，就很容易失眠。好在工作很忙，真失眠个一两天，因为朝九晚七，生物钟再混乱也只能筋疲力尽地调回正常。更好的是这已是二十一世纪的第二个十年。无数言情小说、心灵鸡汤和社会新闻都告诉我们，婚后和其他人的暧昧需有自动熔断机制。出于自尊心季风当然不会主动去找许谅之，这毫无必要。事实上，更希望事如春梦了无痕的那个人应该是她。如无意外，本来最多一年半载，她便将生儿育子，和亲爱的萧元进入新的人生阶段。
  而现在一切似乎也依然在正轨上。除了一个被遗落的夜晚之外，她没有失去任何。
  梦却属于理智不可控的部分。她总是梦见他。反反复复。动荡黑暗的夜班车。驶过珠江盛大夜色的夜航船。所有的夜晚连接起来，她长久在记忆中醒不过来。也并不伤心。因为还没来得及陷进去人就消失了。

当然也并不真的感到多么快乐。

如此又过了貌似平静的一个月。有一天，是个八月寻常的黄昏，季风下班后正准备走出大厦，突然看到一个熟悉的身影坐在公司楼下花坛边的长椅上发呆，不知道已在那里坐了多久。人看上去倒没有太瘦。她以为又是梦，还用力掐了自己一下。

眼泪和痛感同时汹汹而至。她遂擦掉泪，走过去在他身边坐下：喂。

你回来了。许谅之转头看见季风，这次他立刻笑了。我还在犹豫要不要给你发信息，你就看见我了。

她问，你来出差？

不，在等你。他望着她呆呆地说。

她想洒脱地笑着说，骗人。但终于没有成功。

我下午在这等了整整两个小时。我想如果你今天上班了，下班能见上，那就是有缘。今天不上班，或者没看见我过去了，也就算了。我就买晚上的机票回北京。也没什么别的事，就想确定一下你还好好活在这世界上。

季风说：然后他说，去我酒店楼下喝啤酒吧。那儿也有一家很好的精酿店。我就明白了。我就和他一起过去。

后来跟他去房间她并没有再哭。一直哭好像有点太矫情了。这个世界上每时每刻都有人在出轨，像他们这样品行不端又经不住诱惑的糟糕男女恐怕为数不少。关上房门他就用力抱住她，她也轻轻回抱了他。因为一个月的禁忌、疏远和抵抗，也因为三十年的陌生、一见如故和诱惑。

他轻声说，我从来没有这样过，也不知道自己是怎么了。这太可怕了。

但是，再见到你好像在做梦。他又说：为什么是你？你是从什么地方冒出来的？

她起初想转头避开他的吻，但他的嘴一次又一次顽强地找过来。找到了，就用力吻下去。她一阵虚脱。酒精开始发挥作用，也就渐渐放弃抵抗。什么东西在放开，拧松。闸口被悄悄打开。心底某个地方的哀伤像水一样默不作声漫上来，但离灭顶之灾还为时尚早。

而许谅之会有那么强烈的欲望也是她始料未及的。他看似软弱，却如溺水者紧紧抱住伸向自己的援手，宁可一起沉没也不肯放开。而她呢，她需要做的，仅仅只是随波逐流。被另一个强大的欲望本体裹挟着不放。然而她竟然就在过程中被这样的强烈和病态打动了。也许对于季风这样的人来说：被强烈需求就是被爱，而被爱就是爱。我说过这两者她一直分不清楚。

"后来有一次我们一起在电脑上重看《霸王别姬》。因为小豆子唱的《思凡》，我特意百度了戏本。里面有一句，是'火烧眉毛，且顾眼下'。许谅之看了就说，这说的好像就是他那次自己跑来广州。好好地上着班，突然间就完全不能忍受，觉得下一刻马上就要发疯，一定要再见一面。可是这一节其实还有别的话：'咱把眼儿觑着他，他与咱，咱共他，两下里多牵挂。冤家！怎能够成就了姻缘，就死在阎王殿前，由他把那碓来舂、锯来解、把磨来挨、放在油锅里去煠。哎呀由他！'"

"先知道必定粉身碎骨，然后才是：

火烧眉毛，且顾眼下。

火烧眉毛，且顾眼下。"

那天事后他们睡着了一会，醒来后发现已经十点多了。她起身开始穿衣服，许谅之则像具尸体一般躺在床上一动不动。季风走过去俯身查看，他只是闭着眼。待她靠得足够近了，才突然伸手抱住她，吓她一跳。

别回去了。他轻声说。至少晚一点再走。我明天一早就得回去上班。又不知道什么时候才能够见到你。

季风硬起心肠说,再不走,电话就该来了。平时加班也没有加班到这么晚的。

他无言以对,颓然松手,身体蜷成一只大虾,背对着站在床边的季风。她察觉某种性别倒错的荒唐——难道此时此刻崩溃的不应该是自己——又感到一阵不能抵抗的软弱。此前一直是她在哭,现在却轮到这个男人毫不掩饰他的脆弱。她想直接开门走掉,终究不忍,又慢慢走到他脸朝向的床边,蹲下来看他。

他不肯睁眼,试图重新把她拉上床。

"那是他第一次和我说到私奔。却好像已经说过无数次那样自然而然。他杳无音讯的一个月里,也许已经想过无数次了。"

"我用力挣脱,站起来后退几步,离开床边。还是什么都没说,因为实在不知道该说什么。过了一会慢慢踅到门口,做了一件很无厘头的事:把门口的取电卡提起架空,又在门口等了一会,耐心地看着黑暗一点点吞没床上的身体,再把取电卡放在桌上。他的身体彻底消失在暗中的那一刻,我轻轻关上了房门。好比刚才发生的一切都被关在了身后。按了删除键就可以假装一切没有发生。"

"在回去的计程车上我同样一滴眼泪也没有流。好像所有眼泪此前都在等待与煎熬中流干了,而此刻的我,只是一个铸下大错而没有心肝的躯壳,冷淡注视着窗外二环疾驰而过的昏黄路灯，人行道上稍纵即逝的树影和行人。路上风景依旧。而一切的一切都和这个夜晚、今天下午之前永远不同了。"

最恐惧的大概永远是一切将发生而未发生的瞬间，现在反倒松懈下来，就像箭已离弦。季风对着车窗上倒映的那张模糊的脸淡漠地微笑着。就在那时的士司机对她说了一句什么，她没听清。

您说什么？

我是问，您家就是这条路吗？

没错。到了前面岔道先左拐，过了第一个路口再右拐，就到了。她听见自己的声音说，很平静。

回家以后萧元仍然在沙发上看电视。周五晚上的《天天向上》。电视台真伟大，每天都提供无数免费精彩的节目，挽救了多少宅男宅女的单调落寞时光。他含笑瞥季风一眼，点头以示招呼，并没问季风从哪里回来。甚至没有看一眼墙上的挂钟已过十一点。他看上去需要那台聒噪不已的电视机、需要那些贩卖快乐的娱乐主播，远比需要她这个有血有肉的活人更多。她陡然间想，要是我过去敲碎电视机屏幕会怎样呢。或者径直走到阳台上跳下去呢。

"我从来不知道潜意识里自己竟如此渴望打破这常规安全稳定的一切。自己亲手一砖一石打造的，固若金汤的现世堡垒。我的围城，我的城。而一切狂想都仿佛在一瞬间真实发生了：电视机屏幕砰然炸裂一地，萧元震惊地看向我，而我缓慢跪于一地玻璃碎渣上。世界濒于毁灭，末日即刻降临，眼底流出鲜血，爱人尖叫逃散；而事实上，墙上的挂钟静静走着，时间只过去了不到一分钟。"

"一切照常运转。而这房间里并没有人察觉到另一个人的异样。"

季风突然怜悯地想，萧元每天都好端端地坐在那里看电视，又有多少稍瞬即逝的情绪被她自己永远错过了呢。

这晚许谅之没再发信息。大概是为了保护她，却也让季风更无法确定刚才发生过的一切是否真实。人生的这个夜晚被永久遗落、封存于陌生宾馆房间里。新人生的萌芽即将被断然扼杀在襁褓中。几乎不存在的微弱可能性被吹散在载她回家的出租车窗外。季风已经不再年轻，不再无知，永远不可能像当年那个少女阿修罗一样杀伐决断，像对待小刚一样对待萧元了。萧元和她之间的感情毕竟更真实、深刻和长久。但一旦回到现实人生，电视机里的世界看上去依旧完美无缺，和昨天、前天、大前天也毫无二致。季风默默走进卫生间冲了个热水澡。并终于在热水喷洒中蹲下痛哭起来。

周一早上看到黄千，她倒非常想和黄千聊聊。身边知道许谅之这个人的人只有她。只有她能告诉她那个昨晚曾拥抱过的肉身真实存在，而不是一个正乘坐飞机离她越来越远的幻影。

黄千中午吃饭又主动说起最近的恋爱：咳，和那画家又分咗。成日扮嘢野，真係当自己梵高咩——又成日话我係他缪斯。呢啲咁嘅鬼话我真是听厌了。你见过缪斯仲要俾艺术家洗衣做饭挣钱养家嘅咩？都是应该揾番个大好青年。艺术家离晒谱。此前摧毁了本小姐自信嘅係边位来嘅？哦，许谅之。

再次听见这名字，季风心底悲喜莫辨的电流通过，手几乎抓不稳筷子。但她脸上没什么表情。黄千过一会又嬉皮笑脸：对了，许谅之对你嘅兴趣明显大过我。Monsoon，你要小心。

她笑着：别胡说。

真系嘅。佢果次就一路问你结婚未，生仔未。和佢统共单独待了未到半小时，成廿分钟佢都係度绕大弯打听你……Monsoon？Monsoon？

哎。

你安先未听我讲嘢？

Zoey你刚刚说什么？

我说，呢个许谅之大概唔係婚外恋嘅好对象。黄千笑道：太自我了，又脆弱，真同佢恋爱会好笃人惊。抽身我出来亦都睇清楚噻，好在人係北京，否则真係提醒你小心火烛。我觉得佢係果啲一旦动咗心就唔要命嘅类型，这样嘅人根本不适合当情人，太激烈。

一套一套的。季风哈哈大笑,手却悄悄在桌下握成拳,长指甲狠狠折进肉。你怎么不早说?这句她没问出口。

Monsoon,讲真啊,最近相亲果个我都有哋想定落来了。一晃廿八九,都老大唔细了。就係最近要去佢屋企食餐饭,观察下到底係唔係妈宝男……

对面还在叽叽喳喳说着鸟语。而季风的心早已飞到了两千公里之外。某人该落地了。

她突然说:Zoey,记住我的话,永远不要为了结婚而结婚。

## 4:59-5:30 am 一些碎片

"后来我们再次缔结了不道德关系也依然是快乐的。一回生,二回熟。如果第一次还有意乱情迷的成分,那么第二次第三次就是毋庸置疑的背德,明知故犯的偷情。酒店的房间拉上双层遮光窗帘,暗沉沉如同黑夜号航船,不透一丝光亮。这黑暗让我感到安全,就像重新回到上次的房间,来到了现实世界之外的某地。在这里我们只有彼此,也只需要彼此。一次又一次拉着对方一起沉降到事物的最深处。不由分说,无休无止。"

像两头受了伤知道大限将至的鲸鱼,在黑色海域的中央缓缓浮起,再下沉,再竭尽全力浮出水面大口喘息。脑海中出现幻觉，蓝色火山，红色荒漠，绿色花朵，紧紧闭上的眼睛，远处轰隆隆而来的夜车，仔仔细细碾碎每一寸筋骨皮肉。而后一切终止，散落在铁轨边的骸骨，空洞眼窝里开出最后的黄色野花，花枝纤细，花朵硕大，在傍晚微风里摇荡不已。最微妙的一点不确定，咸砂砾如汗水，白碎石如牙齿。粉身碎骨，轰然四散。

　　我看见事后躺在黑暗里静静地搂着他的季风，一身一额的汗。一方面，她根本就不认识这个人，前世，今生，日常，一无所知。另一方面，这一刻偌大的人世间确又只认识这么一个人。他们是战友也是同谋。在魂飞魄散中一再确认灵魂和肉身的双重存在。

　　他们在同一家公司工作并且都很出色。他们分属两个城市此前一无交集。他们各有家庭。他们甚至都已孕育或即将孕育下一代。这样毫不相干的两个人，然而上天决意让其相遇，果断出手，互相终结。

　　季风说，有一次黑暗里许谅之筋疲力尽地问她，我就是想知道你为什么如此符合我的趣味。
　　你怎么回答的。我问。
　　季风说：我说，你不见得完完全全符合我的趣味。但是你的存在本身提醒了我活着还有趣味。

我们总是比男人更会说情话，但这又有什么用呢。这并没有什么用。对于解决他们现时的困境，尤其没用。

我想象她转过脸细细吻他。

我想象他们在阴天、晴天、下雪天见面。在广州，北京，宁波，各种可能的地方见面。——我后来就明白了为什么这两年季风都说没有来北京出差的机会。其实不是没有机会，只是来了也没有见我的时间——在有月亮的夜晚、没星星的夜晚、下雨的夜晚写信。用QQ、微信和各种即时社交工具聊天。谈论公司里的人事变迁，聊一起看过的、想同看而未必成功的电影和话剧。不断交换书和推荐书单。不在一起的时候总是各自失眠，在一起的时候才会睡得最好。就像茫茫人海里两个终于找到彼此的孤独症患者。像好朋友甚至超过情人。

但是这两个好朋友也一直互相伤害。无法可想的。

要是我们可以不争吵就好了。要是这样的情况可以不争吵、只是好好一起待着就好了。季风说。争吵耗去了本来就不多的时间和无数精力。你相信吗，我们总是吵得像永远不会和好了？

我当然相信。因为彼此无药可救的罪恶感和内疚。因为长久陷于僵局无所作为的焦虑茫然。永远互相误解和彼此责怪。感情越深，要求越高。他们都不是心肠硬的人。我从来没有见过许谅之，但我知道。

因为季风说他像她。

## 5:31-5:59 am 海上花落。

季风是和许谅之在五六七八次分手未果之后来到海上的。

大抵是一艘小小的快艇，一个本地船长给他们掌舵。出海前俩人曾经撂下的无数狠话，流过的眼泪都不必再提了。只是看海浪如刀如斧劈开墨玉色的浪涛，激起无数洁白宛若珠贝的浪花；就和珠江的渡轮或游轮一样。船的本质就这样，永远飘荡于生活的洪流之上。而所有现世安稳的可能性，都被刀劈斧削过后复又完整如初。

那一刻季风倘若低头，想到的大概只是自己的问题。是婚姻和爱的本质到底是什么诸如此类的。而不是和许谅之萧元或者任何其他人可能共有的未来。

不远处许谅之可能在驾驶室和船老大有一句没一句地聊天。可以想象这小船上麻雀虽小，五脏俱全。容不到十人的船舱，却有煤气灶，灶下放着一桶纯净水，挂着半兜鸡蛋，四个西红柿，一把还算水灵的空心菜——某处大概还藏着一把他们没发现的面条。船老大多半是个中年男人，肚子微凸，肤色黧黑，看上去四十多岁，不大爱笑。甚至可能缺了一颗门牙，也不知道海上遇到风浪磕掉的，还是别的缘故——这豁牙会让他的笑容显得异常憨厚，也更像英剧里随时可能翻脸的隐藏杀人狂。

许谅之在一旁会先默默观察好一会儿，才断定开船实在简单，终于忍不住要求自己试试。船长手把手教他控制船舵，小艇在双重操纵下如剑鱼一样笔直划开水面，平稳驶向远方。季风也过去试了一下。

"我发现在无风无浪的正午控制一艘简易机动船往前开，实在是天底下最容易的无聊事。"

"连恋爱都比开船困难，而开船又比结婚更无聊。"

他们已经出来快一礼拜了。这天下午，他就要回北京，而她就要回广州了。在同一个车站分道扬镳已经不是第一次，各自回归彼此生活，却很可能是最后一次。离开前的最后一晚她已经和许谅之说了，这次回去后，如果一切依旧无法改变，也许她会考虑生个孩子，此后不再相见。她想再给萧元一个机会——这和许谅之离不了婚既有关系，也没关系。她本来自己就有需要面对的无数现实。婚姻生涯里生出的万千枝叶，藤藤蔓蔓，恩情亏欠，沉重遗骸。而他也是。他但凡能走成，一开始也许就会调来广州

柒·开端与终结

工作。也就不会在这一年多以来，无数次向季风走来却又无数次离季风而去。

"从小到现在，一直持续反复地做同一个梦。总是梦见考试。而且无一例外的，不是数学，不是语文，不是物理，不是化学，不是英语，是政治。"

"永远在大考前，永远是微风燠热的初夏午后，永远是独自一人在老师办公室等待考试开始。多数时候头脑空白，有时也会发现试卷下就是标准答案，但往往还没有开始抄，梦就醒了。"

"和烧水问题一样，我曾经想过很多次这个梦到底是什么意思，也真的曾咨询过心理医生。医生说你的问题在于过分紧张。而这个他不说我也知道。可是为什么一定要是政治呢。是因为我在人世间的政治一直不够正确吗？"

许谅之并不知道季风这个梦。他同样也不知道，季风曾经在一次见面之后回到家中，一阵冲动下不由分说地关掉电视机，站到萧元面前说：我们谈谈吧。

萧元下意识躲开她的眼神，心急火燎地满世界找遥控器：你干吗？那节目还没完。我们看完再说，好不好？

看她把遥控器紧紧攥在手里，丝毫没有完璧归赵的意思，他只好问：你怎么了？工作上遇到什么麻烦了？

工作上没有麻烦。我有麻烦。

你一个工作狂能有什么问题？为了工作你都可以不生孩子。

我不生孩子，不是因为工作……我真的不喜欢你了。大概。

萧元顿了一下，笑起来：又来了你。老夫老妻了，还这样。好端端的，非来这么一出？嫌我看电视剧还不够，非得自己演？

季风说，我说的是真的。对不起。

知道你事业心重，我也没想逼你。

我不喜欢你了。大概。季风轻声又重复了一遍。

他置若罔闻，依旧是哄小孩子的语气：小风，你生气了，我今天不看电视了，咱们早点休息好不好？我这就去洗澡。

季风呆呆地看着他。眼泪什么时候流下来的她并不知道。泪腺后来就渐渐变成完全不受自己操控的一个腺体。有自由意志，可以自行决定充盈或干涸。大滴大滴浑圆的水珠不停落在她手背上，并且渐渐塞住了鼻子。呼吸变得非常困难。

她哽咽地说，萧元我可能没法和你生孩子了。……对不起。

你今天情绪不太正常，是不是例假快到了？马上也快到你生日了，我给你买了一个礼物，不过还在路上——你肯定会喜欢的。

我不要礼物。我不会喜欢。你不要再给我任何东西。我——

你不喜欢礼物没关系。但是要知道我一直喜欢你。全世界我最喜欢的就是你。你知道的。

萧元飞快地打断季风。季风那句"我喜欢上别人了"也就就此胎死腹中。

并且他垂下眼，立刻起身走开。卫生间传来欢快的水声。他在里面大声哼歌，是张信哲的《过火》。季风站在客厅的中央不动，手紧紧攥成拳头。舒肤佳的沐浴露香味传到客厅。她闻这熟悉香气，整整九年了。

他很快地洗完上了床，不再看电视。

也不知道是舒肤佳的香味还是萧元的举动让季风意志最终瓦解。也许是那首《过火》。季风一直不知道萧元到底知道了多少：那些无法解释的晚归、短信、电话和彼此错过的夜晚。

"那瞬间我想起萧元最初追我的时候，也是这样软弱，忍耐，竭力逃避一切冲突，一直默默地等我做个决定，等了整整一年。然而他十年之后最终得到的还是一场泡影，像个笑话。说不好是他太聪明还是我太傻，我太坏还是他太好。就在摊牌前一天晚上，他看完电视走进卧室，以为我睡着了，还悄悄地替我掖了一下被子角。他每个冬天都会替我脱靴子，每次我来例假只要不出差都会给我煮红糖姜水。广州最冷的夜晚有时甚至会放弃一直追的电视剧接我下班。对我年复一年地加班熬夜没有任何意见，只对我不肯生孩子明确表示过不满，但这不满仍旧是软弱的，轻易就可以被忽视不计，被遗忘的。"

"也许他也只是想好好过日子。也许他也不知道该怎么好好和我过。大概我也让他失望了好多次。他的幸福生活在《潜伏》《亮剑》《士兵突击》《非诚勿扰》里。他每天都对着电视机哈哈大笑，也许因为我更让他笑不出来。"

这一切让季风再也无法说出下面更残酷的话了。也许离最终说出一切，还有很远的路要走。而这个晚上的力气显然已经不太够了。

她当时就想对许谅之说：你错了，不是只有共同生养的孩子，才会让人失去改变一切的勇气。还有时间，还有年深日久一起共度过的，那些点点滴滴的真实瞬间。还有他人必然的痛苦。还有那些我们不忍心举刀杀戮和抛诸荒野的最亲爱的人。那些怜悯和软弱，才是人生。

但许谅之怎么可能不懂。我懂。萧元也懂。

"我总是不知该如何说出口那句最关键的话。我总是太害怕当一个真正狠心的人。倘若我们最终分开，大概因为彼此都不够努力——也实在不知该如何努力。既然如此，那么这件微不足道的小事也就只适宜如此终结。'所有的美/都的确需要一个终结。'这诗用在这里，似乎也是合适的。"季风说。

"《杜诺伊哀歌》里又说，美无非是我们恰巧能够忍受的恐怖之开端。"

我一直怀疑许德生那首诗受到了这首诗的影响，我说。许德生大概是活得不耐烦了，才无比渴望一个终结。其实茫茫人世，哪有什么真正的终结——甚至死亡也结束不了一切。比如许德生的死，就让你和许谅之遇到了。

季风在电话那端沉默了很久之后说：所谓开端和终结，到底凭什么来界定呢。——他们似乎都不愿意结束。但是我却无比渴望终结自己。即使不结束，也会需要一个打破和重新开始。这就是人生。这就是永永远远无法稳定下来的人生。再这样分裂下去，我只怕我会发疯。

她和许谅之从认识到现在不过一年零三个月。漫长一生之中的十五个月，说长不长，说短不短。不知道船老大是否通过只言片语猜到了他们的关系，而当真如一个负责最后审判的上帝，审慎地躲在他的操作室里，偶尔瞥一眼默不作声的情侣。她那一刻一定很想和许谅之说一点别的什么，比如回去以后都要好好生活，诸如此类的废话。但就算不说，他也会好好活下去的——而出于为自己开脱的想法，她也尽可以指责他没想好就徒然扰乱自己的生活，但这些她同样都说不出口。

他们是中午十一点上船的，预计一点钟下船。然后季风坐两点半的火车回广州，许谅之坐两点四十五的火车回北京。

这些天亲密如此，而分离终将到来。这一刻因为不可重来而变得格外漫长，痛楚，艰难。季风感到她要是不说点什么，就只能够从甲板上跳下去，或者把船长推到海里，天长地久地驶着这艘船漂泊海上——说实话后一种想象她比较喜欢。

有那么几分钟，她完全沉浸在自己的想象中，几乎忘记了许谅之的存在。等猛醒过来，已经快一点钟了。船老大正开足马力往岸上驶去。

离岸越来越近，离这一段无法定义关系的终点也越来越近。时至今日，他们尚未为他们的轻易动情付出过任何代价。阳光照在波光粼粼的水面上，身后的水面很快归于平静。靠岸后她却听到许谅之和船老大说：再开回去吧。我们加一倍钱。

船老大摇摇头，扶着她的胳膊肘一起下了岸。你们不是要赶火车的吗？再不下船来不及了。他一面说，一边试图用绳子把船锚系紧在岸上。许谅之却仍未下来。

不要走了，再住一晚。最后一晚。他说。她对他摇摇头。他则慢慢倒退，倒退，一直倒退到控制室里去。船老大连声喝止，而他抬头看着她，像要说点什么。他的脸上有一种什么东西碎裂掉又重新组合起来的东西，脸颊两边的咬肌分明地凸出。他在设法毁掉一个安排好的结局看来。而他要对她说些什么呢，这一刻她完全不知道。说实话，她也不想知道。她只是觉得天气实在太美了。在这样一个生离死别的日子里，这样的美简直多余得让人心碎。但是如果是在一个别的什么日子里，比如说一个热情故事的开端，那就非常合适。那些岸边的大而无用的白石头，一大片被晾晒的焦枯海带，老早就废弃的工厂厂房，台阶上孤零零的木靠背椅，和岸上船老大茫然的脸，那一刻都过于明确，就像命运指向本身。

　　说时迟那时快，船老大已经把锚紧紧系在岸上。季风不想显得太冷酷，她问，老板你结婚了吗？

　　早结了。我今年都快四十啦。他腼腆地说。

　　结了几年？生孩子了吗？她顺口问。

　　船老大答了句什么，她没听清，就见刺眼的光线里，许谅之已经重新下船，向他们走来。小艇停泊在码头，随着他跳下来整个船身震动了一下，水面波痕随即一层层荡开，长久不息。岸边的水居然是墨绿色而不是蓝色的，涟漪透明而丰盈，无限光滑，让人晕眩。

　　他手里不知何时擎着一个绿色封皮的本子。走过来的神情让季风陌生，几乎令人恐惧的温柔。他和其他的一切都是这样的清晰，这样的美。美此刻存在，就永远存在，既不是开端，也不是终结。

许谅之轻声说，季风，我一直没有告诉你。我离婚了。就在上个礼拜。

**6:00-6:45 am 你会发现……没有终点**

"后来呢。"我问。

"当天我回到家中已是深夜。萧元早已沉沉睡去。我打开客厅的灯，看见桌上摆着生日蛋糕，和一个包装好的礼物袋。我才想起前天原来是我的生日。打开礼物，发现里面是纳特·金·科尔的《爵士遭遇》。不知道萧元托了多少人才辗转从国外的旧唱片店里买到的，正是我一直想要的国内早就脱销的那版。不是打口碟。不是盗版。里面有那首著名的《Pretended》，'装相'。就是我俩都喜欢的村上的那本《国境以南太阳以西》里提到的歌。但是我记得从来没和萧元说过。"

"我知道那首歌。然后？"

"然后我打开客厅的音响，把碟拆开放进去。只放那一首《装相》，从凌晨十二点半一直循环放到三点，发现邮箱里许谅之的长信。看完信，走进房间，在萧元身边躺下，很快睡着。第二天才开始失眠。直到和你打电话为止，再也没有睡着过一分钟。"

"没有了？"

"没有了。"

季风的生日是7月17日。而我接到她电话的那一天是2012年7月20日深夜。三日未眠，7月21日清晨，她终于说完整个故事，听上去似乎筋疲力尽。挂断电话的那一刻，天已经快要亮了。当然我知道故事并没有终结。只要人们都还活着。都还在爱。

我也的确记得那首歌。里面这样唱，

在你忧郁时假装很快乐，

这并不很难

你会发现幸福没有终点

每当你假装

记住每个人都会梦想

一切还好　就和看上去一样

这一定是萧元想了很久之后选择的最恰当的礼物。他并没有季风想的那么不了解她。但我想到季风一个人在客厅里听歌的样子，不免感到非常难过。季风让我知道这一切，她因此不至于发疯。她却不知道早在她参加那次BBS版聚之前，我就在社团认识了萧元,并且默默暗恋了好些年。连萧元自己都知道。这些年我和林章的关系一直不够融洽,这也是前因之一。故事的开端和终结从都不曾明确,但是一些无法定义的感情永远蛰伏在黑暗里,甚至比美更久长。

《国境以南太阳以西》里说:活法林林总总,死法种种样样,都没什么大不了的。剩下来的唯独沙漠,真正活着的只有沙漠。

此刻我所在之处,四周的确都是浩瀚如海无穷无尽的沙漠。所谓的"沙漠综合症"也许就像村上说的"西伯利亚癔病"。太阳东升西落,每天周而复始,有一天你身上什么东西突然咯噔一声死掉。于是大步走向太阳以西,梦想着重新开始人生。季风就是如此。但她不知道,每个人其实都对他者的困境视而不见。而沙漠和沙漠,都是一样的。

十年前,在萧元等季风做一个最终决定的那段时间,有一天他曾经非常苦恼地来找我,因为我是季风最好的朋友。我陪他出去吃饭,后来又一直顺着学校的围墙,在月亮地里一前一后走了很久。我一直试图安慰他,说季风是真的喜欢他,一定会给他一个明确的答案。只是要给她一点时间。她需要时间来看清楚自己的心意。

萧元说：有时候真怀疑我其实不合适她。她喜欢的那些我都不太懂……但是，我就是喜欢她这个人。真的。她和她看上去的样子不一样，你知道。

我敷衍道，感情这种事，就是不太好说的。

他说，方宁，有时候真希望季风是你。你看上去总是如此理智而稳定。你其实比她明白得多。

我比月色更惨白地对他笑了。他好像感到了某种危险，不说话了。

一路走过去，学校里的飞檐，树影，月色，都仿佛在月色中低声诉说着某些人们永远不知的秘密。时值九月，南方的草木依然葳蕤繁茂，散发出辛辣蓬勃的芬芳。这样的一个夜晚……此后余生永远不会再有。我走得越来越慢。

萧元突然说，你看，萤火虫。

微弱得几乎难以发现的光静静伏在墙外的灌木丛中，光芒还在持续变得黯淡。我走过去，静静地看了很久。等那一点淡绿再度如奇迹般重新亮起，从枝叶上越飞越高，直到消失。

萧元在我身后目送那一明一灭萤火远去，才说，方宁，我送你回宿舍吧。今天见面的事，不要让季风知道。谢谢你陪我说话。

走回宿舍的路上路灯昏黄，我走得极快，不再看他。到了宿舍楼下，他站在黑暗里，笑着和我挥了挥手，看上去脆弱而孤单。我最后看他一眼，一路狂奔回宿舍。终于在六楼楼梯尽头泪如雨下。

这就是属于我自己的故事。非常之短,很快就能说完,因为并没有真正开始过。我不知道应该庆幸,还是应该感到遗憾。我也不知道如果我遇到和季风一样的事,到底会怎样选择。任何选择似乎都代表了无穷无尽的眼泪、分裂、痛苦,以及爱。

但我永远也不会遇到。

"通往地狱的道路都由美好的愿望铺就。"
"但我们竟然还曾经企图改变世界。让世界变得更好而不是更糟。"

天正在慢慢亮起来。今天上午我们一行人还要去参观沙漠里的胡杨林,那号称一千年不死、两千年不倒、三千年不朽的沙漠里的树。永生的时间标本。房间里的旋风不知何时已经停了,只留下旋涡中心的一小堆细沙,像万事万物热情燃烧殆尽的残骸。

我站在窗边,看着窗外这个孤悬于沙漠中心,酷似一个巨大幻觉的人造园林。半个淡白的月亮还没来得及在天边隐退,像一片被剪完扔掉的指甲。远处有只狗断断续续地叫着,不知道在沙漠里,还是在围墙内。每分每秒都在发生美得惊人的事情,而每个大天使都是可怕的。我低头打开手机通讯簿,默默找到了萧元的名字。又按掉，重新找林章的名字。一夜未眠，那一刻我的确非常困，不太清楚自己想做什么。也许我只是想说说其他事。也许我只是想确认所有人都好好地还在。还在同一片无边无际，无始无终的沙漠里。

# 后记

行云作柒，止风入水

深夜十一点我梦游般走下十二楼，去安翔路上买半个新鲜西瓜和冰苏打水。北京今年热得很早，还没入伏，已持续高温多日。半个发红的月亮悬在半空，像只邪恶的眼睛。走了很久，才隐约感到一阵不甚凉的微风和几点细雨——但也极有可能是沿街高楼滴落的空调水。

今天是二零一七年七月的第一天。我得给新小说集——说是第三本，其实是第四本，如果算上台版自选集《气味之城》的话——《柒》写个后记。但在电脑前整整枯坐了一日，直到此刻下楼依旧毫无进展。在完成这七个故事的漫长痛苦过程中，我总忍不住想，到时终于可以写后记了，要对读者说些什么……但这一天终于到来的那刻，果然来得不如想象中痛快。就好比暗恋一个人暗恋得实在太久，千言万语一直无法出口。到定稿，我才发现所有想说的话，都已经好好地存在这七个故事里。

这一次，不想再写任何"创作谈"。没什么可谈的；除非是写得不够好。

一定要说点什么，那么，就是离出上一本书《我们夜里在美术馆谈恋爱》已隔三年。

我们每个人都从单纯、热情、完整无缺，渐渐变得复杂、怯懦、支离破碎。遇到一些人，爱上一些人，忘记一些人。被伤害的同时缓慢成长。构建自身后再竭力保全。然而也可能突然有一天，就毫无征兆地走上自我毁灭的道路。

一生跌宕起伏，不过如此。

一个人在世界上成为他/她自己，也即更多可能性的不断脱落和失去。

我们每个人都曾想过成为一个比现在更好得多的人。

说点题外话。

今天，就在我家附近的健德门，有一家开了很久的花鸟鱼虫市场被判为违章建筑必须整个拆除，六月三十号是它存在的最后一天：从此之后，我再也无法便（需念四声）宜地买到绣球、鸢尾、芍药，和小小的中华仿相手蟹和鱼缸了。事实上，早在年初，更多各类批发市场已被要求撤至五环以外。同样也是在昨天，某通则把同性恋、婚外恋等一律等同为淫邪禁止播放。而湖南这些天正在暴雨中洪水泛滥，橘子洲头真正变成一个孤岛，航拍图上甚至变成一叶扁舟。我的家乡父老们却在大水中打麻将嚼槟榔吃辣干子，就和当年地震灾区的四川人民一样淡定。

这些都是写小说的人很难想到的情节。

在这层意义上，小说中的人物远比小说家幸福，因为可以在最痛苦或最欢乐的一刻戛然而止；而写小说者，不但永远无法抽身而退，且永远只是徒劳地渴望捕捉摹写真实生活之万一。


再说远一点。

一九九七年我还在深圳，读中学。七月一日那天正好是暑假，我家当时还在租的房子里，一楼，夏天蚊子多得可恼。那天晚上七点，和今天一样，我出门去小区里的小卖部买零食——大抵是山楂片或雪糕——回来却看到小区的保安驻足在我家窗外神情专注地往里看。起初吓了一跳，再走近一点，才发现他正在看新闻联播里重播的香港回归交接仪式。当时大概下了一点小雨，但我俩都浑然不觉。他在看屋里的电视，我在看屋外的他。查尔斯王子竭力克制得几近痉挛的肃穆面容。与之形成鲜明对比的我方领导人的踌躇满志。年轻保安脸上与有荣焉的喜悦光辉。英国仪式兵苍白僵硬的制服和苏格兰裙。本国升旗手紧张到微微发颤的手（后来才知道这个简单动作他们整整练习了五千次白手套里的皮肤全是裂口）。夏日雨后黄昏草坪似绿还蓝的烟水之色。一只轻快地掠过灌木丛的淡红蜻蜓。

这一切事隔多年仍历历如在目前。

但二十年之后，几乎所有当时在场的一切都已改变了。成年后日渐拘谨无趣的我。不再那么"香"的香港。雨中关心国家大事的去向不明的保安。以及我们大部分人不知何时已经悄然失去的自豪感，以及对原本确定无疑之物的信心。

传记作家莫洛亚在《追寻普鲁斯特》里说，"时间不仅摧毁人们，而且摧毁社会、社交界和帝国。一个国家因政见不同而四分五裂，犹如法国在德雷福斯案时期那样，朋友翻脸，家庭不和，每个人都认为自己的见解绝对正确、千古长存，但时间的洪流无情地把胜利者和失败者一起冲走，……我们无法回到自己曾爱过的地方，寻找他们的人也不再是曾以自己的热情点缀它们的孩子或少年。"而据说《追忆逝水年华》更准确的译名，是《寻找失去的时间》。

那么，也可以说这七篇小说里，也全都是我失去的时间。

它们对组成我本人如此重要，几乎和做过的梦一样不可复得。

　　但是，我也并不是说它们都是真的。

2017年7月1日

图书在版编目（CIP）数据

柒 / 文珍著. -- 北京：北京时代华文书局，2017.6
ISBN 978-7-5699-1568-6

Ⅰ．①柒… Ⅱ．①文… Ⅲ．①中篇小说－小说集－中国－当代 Ⅳ．①I247.5

中国版本图书馆CIP数据核字（2017）第094127号

## 柒
Qi

| 著　　者 | 文　珍 |
| --- | --- |
| 出 版 人 | 王训海 |
| 策　　划 | 杨海明 |
| 责任编辑 | 宋　春　杨海明 |
| 装帧设计 | 周伟伟　段文辉 |
| 责任印制 | 刘　银　訾　敬 |

出版发行 | 北京时代华文书局 http://www.BJSDSJ.com.cn
　　　　　北京市东城区安定门外大街136号皇城国际大厦A座8楼
　　　　　邮编：100011　电话：010－64267955　64267677

印　　刷 | 北京鹏润伟业印刷有限公司　010－80261198
　　　　　（如发现印装质量问题，请与印刷厂联系调换）

开　　本｜880mm×1230mm　1/32　印　张｜11　字　数｜192千字
版　　次｜2017年9月第1版　　　　　印　次｜2017年9月第1次印刷
书　　号｜ISBN 978-7-5699-1568-6
定　　价｜42.00元

版权所有，侵权必究